Émile Zola

Doktor Pascal

Erster Band

Émile Zola

Doktor Pascal

Erster Band

ISBN/EAN: 9783955630539

Auflage: 1

Erscheinungsjahr: 2013

Erscheinungsort: Bremen, Deutschland

Leseklassiker

Erstes Kapitel.

In der Glut des brennenden Julinachmittags lag das Gemach mit den sorgsam geschlossenen Läden von tiefer Ruhe erfüllt da. Von den drei Fenstern kamen durch die Spalten der alten Holzbrettchen nur dünne Lichtpfeile; und das gab inmitten des Schattens eine überaus milde Helligkeit, welche die Dinge mit einem verschwimmenden, zarten Schimmer umwob. Es war hier verhältnismäßig kühl bei der niederdrückenden Hitze, die man da draußen in dem die Front des Hauses versengenden Sonnenbrande fühlte.

Doktor Pascal war an den Schrank, den Fenstern gegenüber, getreten und suchte darin nach einer Notiz. Dieser ungeheure Schrank aus geschnitztem Eichenholz, der mit seinen starken, schönen Eisenbeschlägen aus dem vorigen Jahrhundert stammte, stand weit offen, und zeigte eine unglaubliche Menge von Papieren, Aktenbündeln, Manuskripten, die in buntem Gemisch aufgeschichtet wirr durcheinander lagen. Seit mehr als dreißig Jahren hatte der Doktor alle Blätter, die er beschrieb, von der kurzen Anmerkung bis zur

vollständigen Niederschrift seiner großen Arbeiten über
die Vererbung dort hineingeworfen. Das Suchen war
denn auch nicht immer leicht. Aber geduldig stöberte
er darin umher, und ein Lächeln überflog jedesmal
sein Gesicht, wenn er das Vermißte endlich fand.

Einen Augenblick noch blieb er bei dem Schrank
und las in einem vergoldeten Strahl, der vom Mittel=
fenster herkam, die Notiz.

Er selbst erschien in diesem Dämmerlicht mit
seinem schneeigen Bart und Haar, wiewohl er sich
bereits den Sechzigern näherte, so fest und kräftig,
sein Antlitz so frisch, seine Züge so fein, seine Augen
so klar und von solch kindlichem Ausdruck, daß man
ihn, wie er, in sein braunes Sammetwams gepreßt,
dastand, für einen jungen Mann mit gepuderten
Locken hätte halten mögen.

„Da nimm, Clotilde," sagte er schließlich, „Du
wirst diese Notiz abschreiben. Ramond bringt es
niemals zu Wege, meine Teufelsschrift zu entziffern."

Und er legte das Papier vor das junge Mädchen
hin, das, vor einem hohen Pulte stehend, in der rechten
Fensternische arbeitete.

„Sehr wohl, Meister," antwortete sie.

Sie hatte sich gar nicht umgewendet, so ganz mit
ihrem Pastell beschäftigt, über das sie in diesem Augen=
blicke mit breiten Bleistiftstrichen hin und her fuhr.
Vor ihr in einer Vase stak ein blühender Rosenzweig,
von seltsamem, mit gelben Streifen gesprenkeltem Vio=
lett. Aber man sah deutlich das Profil ihres kleinen run=
den Kopfes mit den blonden, kurzgeschnittenen Haaren,

ein köstliches, ernstes Profil mit gerader, aufmerksam gefalteter Stirn, himmelblauen Augen, feiner Nase und festem Kinn. Ganz besonders aber leuchtete ihr geneigter Nacken in wundervoller Jugend und unter dem Gold der hellen Löckchen in milchweißer Frische. In ihrer langen schwarzen Bluse war sie ungewöhn= lich groß, ihre Taille schmal, der Busen zierlich, der Leib geschmeidig, von jener schlanken Geschmeidigkeit der göttlichen Gestalten der Renaissance. Trotz ihrer fünfundzwanzig Jahre war sie kindlich geblieben und schien kaum achtzehn alt.

„Und," fuhr der Doktor fort, „Du wirst den Schrank ein wenig in Ordnung bringen. Es ist nicht mehr möglich, sich darin zurecht zu finden."

„Sehr wohl, Meister," wiederholte sie, ohne den Kopf zu heben. „Sofort!"

Pascal hatte sich wieder an seinem Schreibtisch am andern Ende des Saales vor dem linken Fenster niedergelassen. Es war ein einfacher Tisch aus schwarzem Holz, ebenfalls mit Papieren und Heften aller Art über und über bedeckt. Und neuerdings trat Schweigen ein, jener tiefe Friede in dem Halbdunkel, in der Hitze, die draußen herrschte. In dem geräumigen, etwa zehn Meter langen, sechs Meter breiten Ge= laß befanden sich außer dem Schrank noch zwei mit Büchern dicht gefüllte Regale. Altertümliche Sessel und Lehnstühle standen ungeordnet umher, während an den Wänden, die mit rosettenbemalten alten Salontapeten im Empirestil bekleidet waren, als einziger Schmuck Blumengemälde von seltsamer

Färbung angenagelt waren, die man nur undeutlich wahrnahm. Die drei Flügelthüren, jene vom Eingang, die auf den Hausflur führte, dann die der Schlafzimmer des Doktors und des jungen Mädchens, an den beiden Enden des Gemaches, stammten gleich dem Kranzgesimse der verräucherten Decke aus der Zeit Ludwigs XV.

Eine Stunde verstrich ohne einen Laut, ohne Atemzug. Dann stieß Pascal, als er während seiner Arbeit aus Zerstreutheit die Schleife einer auf seinem Tische liegen gebliebenen Zeitung, des „Temps", aufgerissen hatte, einen leichten Ausruf aus:

„Ei, ei! Dein Vater! ... er ist zum Leiter der ‚Epoque' ernannt worden, des erfolgreichen republikanischen Blattes, in dem die Papiere aus den Tuilerien veröffentlicht werden."

Diese Neuigkeit mochte ihm unerwartet sein, denn er lachte mit einem herzhaften, halb zufriedenen, halb trüben Lachen und mit halblauter Stimme fuhr er fort:

„Mein Wort drauf! Man erfindet Sachen, die nicht so schön sind ... das Leben ist doch außerordentlich ... Es ist ein sehr interessanter Artikel da ..."

Clotilde hatte nicht geantwortet, als ob sie hundert Meilen von dem entfernt wäre, was ihr Onkel sagte. Dieser schwieg, nahm eine Schere, schnitt den Artikel, nachdem er ihn gelesen, heraus, klebte ihn auf ein Blatt Papier auf, und machte mit seiner großen, unregelmäßigen Schrift eine Anmerkung dazu. Dann ging er zu dem Schrank zurück, um diese neue

Notiz einzureihen. Er mußte indeß einen Stuhl nehmen, da das oberste Brett so hoch war, daß er trotz seiner großen Gestalt nicht hinaufreichen konnte.

Auf diesem obersten Brett stand eine Reihe ungeheurer Aktenbündel säuberlich, methodisch geordnet neben einander. Es waren Schriftstücke aller Art, beschriebene Blätter, gestempelte Akten, Zeitungsausschnitte, die, in Umschläge aus starkem Papier gehüllt, alle einen mit großen Buchstaben geschriebenen Namen trugen. Man merkte, daß diese Schriftstücke mit besonderer Liebe im Handbereich gehalten, unaufhörlich hervorgenommen und sorgfältig an ihren Platz zurückgestellt wurden. Denn im ganzen Schrank war dieser Winkel allein in guter Ordnung.

Als Pascal auf den Stuhl gestiegen war, und das Aktenbündel, das er suchte, gefunden hatte, einen der am meisten vollgestopften Umschläge, auf dem der Name „Saccard“ stand, legte er die neue Notiz dazu und stellte das Ganze wieder an dessen alphabetischen Platz. Einen Augenblick blieb er dann noch auf dem Stuhle stehen, rückte einen Aktenstoß, der sich verschoben hatte, zurecht, und als er endlich vom Stuhle sprang, sagte er:

„Hörst Du, Clotilde, wenn Du da Ordnung machst, rühre nicht an die Papiere da oben.“

„Sehr wohl, Meister,“ antwortete sie folgsam zum drittenmal.

Er lachte von neuem mit seiner Miene voll natürlicher Fröhlichkeit.

„Es ist verboten!"

„Ich weiß es, Meister."

Und er versperrte den Schrank, indem er den Schlüssel kräftig umdrehte; dann warf er den Schlüssel in eine Schublade seines Arbeitstisches. Das junge Mädchen kannte sich hinlänglich in seinen Untersuchungen aus, um in seine Manuskripte wenigstens etwas Ordnung bringen zu können; und er benützte sie gern auch als Sekretär, ließ sie seine Anmerkungen abschreiben, wenn ein Kollege und Freund, wie Doktor Ramond, ihn um ein Schriftstück ersuchte. Doch war sie durchaus keine Gelehrte; er verbot ihr ganz einfach zu lesen, was zu kennen für sie, seiner Ansicht nach, unnütz war.

Indes rief die tiefe Aufmerksamkeit, in welche er sie ganz und gar versunken sah, schließlich sein Erstaunen hervor.

„Was hast Du denn nur, daß Du den Mund gar nicht mehr aufthust? Fesselt Dich das Abkonterfeien dieser Blumen so sehr?"

Es war dies auch eine jener Arbeiten, die er ihr häufig anvertraute: Zeichnungen, Aquarelle, Pastelle, die er hernach seinen Werken als Tafeln einverleibte. So machte er seit fünf Jahren sehr merkwürdige Versuche mit einer ganzen Sammlung von Stockrosen, eine ganze Reihe von neuen, durch künstliche Befruchtung erzielten Färbungen. Sie verwendete auf diese Nachbildungen so ängstliche Sorgfalt und befleißigte sich einer so außerordentlichen Genauigkeit in Zeichnung und Farbe, daß er ihr immer über diese Gewissenhaftig-

keit seine Bewunderung aussprach, indem er ihr sagte,
daß sie ein braves, rundes, klares und solides Köpfchen
habe.

Diesmal aber, als er herantrat, um über ihre
Schultern hinwegzublicken, rief er in komischer Wut aus:

„Ah, nette Sachen das! Du bist ja wieder 'mal
nach Wolkenkuckucksheim gefahren! ... Willst Du mir
das wohl auf der Stelle zerreißen!"

Sie hatte sich aufgerichtet, ihre Wangen waren
wie mit Blut übergossen, ihre Augen flammten in
leidenschaftlichem Eifer für ihr Werk; ihre schmalen
Finger waren von den Pastellfarben ganz fleckig,
von dem Rot und Blau, das sie verwendet hatte.

„O, Meister!"

Und in dieses so liebevolle, von so zärtlicher
Unterordnung erfüllte „Meister", in dieses Wort
völliger Hingabe, mit dem sie ihn nannte, um nicht
die Ausdrücke „Oheim" oder „Pate" zu gebrauchen,
die sie albern fand, glitt zum erstenmal eine Flamme
der Empörung, der Auflehnung eines Wesens, das
sich wieder findet und seiner Selbständigkeit bewußt
wird.

Seit ungefähr zwei Stunden hatte sie an der genauen und verständigen Nachbildung der Stockrose
gefeilt, und sie war gerade dabei, eine ganze Dolde
von Phantasieblumen, von wunderlichen und präch-
tigen Traumblumen auf ein anderes Blatt Papier
zu werfen. Solch plötzliche Sprünge kamen bei ihr
manchmal vor, ein Drang, der pünktlichsten Zeichnung in tollen Phantastereien zu entwischen. Und

sie befriedigte diesen Drang sofort, sie verfiel immer
wieder auf diese seltsamen Blüten mit einer Leiden=
schaft, mit einer solchen Einbildungskraft, daß sie sich
nie wiederholte; da schuf sie Rosen mit blutenden
Herzen, die schwefelgelbe Thränen weinten, Lilien,
die kristallenen Urnen glichen, sogar Blumen ohne
bekannte Form, die in Sternenstrahlen endeten, und
deren Blütenkronen wie Wolken wogten. Diesmal
gab es auf dem von kräftigen Schwarzstiftstrichen
bedeckten Papier einen ganzen Regen von bleichen
Sternen, ein förmliches Geriesel unendlich zarter
Blumenblätter, indes in einer Ecke eine namenlose
Blüte, eine Knospe in keuschen Schleiern, sich
öffnete.

„Noch eines, das Du mir annageln wirst!" fuhr
der Doktor fort, indem er auf die Wand wies, wo
sich bereits ebenso seltsame Pastellzeichnungen an=
einanderreihten. „Was mag das aber wohl vorstellen,
frag' ich Dich?"

Sie blieb sehr ernst, und trat zurück, um ihr
Werk besser zu sehen:

„Ich weiß es nicht, es ist schön!"

In diesem Augenblick trat Martine ein, der ein=
zige Dienstbote seit den etwa dreißig Jahren, die sie
im Dienste des Doktors stand, die aber die wirkliche
Herrin des Hauses geworden war. Wiewohl sie die
sechzig überschritten hatte, hatte auch sie sich ein jugend=
liches Aussehen bewahrt, thätig und still, mit ihrem
ewigen schwarzen Kleide und ihrer weißen Haube, in
der sie wie eine Nonne aussah, mit ihrem kleinen,

stillen Gesicht, in welchem ihre aschgrauen Augen
wie erloschen schienen.

Sie sprach nicht, setzte sich auf den Fußboden
vor einen Lehnsessel, dessen alte Stickerei durch einen
Riß das Roßhaar hervorquellen ließ; dann zog sie
eine Nadel und einen Knäuel Wolle aus ihrer Tasche
und begann zu stopfen. Seit drei Tagen hatte sie
darauf gewartet, eine Stunde zu erübrigen, um diese
Flickerei zu machen, die ihr keine Ruhe ließ.

„Da Du einmal beim Flicken bist, Martine," rief
der Doktor neckend, indem er den empört dreinblickenden
Kopf Clotildens zwischen seine beiden Hände nahm,
„nähe mir auch dieses Schädelchen zusammen, das
Sprünge hat."

Martine richtete ihre glanzlosen Augen empor,
und betrachtete ihren Herrn mit ihrer gewöhnlichen
Miene der Anbetung.

„Warum sagen Sie mir das, Herr?"

„Weil ich glaube, meine Liebe, daß Du in dieses
gute, runde, klare und solide Köpfchen mit all Deiner
Frömmelei allerhand törichte Ideen von der andern
Welt hineingestopft hast."

Die beiden Frauen wechselten einen Blick des
Einverständnisses.

„O, Herr, die Religion hat noch niemand etwas
zu Leid gethan . . . Und wenn man nicht dieselben
Ansichten hat, ist es besser, mein' ich, darüber nicht
zu sprechen."

Ein verlegenes Schweigen trat ein. Es war dies
die einzige Meinungsverschiedenheit, die bisweilen

unter diesen so innig vereinten und so eng zusammen=
lebenden Wesen Zwistigkeiten hervorrief. Martine
war erst neunundzwanzig Jahre alt gewesen, ein Jahr
älter als der Doktor, als sie bei ihm in Dienst trat,
wie er sich in Plassans in einem kleinen, spiegel=
blanken Haus in der Neustadt als Arzt niedergelassen
hatte. Und als dreizehn Jahre später Saccard, ein
Bruder Pascals, beim Tode seiner Frau und zur
Zeit seiner Wiederverheiratung seine siebenjährige
Tochter Clotilde ihm geschickt hatte, erzog sie das
Kind, indem sie es zur Kirche führte und ihm ein
wenig von der frommen Flamme lieh, die immer in
ihr geglüht hatte; indes der Doktor mit seinem
weiten Geiste sie ihrer Glaubensfreudigkeit sich hin=
geben ließ, denn er fühlte sich nicht berechtigt, irgend
jemand das Glück frommer Zuversicht zu rauben.
Er begnügte sich später, den Unterricht des jungen
Mädchens zu überwachen und ihr in allen Dingen
genaue und gesunde Anschauungen zu geben. Seit den
fünfzehn Jahren, die sie so alle drei zurückgezogen
auf der „Souleiade"; einem kleinen, in einer
Vorstadt von Plassans gelegenen Landgut, eine
Viertelstunde von der Saint=Saturninkirche, der
Kathedrale, entfernt, mit einander hausten, war
das Leben, von großen, stillen Arbeiten ausge=
füllt. glücklich dahingeglitten, immerhin ein wenig
getrübt durch ein wachsendes Mißbehagen, durch
den immer heftigeren Widerstreit ihrer Glaubens=
meinungen.

Pascal ging eine Weile verdüstert auf und ab.

Dann sagte er, als ein Mann, der mit seinen Gedanken nicht hinter dem Berge hält:

„Siehst Du, Schätzchen, dieses ganze Gaukelspiel
von Mysterien hat Dein gesundes Gehirn verdorben ...
Dein lieber Herrgott bedurfte Deiner nicht, ich hätte
Dich für mich allein behalten sollen, und Du würdest
Dich dabei nur besser befinden."

Clotilde aber hielt erbebend ihm stand, indem sie
ihre klaren Blicke mutig auf ihn richtete:

„Du, Meister, würdest Dich besser befinden, wenn
Du Dich nicht hartnäckig auf Deine körperlichen
Augen beschränken wolltest ... Es gibt noch etwas
anderes; warum willst Du es nicht sehen?"

Und Martine kam ihr in ihrer schlichten Rede-
weise zu Hilfe:

„'s ist ganz richtig, Herr, daß Sie, der Sie ein
wahrer Heiliger sind, wie ich das überall sage, mit
uns zur Kirche gehen sollten ... Gewiß, Gott wird
Sie erretten. Aber bei dem Gedanken, daß Sie
nicht geradewegs ins Paradies kommen sollten, zittere
ich am ganzen Leibe."

Er war stehen geblieben; er sah sie alle beide in
vollem Aufruhr vor sich, sie, die sonst so folgsam zu
seinen Füßen und von der Zärtlichkeit von Frauen
für ihn waren, sie, die er durch seine Fröhlichkeit und
Güte erobert hatte.

„Laßt mich in Frieden! Das Gescheiteste ist,
daß ich wieder an meine Arbeit gehe ... Und vor
allem, ich will nicht gestört sein!"

Mit leichtem Schritt ging er in sein Zimmer,

wo er eine Art Laboratorium eingerichtet hatte, und
in das er sich einschloß. Es war streng verboten,
einzutreten. Dort befaßte er sich mit besonderen
Präparaten, von denen er zu niemand sprach. Fast
allsogleich hörte man das regelmäßige, langsame
Stampfen eines Mörserstößels.

„Nun also,‟ sagte Clotilde lächelnd, „da ist er
wieder in seiner Teufelsküche, wie Großmutter sagt.‟

Und sie schickte sich von neuem an, ruhig an dem
Rosenzweig weiter zu malen. Mit mathematischer Ge=
nauigkeit führte sie die Zeichnung aus, sie fand die
richtige Farbe für die violetten, gelbgestreiften Blumen=
blätter bis in die zartesten, verblassenden Abtönungen.

„Ach,‟ murmelte nach einem Augenblick Martine,
die wieder auf der Erde saß und den Lehnsessel flickte,
„welch ein Unglück, daß ein so heiliger Mann seine
Seele mir nichts dir nichts verliert . . . denn das ist
jetzt sicher, es sind nun schon dreißig Jahre, seit ich
ihn kenne, und niemals hat er irgend jemand Kummer
verursacht. Ein wahrhaft goldenes Herz und immer
wohlauf, immer fröhlich, ein wahrer Himmelssegen!
Es ist der reine Mord, daß er mit dem lieben Herr=
gott nicht seinen Frieden machen will. Nicht wahr,
Fräulein, man muß ihn dazu zwingen?‟

Clotilde, erstaunt, sie so lange in einem Zuge
sprechen zu hören, antwortete ihr mit ernster Miene:

„Gewiß, Martine, es ist ausgemacht. Wir werden
ihn zwingen.‟

Von neuem trat Schweigen ein, bis man das
Klingeln der unten an der Eingangsthür befestigten

Glocke hörte. Man hatte sie dort angebracht, um in dem Hause, das für die drei darin wohnenden Personen zu groß war, rechtzeitig ein Signal zu haben.

Die Magd schien überrascht und murmelte:

„Wer kann wohl bei einer solchen Hitze kommen?"

Sie hatte sich erhoben, öffnete die Thür, beugte sich über das Treppengeländer und kam dann zurück mit den Worten:

„Es ist Frau Felicité."

Rasch trat die alte Frau Rougon ein. Trotz ihrer achtzig Jahre war sie die Treppe mit der Leichtigkeit eines jungen Mädchens hinaufgestiegen. Sie war die braune, magere und schrille Zikade von einst geblieben. Sehr elegant in schwarze Seide gekleidet, wie sie jetzt kam, konnte man sie von rückwärts, dank der Zierlichkeit ihrer Taille, für ein verliebtes, ihrer Flamme nachlaufendes Jüngferchen halten. In ihrem vertrockneten Gesicht hatten ihre geradeaus blickenden Augen ihr altes Feuer bewahrt, und wenn sie wollte, lächelte sie mit einem anmutigen Lächeln.

„Wie, Du bist's, Großmama?" rief Clotilde aus, indem sie ihr entgegenging, „trotzdem man bei dieser furchtbaren Sonnenglut förmlich gebraten wird."

Felicité, die sie auf die Stirn küßte, lachte:

„O, der Sonnenschein, der ist mein Freund!"

Dann, mit raschen Schritten trippelnd, hatte sie die Riegel eines Fensterladens umgedreht.

„Oeffnet doch ein bißchen! Es ist zu traurig, so im Dunkel zu leben ... bei mir zu Hause lasse ich die Sonne herein."

Durch die schmale Oeffnung drang ein Strahl heißen Lichts, eine Flut zitternder Gluten ins Gemach. Und man sah unter dem wie von einer Feuersbrunst blauviolett gefärbten Himmel das weite Gefilde wie verbrannt, wie entschlafen und gestorben, wie vernichtet von der versengenden Hitze; indes rechts, über den roten Dächern, der Glockenturm der Saint-Saturninkirche mit seinen Kanten, die gebleichtem Gebein glichen, in der blendenden Helle goldglänzend emporragte.

„Ja," fuhr Felicité fort, „ich fahre nachher sogleich nach Les Tulettes und wollte nur fragen, ob ihr Charles da habt, ich will ihn mitnehmen ... Ich sehe aber, er ist nicht hier. Also, ein andermal."

Aber während sie diesen Vorwand für ihren Besuch aussprach, blickten ihre forschenden Augen im Gemach umher. Im übrigen hielt sie sich nicht lange dabei auf und sprach sofort von ihrem Sohn Pascal, als sie das rhythmische Geräusch des Mörserstößels hörte, das ohne Unterlaß aus dem Nachbarzimmer herüberdrang.

„Ah, er ist noch in seiner Teufelsküche! Stört ihn nicht, ich habe nichts mit ihm zu sprechen."

Martine, die sich wieder an ihren Lehnstuhl gemacht hatte, schüttelte den Kopf, um anzudeuten, daß sie keine Lust habe, ihren Herrn zu stören. Und ein neues Schweigen trat ein, währenddessen Clotilde sich an einem Stück Leinwand ihre vom Pastellstift fleckigen Finger abwischte und Felicité ihren Gang mit kleinen Schritten und prüfender Miene wieder aufnahm.

Die alte Frau Rougon war seit beinahe zwei Jah=
ren Witwe. Ihr Gatte, der so dick geworden, daß
er sich nicht mehr rühren konnte, war, nachdem er
sich den Magen überladen, am 3. September 1870
einem Erstickungsanfall erlegen, in der Nacht jenes
Tages, wo er die Katastrophe von Sedan erfahren.
Der Zusammensturz eines Régimes, dessen Mitbe=
gründer zu sein er sich schmeichelte, schien ihn wie
ein Blitz niedergeschmettert zu haben. Felicité that
denn auch, als beschäftige sie sich nicht mehr mit
Politik, und lebte nunmehr wie eine Königin, die
sich vom Throne zurückgezogen hat. Jedermann
wußte, daß die Rougons im Jahre 1851 Plassans
vor der Anarchie gerettet hatten, indem sie daselbst
dem Staatsstreich vom 2. Dezember zum Triumphe
verhalfen, und daß sie es einige Jahre später gegen
die legitimistischen und republikanischen Kandidaten
aufs neue erobert hatten, um der Stadt einen bonapar=
tistischen Abgeordneten zu geben. Bis zum Kriege
war das Kaiserreich dort allmächtig geblieben, der=
maßen bejubelt, daß es im Plebiszit eine erdrückende
Mehrheit erlangte. Aber seit den Unglücksfällen war
die Stadt republikanisch geworden; das Saint=Marc=
Viertel begann neuerdings seine heimlichen royalisti=
schen Ränke, indes die Alt= und Neustadt einen
liberalen, leicht orleanistisch gefärbten Vertreter in
die Kammer entsandte, der gleich bereit war, sich auf
die Seite der Republik zu schlagen, wenn sie trium=
phirte. Und deshalb hatte Felicité, eine grundge=
scheite Frau, wie sie war, der Politik entsagt und

sich drein ergeben, nur mehr die entthronte Königin
eines gestürzten Régimes zu sein.

Aber auch da noch nahm sie eine hohe, wie von
wehmutsvoller Poesie verklärte Stellung ein. Acht=
zehn Jahre hindurch hatte sie regiert. Die Legende
von ihren beiden Salons, dem gelben, wo der Staats=
streich zur Reife gekommen, dem grünen Salon,
dem späteren neutralen Gebiet, wo die Eroberung
von Plassans zu Ende geführt worden war, ver=
schönte sich, je mehr diese Zeiten der Erinnerung ent=
schwanden. Ueberdies war sie sehr reich. Dazu
fand sie sich sehr würdevoll in ihren Sturz, ohne
ein Bedauern, ohne eine Klage, sie, die mit ihren
achtzig Jahren auf eine so lange Reihenfolge von
glühenden Gelüsten, häßlichen Machenschaften und
befriedigten maßlosen Begierden zurückblickte, daß sie
dadurch geradezu eine erhabene Gestalt wurde. Ihre
einzige Freude war nun, in Frieden ihr großes Ver=
mögen und ihre entschwundene Herrschaft zu genießen,
und sie hatte nur mehr die Leidenschaft, ihre Ge=
schichte zu verteidigen, indem sie alles beseitigte, was
sie später beflecken konnte. Ihr Stolz, der von der
zwiefachen Heldenthat lebte, über die die Bevölkerung
noch jetzt sprach, wachte mit eifriger Sorge darüber,
daß nur die ehrenvollen Beurkundungen und jene
Legenden erhalten blieben, dank deren sie, wenn sie
durch die Stadt schritt, wie eine gefallene Königin
gegrüßt wurde.

Sie war bis zur Thüre des Zimmers gegangen
und horchte auf das hartnäckige Gestampf des Mörser=

stößels, das nicht innehalten wollte. Dann kam sie mit sorgenvoller Miene zu Clotilde zurück:

„Was fabrizirt er denn nur, ums Himmels willen? Du weißt ja, daß er sich mit seinen Quacksalbereien den größten Nachteil zufügt. Man hat mir erzählt, daß er einmal einen seiner Kranken schließlich beinahe umgebracht hätte."

„O, Großmama!" rief das junge Mädchen aus. Diese aber war einmal im Zuge.

„Ja wohl, ganz richtig! Und die braven Frauen erzählen ganz andere Geschichten . . . Geh nur hin und frage sie, die Frauen in der Vorstadt. Sie werden Dir sagen, daß er Beine von Toten im Blute von Neugeborenen zerreibt."

Diesmal aber, während selbst Martine protestirte, geriet Clotilde in Zorn, da sie sich in ihren zärtlichen Empfindungen verletzt fühlte.

„O, Großmama, wiederhole diese Abscheulichkeiten nicht! Der Meister hat ein so großes Herz, daß er nur an aller Glück denkt!"

Als Felicité die beiden so entrüstet sah, begriff sie, daß sie die Sache zu jäh angepackt hatte, und schlug einen freundlicheren, einschmeichelnden Ton an.

„Aber, Mäuschen, bin ich's denn, die solch' schreck= liche Dinge erzählt? Ich wiederhole Dir nur die Dummheiten, die man verbreitet, damit Du begreifst, daß Pascal unrecht thut, sich nicht um die öffentliche Meinung zu kümmern . . . Er glaubt ein neues Heil= mittel gefunden zu haben — in Gottes Namen! Und ich will selbst zugeben, daß er alle Welt heilen wird,

wie er hofft. Warum aber dieses geheimnisvolle Gethue?
Warum spricht er nicht offen und laut darüber und vor
allen? Warum probirt er es nur an diesem Pack in der
Altstadt und auf den Dörfern, anstatt bei den feinen
Leuten der Stadt glänzende Kuren zu versuchen, die
ihm Ehre einbrächten? Weißt Du, mein Mäuschen,
Dein Onkel konnte eben niemals etwas so machen,
wie die anderen.“

Sie hatte einen bekümmerten Ton angenommen
und senkte ihre Stimme, um diese geheime Wunde
ihres Herzens bloßzulegen.

„Gott sei Dank! Nicht als ob es in unserer Familie an Männern von Wert mangeln würde; meine
anderen Söhne haben mir Befriedigung genug ge-
währt, nicht wahr? Dein Onkel Eugène ist recht
hoch gestiegen: Minister volle zwölf Jahre hindurch,
beinahe Kaiser! Und Deinem Vater sind genug Millionen durch die Hände gegangen, er war an vielen großen
Arbeiten beteiligt, die Paris neugestaltet haben! Ich
spreche nicht von Deinem Bruder Maxime, der so
reich und so distinguirt ist, noch von Deinem Vetter
Octave Mouret, einem der Eroberer unseres modernen Geschäftslebens, oder unserem lieben Abbé Mouret,
der ein wahrer Heiliger ist! Nun denn, warum lebt
Pascal, der in die Fußstapfen aller anderen hätte
treten können, hartnäckig in seinem Loch, wie ein
alter, halb verrückter Sonderling?“

Und als das junge Mädchen abermals empört
aufzuckte, schloß sie ihm mit einer schmeichelnden Geberde den Mund.

„Nein, nein, laß mich zu Ende reden ... Ich
weiß ja, daß Pascal nicht dumm ist, daß er bemerkenswerte Arbeiten gemacht hat, daß seine Sen-
dungen an die Akademie der Medizin ihm selbst
unter den Gelehrten Ansehen erworben haben ...
Aber was zählt das alles im Vergleich zu dem, was
ich für ihn erträumt habe? Ja wohl, die ganze
schöne Clientel in der Stadt, ein großes Vermögen,
Auszeichnungen, Ehren, eine seiner Familie würdige
Stellung ... Ach, siehst Du, Mäuschen, das ist's,
worüber ich mich beklage: Er gehört nicht zu ihr, er
will nicht zur Familie gehören. Mein Wort darauf!
Ich sagte schon immer zu ihm als er noch klein war:
‚Aber woher kommst denn Du? Du gehörst ja gar nicht
zu uns!‘ Ich für meine Person, ich habe alles der
Familie geopfert, ich lasse mich klein hacken, damit die
Familie immerdar groß und ruhmvoll dastehen soll.“

Sie richtete ihre kleine Gestalt auf; sie erschien
mächtig groß in der einzigen Leidenschaft des Genusses
und des Stolzes, die ihr Leben ausgefüllt hatten.
Aber als sie von neuem begann auf- und abzuwandern,
zuckte sie zusammen: sie hatte plötzlich die Nummer des
„Temps“ auf der Erde gesehen, die der Doktor wegge-
worfen, nachdem er den Artikel herausgeschnitten, um
ihn dem Aktenbündel „Saccard“ einzuverleiben; und
der Anblick des „Fensters“ inmitten des Blattes klärte
sie zweifellos auf, denn mit einemmal gab sie ihre
Wanderung auf und ließ sich auf einen Stuhl fallen,
als ob sie endlich wüßte, was zu erfahren sie gekommen war.

„Dein Vater ist zum Leiter der ‚Epoque‘ ernannt
worden,“ nahm sie dann plötzlich das Gespräch
wieder auf.

„Ja,“ sagte Clotilde ruhig, „der Meister hat
mir’s gesagt, es stand in der Zeitung.“

Mit aufmerksamer, ängstlicher Miene betrachtete
sie Felicité, denn diese Ernennung Saccards, dieser
Anschluß an die Republik war etwas Ungeheuerliches.
Nach dem Sturz des Kaiserreichs hatte er es gewagt,
nach Frankreich zurückzukehren, trotz seiner Verur-
teilung als Direktor der „Banque universelle“, deren
gewaltiger Zusammenbruch dem des Régimes voran-
gegangen war. Neu erstandene Einflüsse, ein ganzes
Netz unglaublicher Ränke mußten ihn wieder in den
Sattel gehoben haben. Er hatte nicht allein seine Be-
gnadigung erhalten, er war auch von neuem im Zuge,
beträchtliche Geschäfte anzubahnen, er spielte eine Rolle
in der großen Journalistik und fand seinen Anteil
an allen Trinkgeldern wieder. Und die Erinnerung
an die einstigen Zwistigkeiten zwischen ihm und
seinem Bruder Eugène Rougon traten ihr vor Augen.
Eugène, den er so oft bloßgestellt hatte und den er
nun, dank einer ironievollen Wendung der Dinge,
vielleicht beschützen sollte, jetzt, wo der ehemalige Minister des Kaiserreichs nur mehr ein einfacher Ab-
geordneter war, der sich ausschließlich auf die Rolle
beschränkte, seinen gefallenen Herrn mit jener Hart-
näckigkeit zu verteidigen, die seine Mutter in der
Verteidigung der Familie bewies. Sie kam allen Be-
fehlen ihres ältesten Sohnes folgsam nach, der, wiewohl

schwer getroffen, noch immer der Adler war; aber
auch Saccard, was er immer that, stand mit seiner
unbezähmbaren Begierde nach Erfolg ihrem Herzen
nahe; und sie war außerdem auf Maxime, den
Bruder Clotildens, stolz, der nach dem Kriege wieder
in sein Hotel in der Avenue du Bois de Boulogne
gezogen war, wo er das Vermögen, das ihm seine Frau
hinterlassen hatte, verständig verzehrte mit der Klugheit
eines Menschen, der, ins Mark getroffen, mit List
die drohende Lähmung bekämpfen möchte.

„Leiter der ‚Epoque‘,“ wiederholte sie, „eine wahre
Ministerstellung, die Dein Vater da errungen hat...
Ja, und ich vergaß beinahe, Dir zu sagen, daß ich
Deinem Bruder geschrieben habe, um ihn zu ver=
anlassen, zu uns zu kommen. Das dürfte ihn zer=
streuen, ihm wohl thun. Dann ist das Kind da, der
arme Charles.“

Sie brach ab; es war dies auch eine jener Wun=
den, an denen ihr Stolz blutete: Ein Sohn, den
Maxime mit siebenzehn Jahren mit einer Magd gehabt
hatte, der jetzt, fünfzehn Jahre alt und halb schwach=
sinnig, in Plassans lebte und, allen zur Last, von
einem zum andern geschoben wurde. Einen Augenblick
wartete sie noch, in der Hoffnung auf eine Aeußerung
Clotildens, einen Uebergang, der ihr gestatten würde,
dorthin zu gelangen, wohin sie kommen wollte. Als
sie sah, daß das junge Mädchen kein Interesse zeigte
und sich nur damit beschäftigte, die Papiere auf
ihrem Pult zu ordnen, entschloß sie sich kurz, nachdem
sie auf Martine einen Blick geworfen, die, als ob sie

taubstumm wäre, ruhig fortfuhr, an dem Lehnstuhl zu
flicken.

„Also, Dein Onkel hat den Artikel aus dem
‚Temps‘ herausgeschnitten?“

Ruhig lächelnd antwortete Clotilde:

„Ja, der Meister hat ihn in die Akten gesteckt.
O, was begräbt er darin für Notizen! Die Geburten,
die Todesfälle, die geringsten Vorkommnisse des
Lebens, alles kommt dort hinein. Und es ist auch ein
Stammbaum da, Du weißt doch, unser berühmter
Stammbaum!“

Die Augen der alten Frau Rougon waren auf=
geflammt, sie sah das junge Mädchen mit festem
Blick an.

„Du kennst sie, diese Akten?“

„O nein, Großmama, niemals hat der Meister
zu mir davon gesprochen und er verbietet mir, sie
anzurühren.“

Sie wollte ihr jedoch nicht glauben.

„Aber Du hast sie doch unter der Hand gehabt,
Du hast sie lesen müssen?“

Schlicht, mit ihrer ruhigen Geradheit antwortete
Clotilde, von neuem lächelnd:

„Nein, wenn der Meister mir etwas verbietet, so
hat er seine Gründe, und ich thu’ es nicht.“

„Nun denn, Kind,“ rief Felicité, von ihrer Leiden=
schaft fortgerissen, heftig aus, „Du, die ja Pascal
so sehr liebt und auf die er vielleicht hören wird,
Du solltest ihn anflehen, all das zu verbrennen,
denn wenn er sterben sollte und man diese schreck=

lichen Dinge, die darin sind, fände, wären wir alle entehrt!"

Ach, diese abscheulichen Aktenstöße! Sie sah sie nachts in ihren bösen Träumen, wie sie in feurigen Lettern die wahre Geschichte, die physiologischen Mängel der Familie, diese ganze Kehrseite ihres Ruhmes, preisgaben, die sie am liebsten für immer mit den schon verstorbenen Vorfahren begraben hätte. Sie wußte, wie der Doktor auf den Gedanken gekommen war, schon zu Beginn seiner großen Arbeiten über die Vererbung diese Urkunden zu sammeln, wie er sich veranlaßt gesehen, seine eigene Familie als Beispiel zu nehmen, betroffen von den vielen typischen Fällen, die er da wahrnahm und die den von ihm entdeckten Gesetzen als Bekräftigung dienten. War das nicht ein ganz natürliches, in seinem Handbereich liegendes Beobachtungsfeld, das er von Grund aus kannte? Und mit der schönen, unbekümmerten Geradheit eines Forschers trug er seit dreißig Jahren die intimsten Aufzeichnungen über die Seinen herbei, indem er alles sammelte und ordnete, indem er diesen Stammbaum der Rougon-Macquarts aufstellte, für welchen die dicken Aktenstöße nur die von Beweisen strotzende Erklärung bildete.

„Ja, ja," fuhr Frau Rougon in glühendem Eifer fort, „ins Feuer, ins Feuer mit all diesen Wischen, die uns beschmutzen würden!"

Und da die Dienerin, als sie sah, welche Wendung das Gespräch nahm, sich erhob, um hinauszugehen, hielt sie Frau Rougon mit einer raschen Geberde zurück:

„Nein, Martine, bleibt. Ihr seid hier nicht zu viel, da Ihr ja jetzt zur Familie gehört."

Dann fuhr sie mit zischender Stimme fort:

„Eine Anhäufung von Fälschungen, von Klatschereien, all die Lügen, die unsere Feinde, wütend über unsere Triumphe, einstmals gegen uns geschleudert haben! Denk ein wenig daran, mein Kind! Auf uns alle, auf Deinen Vater, auf Deine Mutter, auf Deinen Bruder, auf mich würde so viel Grauenvolles kommen!"

„Grauenvolles, Großmama? Woher weißt Du denn das?"

Einen Augenblick stand sie verwirrt da.

„O, ich kann mir's denken! Wo ist die Familie, die nicht Unglücksfälle erlitten hat, die man schlecht auslegen kann? Zum Beispiel unser aller Mutter, diese liebe, verehrungswürdige Tante Dide, Deine Urgroßmutter, ist sie nicht seit einundzwanzig Jahren in der Irrenanstalt von Les Tulettes? Wenn Gott ihr die Gnade angethan hat, sie bis zum Alter von hundertundvier Jahren leben zu lassen, hat er sie grausam getroffen, indem er ihr den Verstand raubte. Gewiß, es ist keine Schande dabei, allein was mich in Zorn versetzt, was nicht geschehen sollte, das ist, daß man sagt, wir alle seien verrückt... Und sieh, auch über Deinen Großonkel Macquart hat man beklagenswerte Gerüchte in Umlauf gebracht. Macquart hat einstmals manches Unrecht begangen, ich verteidige ihn nicht. Heute aber, lebt er nicht ganz ehrsam auf seiner kleinen Besitzung in Les Tulettes, zwei Schritte von unserer un=

glücklichen Mutter, über die er als guter Sohn wacht? Und schließlich höre ein letztes Beispiel: Dein Bruder Maxime hat einen schweren Fehltritt begangen, als er mit einer Magd diesen armen kleinen Charles zeugte, und es ist andererseits gewiß, daß dieses Unglückskind den Kopf nicht recht beisammen hat! Was liegt daran! Wird es Dir Vergnügen machen, wenn man Dir erzählt, daß Dein Neffe ein Entarteter ist, der nach vier Geschlechtern das Bild seiner Urahne wiedergibt, der lieben Frau, zu welcher wir ihn manchmal führen und bei der es ihm so gefällt? Nein, es ist keine Familie mehr möglich, wenn man es unternimmt, alles zu zerpflücken, die Nerven des einen, die Muskeln des andern! Das könnte einem das Leben verleiden!"

Clotilde, in ihrer langen schwarzen Bluse aufrecht dastehend, hatte aufmerksam zugehört, sie war sehr ernst geworden, hatte ihre Arme sinken lassen und ihre Augen zur Erde niedergeschlagen. Einen Augenblick trat Schweigen ein, dann sagte sie langsam:

„Das ist die Wissenschaft, Großmama!"

„Die Wissenschaft!" rief Felicité aus, indem sie abermals umhertrippelte. „Sie ist nett, eure Wissenschaft, die gegen alles losgeht, was es Heiliges auf der Erde gibt! Wenn sie alles zerstört haben werden, dann werden sie es recht weit gebracht haben . . . Sie töten die Achtung, sie töten die Familie, sie töten den lieben Herrgott . . ."

„O, sagen Sie das nicht, gnädige Frau!" unterbrach sie in schmerzlichem Tone Martine, deren be-

schränkter Frömmigkeit dies eine blutende Wunde
schlug. „Sagen Sie nicht, daß Herr Pascal den
lieben Gott tötet!"

„Gewiß, meine arme Martine, er tötet ihn!... und
seht, es ist vom Standpunkt der Religion aus ein Verbrechen, zuzulassen, daß er sich so der Verdammnis
preisgibt. Ihr liebt ihn nicht, mein Wort darauf,
nein, ihr liebt ihn nicht, ihr beiden, die ihr das Glück
habt, zu glauben, weil ihr nichts thut, um ihn auf
den guten Weg zurückzubringen ... Ah, ich, an
eurer Stelle, ich würde diesen Schrank eher mit einer
Axt entzweispalten, ich würde ein prächtiges Freudenfeuer mit all den Gotteslästerungen, die er enthält,
anzünden!"

Sie hatte sich vor den ungeheuren Schrank hingestellt, sie maß ihn mit ihrem brennenden Blick,
wie um ihn, trotz der dürren Magerkeit ihrer achtzig
Jahre, im Sturm zu nehmen, zu plündern und zu
vernichten. Dann sagte sie mit einer Geberde iro-
nischer Geringschätzung:

„Und wenn er mit seiner Wissenschaft wenigstens
noch alles wissen könnte!"

Clotilde stand in Gedanken versunken mit verlorenen Blicken da. Dann sagte sie mit halblauter
Stimme, als ob sie mit sich selbst spräche:

„Es ist wahr, er kann nicht alles wissen, es gibt
immer noch etwas anderes da drüben ... Das ist's, was
mich böse macht, was bisweilen Streit zwischen uns
erregt, denn ich kann nicht gleich ihm das Geheimnisvolle einfach beiseite lassen; es beunruhigt mich so sehr,

daß ich davon gefoltert werde ... alles da drüben,
was lebt und sich im Schauer des Schattens rührt,
all die unbekannten Kräfte ..."

Ihre Stimme war noch leiser und langsamer ge=
worden und in ein undeutliches Murmeln übergegangen.

Nun mischte sich Martine, deren Miene seit einem
Augenblick sich verdüstert hatte, ins Gespräch.

„Wenn es aber doch wahr wäre, Fräulein, daß
der Herr mit allen diesen häßlichen Papieren die
Verdammnis auf sich lüde? Sagen Sie, sollen wir
ihn da gewähren lassen? ... Sehen Sie, er könnte mir
sagen, ich solle mich von der Terrasse da hinunter
stürzen, ich würde die Augen schließen und mich hin=
unter stürzen, weil ich weiß, daß er immer recht hat,
aber was sein Seelenheil anbelangt, o, wenn ich
könnte, dafür würde ich auch gegen seinen Willen
arbeiten! Ja, mit allen Mitteln würde ich ihn dazu
zwingen, denn es ist ein geradezu grausamer Gedanke,
daß er nicht im Himmel bei uns sein wird."

„Das ist einmal sehr brav gesprochen, meine
gute Martine," stimmte Felicité bei, „Ihr liebt Euren
Herrn wenigstens auf eine vernünftige Weise."

Zwischen diesen beiden schien Clotilde noch unent=
schlossen. Bei ihr schmiegte sich die Gläubigkeit nicht
an die genaue Regel des Dogmas, das religiöse Ge=
fühl verkörperte sich bei ihr nicht in der Hoffnung auf
ein Paradies, eine Stätte der Wonnen, wo man die
Seinen wiederfinden sollte; in ihr war das einfach
nur der Drang nach dem Jenseits, eine Gewißheit,
daß sich die weite Welt keineswegs auf die Sinnes=

wahrnehmung beschränke, daß noch eine ganz andere, unbekannte Welt bestehe, der man Rechnung tragen müsse. Aber ihre alte Großmutter, die so hingebungs- volle Martine, machten sie in ihrer besorgten Liebe zu ihrem Oheim schwankend. Liebten sie ihn nicht mehr, nicht in erleuchteterer, ehrlicherer Weise, sie, die sie ihn ohne Makel, von seinen Gelehrtenschrullen befreit und so geläutert wissen wollten, damit er zu den Aus- erkorenen gehöre? Worte aus frommen Büchern kamen ihr ins Gedächtnis, der ewige Kampf mit dem Geist des Bösen, rühmliche Bekehrungen, die man in muti- gem Ringen erzwungen. Wenn sie dieses heilige Werk auf sich nähme, wenn sie ihn trotz alledem wider seinen Willen retten würde! Und eine Verzückung erfaßte allmälich ihren Geist, der sich leicht abenteuer- lichen Unternehmungen zuwandte.

„Gewiß,‟ sagte sie schließlich, „ich werde sehr glücklich darüber sein, wenn er nicht seinen Kopf aufs Spiel setzt, indem er diese Papierfetzen sammelt, son- dern mit uns zur Kirche geht.‟

Als Frau Rougon sah, daß sie nahe daran sei einzuwilligen, rief sie aus, daß man handeln müsse, und Martine selbst legte ihren ganzen wirksamen Einfluß in die Wagschale. Sie waren an sie heran- getreten und gaben dem jungen Mädchen allerlei Lehren, indem sie ihre Stimmen wie zu einer Ver- schwörung dämpften, aus welcher eine wunderbare Gut- that, eine göttliche Freude hervorsprießen und das ganze Haus mit Wohlgeruch erfüllen würde. Welch ein Triumph, wenn man den Doktor mit Gott versöhnt hätte, und welch eine Wonne, nachher zusammen in der himmlischen Gemeinschaft desselben Glaubens zu leben!

„Nun denn, was soll ich thun?" fragte Clotilde besiegt und bezwungen.

In der Stille, die in diesem Augenblick herrschte, erklang der Mörserstößel des Doktors in seinem beständigen Rhythmus noch lauter, und Felicité, die mit sieghafter Miene sprechen wollte, wandte unruhig den Kopf und betrachtete einen Augenblick die Thüre des Nachbarzimmers, dann fragte sie halblaut:

„Weißt Du, wo der Schlüssel des Schrankes ist?"

Clotilde antwortete nicht, sie gab nur mit einer Geberde kund, wie sehr es ihr widerstrebe, ihren Meister so zu verraten.

„Bist Du aber kindisch, ich schwöre Dir, nichts zu nehmen, ich werde sogar nichts in Unordnung bringen . . . nur, nicht wahr, da wir allein sind und Pascal sich niemals vor dem Essen sehen läßt, könnten wir uns vergewissern, was es eigentlich darinnen gibt . . . o, nur einen einzigen Blick, mein Wort darauf!"

Das junge Mädchen stand unbeweglich da und verweigerte noch immer seine Zustimmung.

„Und dann, vielleicht täusche ich mich, gewiß sind diese schlimmen Sachen, von denen ich Dir gesprochen, gar nicht darin."

Das war entscheidend, sie holte rasch den Schlüssel aus der Schublade und öffnete den Schrank angelweit.

„Da, Großmama, die Akten sind hier oben!"

Martine hatte sich, ohne ein Wort zu sprechen, vor die Thüre des Zimmers hingepflanzt, mit lauschen=

dem Ohr horchte sie auf das Geräusch des Stößels, während Felicité vor Erregung wie festgebannt die Akten betrachtete; das waren sie endlich, diese schreck= lichen Akten, die wie ein böser Traum ihr Leben ver= gifteten, sie sah sie, sie sollte sie erfassen und davon= tragen. Sie richtete sich in die Höhe, indem sie sich auf ihren kleinen Beinen leidenschaftlich emporreckte.

„Es ist zu hoch, Schätzchen," sagte sie. „Hilf mir, reich sie mir."

„O, so geht es nicht, Großmama, nimm einen Stuhl!"

Felicité nahm einen Stuhl und stieg flink hinauf, aber sie war noch immer zu klein. Mit einer außer= ordentlichen Anstrengung streckte sie sich, es gelang ihr, sich so groß zu machen, daß sie mit dem Ende ihrer Nägel die Umschläge aus starkem blauem Papier berühren konnte. Ihre Finger fuhren hin und her, krampften sich gleich kratzenden Krallen zusammen. Plötzlich gab es einen Krach. Es war ein geologisches Musterstück, ein Stück Marmor, das in einem der unteren Fächer lag und das sie eben hinuntergestoßen hatte.

Allsogleich hielt der Mörserstößel inne, und Martine sagte mit halberstickter Stimme:

„Gebt acht, jetzt kommt er."

Felicité aber, ganz verzweifelt, hörte nichts und ließ nicht los, als Pascal rasch eintrat. Er hatte einen Unfall, einen Sturz befürchtet und blieb wie eingewurzelt stehen angesichts dessen, was er sah: seine Mutter auf dem Stuhl, die Arme hoch in die Luft

streckend, während Martine beiseite getreten war und
Clotilde kreidebleich dastand und, ohne die Augen ab=
zuwenden, wartete. Als er begriffen hatte, um was
es sich handelte, wurde er selbst leichenblaß. Ein
furchtbarer Zorn erfaßte ihn.

Die alte Frau Rougon geriet übrigens keineswegs
in Verwirrung. Sobald sie sah, daß die günstige
Gelegenheit verloren sei, sprang sie vom Sessel, und
machte nicht einmal eine Anspielung auf die Arbeit,
bei der er sie überraschte.

„Ei, Du bist's, ich wollte Dich nicht stören! Ich
war gekommen, um Clotilde zu umarmen. Aber jetzt
sind's beinahe zwei Stunden, daß ich schwatze, und
ich muß mich beeilen, weiterzukommen; man erwartet
mich zu Hause und wird gar nicht wissen, was aus
mir geworden ist. Auf Wiedersehen am Sonntag!"

Sie ging ganz munter davon, nachdem sie ihrem
Sohn zugelächelt, der stumm und ehrerbietig vor ihr
stehen geblieben war. Es war dies eine Haltung,
die er schon seit langem beobachtete, um eine Aus=
einandersetzung zu vermeiden, die, wie er fühlte,
grausam werden mußte, und vor der er immer Furcht
gehabt hatte. Er kannte sie, er wollte ihr alles ver=
zeihen, mit der unbefangenen Duldsamkeit des For=
schers, der den Einfluß der Vererbung, der Umgebung
und der Umstände in Betracht zieht. Und dann, war
sie nicht seine Mutter? Das würde genügt haben;
denn bei all den furchtbaren Wunden, welche seine
Untersuchungen der Familie schlugen, bewahrte er eine
große, herzliche Liebe für die Seinen.

Als seine Mutter nicht mehr da war, brach sein Zorn los und entlud sich über Clotilde. Er hatte seine Augen von Martine abgewandt, er hielt sie fest auf das junge Mädchen gerichtet, das tapfer die Verantwortung für seine Handlung übernahm und den Blick noch immer nicht abgewandt hatte.

„Du, Du!“ sagte er endlich.

Er hatte ihren Arm gepackt und drückte ihn, daß sie hätte schreien mögen. Aber sie sah ihm unverwandt ins Gesicht, ohne sich vor ihm zu beugen, mit dem unbezähmbaren Entschlusse, ihre Persönlichkeit und ihre Denkungsart zu behaupten. Sie war schön und reizte seinen Groll, wie sie so, hoch aufgeschossen und schlank, in ihrer schwarzen Bluse dastand; und ihre prächtige blonde Jugend, ihre gerade Stirn, ihre feine Nase, ihr festes Kinn nahmen in ihrer Auflehnung einen kriegerischen, aber ungemein fesselnden Ausdruck an.

„Du, die ich geschaffen habe, die meine Schülerin, meine Freundin, mein zweites Denken ist, der ich ein Stück von meinem Herzen und von meinem Gehirn gegeben habe! Ach ja, ich hätte Dich ganz für mich behalten und mir nicht den besten Teil Deiner selbst von Deinem . . . Herrgott wegnehmen lassen sollen!“

„O Herr, Sie lästern Gott!“ rief Martine aus, die näher getreten war, um einen Teil seines Zornes auf sich abzulenken.

Aber er sah sie nicht einmal. Clotilde allein war für ihn da. Und er war wie umgewandelt, von

einer solchen Leidenschaft erfaßt, daß unter seinen
weißen Haaren und umrahmt von seinem weißen
Barte sein schönes Gesicht mit einem Ausdruck unendlicher, verletzter und zorniger Liebe jugendlich auf-
flammte. Eine kurze Weile noch betrachteten sie sich
so, ohne einander zu weichen, Auge in Auge.

„Du, Du!" wiederholte er mit seiner bebenden
Stimme.

„Ja, ich!... Warum auch, Meister, sollte ich Dich
nicht ebenso sehr lieben, wie Du mich liebst? Und
warum sollte ich, wenn ich Dich in Gefahr glaube,
mich nicht bemühen, Dich zu retten? Du sorgst Dich
wohl um das, was ich glaube, Du willst mich wohl
zwingen, zu denken wie Du!"

Niemals hatte sie ihm so die Stirn geboten.

„Aber Du bist ein kleines Mädchen, Du weißt
nichts!"

„Nein, ich bin eine Seele, und Du weißt darüber
nicht mehr als ich!"

Er ließ ihren Arm los und wies achselzuckend mit
weit ausgebreiteten Händen nach dem Himmel. Ein
tiefes Schweigen trat ein, wie erfüllt von den ernsten
Dingen, über die er sich in keine nutzlose Auseinan-
andersetzung einlassen wollte. Mit einem starken Ruck
hatte er den Laden des mittleren Fensters geöffnet,
denn die Sonne senkte sich, und der Saal hüllte sich
in Schatten. Dann kam er zurück.

Sie aber war in einem Drang nach Luft und
freier Gegend an dieses offene Fenster getreten. Der
sengende Glutregen hatte aufgehört; nur ein letzter

Schauer fiel vom heißen, erblassenden Himmel her=
nieder, und von der noch brennenden Erde stiegen mit
dem erleichterten Atem des Abends warme Dünste
auf. Unten an der Terrasse lag zunächst das Ge=
leise der Eisenbahn mit dem Beginn des Bahnhofs,
dessen Baulichkeiten man in der Ferne erblickte. Dann
kam, die breite, verdorrte Ebene durchschneidend, eine
Baumreihe, welche den Lauf der Viorne bezeichnete,
jenseits deren die Hügel von Sainte=Marthe empor=
ragten, ein rötliches, mit Oliven bewachsenes Ge=
lände, das stufenweise von steinernen, ohne Mörtel
aufgeführten Mauern gestützt und von düsterem Kiefer=
gehölz gekrönt war, ein weites, trostloses und von der
beständigen Sonnenglut wie ausgebranntes Amphi=
theater von der Farbe alter gebrannter Ziegel, das oben
am Himmel jene Franse von schwarzem Grün begrenzte.
Links that sich die Schlucht der Seille auf, Trümmer
von mächtigem gelbem Gestein, das mitten in das
blutfarbene Gelände herabgestürzt war, von einer un=
geheuren, der Mauer einer Riesenfestung ähnlichen
Felsenmasse überragt; zur Rechten, am Eingange in
das Thal, wo die Viorne floß, schichteten sich die ent=
färbten roten Ziegeldächer von Plassans überein=
ander, der zusammengedrängte wirre Bau einer alten
Stadt, aus welcher die Wipfel alter Ulmen hervor=
lugten und welche der hohe Turm der Saint=
Saturninkirche in dem durchsichtigen Gold des
Sonnenuntergangs einsam und in heiterer Erhaben=
heit überragte.

„Ach, mein Gott,“ sagte Clotilde langsam, „muß

man stolz sein, um zu glauben, daß man das alles
in seine Hand zu fassen, alles zu erkennen vermag!"

Pascal war auf einen Stuhl gestiegen, um sich zu
vergewissern, daß keines seiner Aktenbündel fehle.
Dann hob er das Stück Marmor auf, stellte es auf
das Brett, und als er den Schrank mit einer kräftigen Handbewegung wieder zugeschlossen hatte, steckte
er den Schlüssel in seine Tasche.

„Ja," sagte er, „sich bemühen, alles zu erkennen
und vor allem nicht den Kopf zu verlieren bei dem,
was man nicht kennt, was man zweifellos niemals
kennen wird."

Martine hatte sich abermals Clotilde genähert, um
ihr beizustehen, um zu zeigen, daß sie beide gemeinsame Sache machten. Und jetzt bemerkte der Doktor
auch sie, und er fühlte, wie die beiden in demselben
Entschlusse, ihn zu erobern, vereint waren. Nach
jahrelangen heimlichen Versuchen war das endlich der
offene Krieg; der Gelehrte sah die Seinen, wie sie
sich gegen seine Gedanken wandten und diese zu
zerstören drohten. Es gibt keine schlimmere Qual,
als den Verrat in seinem Hause rings um sich zu
haben, gehetzt, bedroht und vernichtet zu werden von
jenen, die man liebt und die diese Liebe erwidern.

Jählings durchzuckte ihn dieser furchtbare Gedanke.

„Und ihr beide liebt mich doch!"

Er sah, wie Thränen ihre Augen verschleierten,
und eine unsägliche Traurigkeit erfaßte ihn, während
der schöne Tag sich ruhig neigte. All seine Fröhlich-

keit, all seine Güte, die seiner freudigen Hingabe an
das Leben entsprangen, waren davon tief erschüttert
und zerwühlt.

„Ach, mein Liebling, und Du, Arme, ihr thut
das um meines Glückes willen, nicht wahr? Aber,
ach, wie werden wir unglücklich sein!"

Zweites Kapitel.

Am folgenden Morgen erwachte Clotilde gegen
sechs Uhr. Sie war zu Bett gegangen in Unfrieden
mit Pascal, sie schmollten mit einander. Und ihr
erstes Empfinden war ein gewisses Unbehagen, ein
dumpfer Schmerz, das entschiedene Bedürfnis, Frieden
zu schließen, um nicht die drückende Last auf ihrem
Herzen zu behalten, die sie dort vorfand.

Aus dem Bett springend, machte sie sich rasch
daran, die Läden der beiden Fenster zu öffnen. Die
schon hochstehende Sonne schien herein und durch-
schnitt das Zimmer in zwei Goldstreifen. In dieses
kleine, lauschige Gemach, das ganz durchdrungen war
von einem angenehmen Dufte der Jugend, brachte
der klare Morgen etwas von dem frischen Hauche des
Frohsinns. An das Bett wieder zurückgekehrt, hatte
sich das junge Mädchen auf den Rand desselben niedergelassen und blieb dort einen Augenblick in Nachdenken versunken sitzen; sie war nur mit ihrem eng
anschließenden Hemd bekleidet, was sie mager erscheinen ließ mit ihren dünnen, langen Beinen, ihrem

schlanken, kräftigen Körper, ihrer vollen Brust, ihrem runden Halse, ihren runden und biegsamen Armen; ihr Nacken und ihre wundervollen Schultern waren weiß wie Milch, glatt wie Seide und von einer unendlichen Zartheit. Lange Zeit, in dem ungünstigen Alter von zehn bis achtzehn Jahren, schien sie zu groß zu sein; sie hatte einen schlotterigen Gang und kletterte auf die Bäume wie ein Junge. Dann aber hatte sie sich aus einem wilden Gassenbuben ohne Geschlecht zu diesem schönen Wesen voller Anmut und Liebreiz entwickelt.

Mit leeren Blicken fuhr sie fort, die Wände des Zimmers zu betrachten. Obgleich die Souleiade erst aus dem vorigen Jahrhundert stammte, so war man doch schon unter dem ersten Kaiserreich genötigt gewesen, sie wieder neu auszustatten, denn es befand sich dort noch als Tapete ein altertümlicher, gedruckter Kattun, auf dem Sphinxstatuen in Rosetten von Eichenholzkronen dargestellt waren. Einst von einem lebhaften Rot, war dieser Kattun im Laufe der Zeit rosa geworden, ein unbestimmtes Rosa, das sich dem Orangefarbenen näherte. An den beiden Fenstern und an dem Bett waren Vorhänge vorhanden, aber man hatte sie reinigen müssen und dadurch waren sie ganz verblichen. Was das mit demselben Stoff überzogene Bett anbetraf, so war es so verfallen, daß man es durch ein anderes hatte ersetzen müssen, das man aus einem anstoßenden Zimmer nahm, ein Bett nach der unter dem ersten Kaiserreich herrschenden Mode, niedrig und sehr breit, aus massivem Mahagoni-

holz mit einer kupfernen Einfassung, deren vier Eck=
säulen ebenfalls Sphinxstatuen trugen, die denen der
Tapete gleich waren. Das übrige Mobiliar war
zusammengetragen, ein Kasten mit massiven Thüren
und mit Säulen, eine Kommode aus weißem Marmor
mit einer rings herumlaufenden Galerie, ein hoher,
monumentaler Stehspiegel, ein Ruhebett mit steifen
Füßen, Stühle mit geraden, lyraförmigen Rücken=
lehnen. Ein Fußdeckbett, aus einem alten seidenen
Frauenrock aus der Zeit Ludwigs XV. gemacht, gab
dem gewaltigen Bett, das die Mitte der Wand
gegenüber den Fenstern einnahm, ein freundlicheres
Aussehen; ein ganzer Haufen von Kissen machte das
harte Ruhebett weich; außerdem waren noch zwei
Etagèren und ein Tisch vorhanden, die alle in gleicher
Weise mit alten, blumengestickten Seidendecken belegt
waren, die man in einem Wandschranke vorgefunden
hatte.

Clotilde zog endlich ihre Strümpfe an, hüllte sich
in ein Morgenkleid von weißem Piqué und eilte,
nachdem sie mit den Fußspitzen in ihre Hausschuhe
von grauer Leinwand gefahren war, in ihr Toiletten=
kabinet, das nach der hinteren Seite des Hauses
hinausging. Sie hatte es ganz einfach mit feinem,
blaugestreiftem Roh=Barchentstoffe tapeziren lassen,
und es befanden sich darin nur Möbel von polirtem
Tannenholz, der Toilettetisch, zwei Schränke und
Stühle. Dennoch merkte man an allem die feine
und natürliche Koketterie der Frau. Diese war bei ihr
zu gleicher Zeit wie die Schönheit zum Vorschein ge=

kommen. Obgleich sie sich noch zuweilen als ein
wildes, starrköpfiges Mädchen zeigte, war sie doch
fügsam und sanft geworden und liebte es vor allem,
geliebt zu werden. Die Wahrheit war, daß man sie
in voller Ungebundenheit hatte aufwachsen lassen, daß
sie nichts anderes als schreiben und lesen gelernt hatte,
daß sie sich dann selbst eine oberflächliche Bildung
angeeignet hatte, indem sie ihrem Onkel half. Aber
es bestand zwischen ihnen keinerlei fester Plan; er hatte
aus ihr kein Wunderding machen wollen, sie hatte sich
nur für die Naturgeschichte begeistert, welche ihr alles
von dem Manne und dem Weibe enthüllt hatte. Aber
sie hatte trotz ihrer unbewußten und reinen Sehnsucht
nach der Liebe sich dabei ihre jungfräuliche Reinheit
bewahrt wie eine Frucht, die keine Hand je berührte,
ohne Zweifel dank jenem tiefen Gefühl der Frau,
welches sie das Geschenk ihres ganzen Wesens bewahren lehrt, ihr gänzliches Aufgehen in dem Manne,
den sie lieben wird.

Sie steckte ihre Haare auf und wusch sich mit
viel Wasser; dann öffnete sie, da sie ihre Ungeduld
nicht länger bezähmen konnte, leise die Thüre ihres
Zimmers und wagte es, auf den Zehenspitzen ge-
räuschlos den großen Arbeitssaal zu durchschreiten.
Die Läden waren zwar noch geschlossen, aber sie sah
darin doch noch deutlich genug, daß sie sich nicht an
den Möbeln stieß. Als sie das andere Ende erreicht
hatte vor der Zimmerthür des Doktors, beugte sie
sich vor, ihren Atem anhaltend. War er schon aufgestanden? Was konnte er thun? Sie hörte ihn

deutlich mit kurzen Schritten hin und her gehen. Ohne
Zweifel kleidete er sich an. Niemals hatte sie dieses
Zimmer betreten, wo er gewisse Arbeiten zu verbergen
pflegte und welches verschlossen blieb wie ein Heilig-
tum. Eine Angst hatte sie ergriffen, nämlich die,
von ihm hier gefunden zu werden, wenn er die Thüre
öffnete; und das verursachte ihr große Unruhe, ihr
Stolz empörte sich dagegen und es rief zugleich in
ihr den Wunsch hervor, ihren Gehorsam zu zeigen.
Ein fieberhaftes Schütteln durchlief sie, was sie bisher noch nicht gekannt hatte. Einen Augenblick war
das Verlangen, sich mit ihm auszusöhnen, so stark,
daß sie im Begriffe stand, zu klopfen. Dann, als
das Geräusch der Schritte sich näherte, lief sie wie
toll davon.

Bis um acht Uhr befand sich Clotilde in wachsen-
der Aufregung. Jede Minute blickte sie nach der
Uhr, die auf dem Kamin ihres Zimmers stand.
Es war eine Uhr im Empirestil von vergol-
deter Bronze mit einem Stein, an welchen gelehnt der lächelnde Amor die eingeschlafene Zeit
betrachtete. Es war von jeher Sitte, daß sie um
acht Uhr hinunter ging, um im Eßzimmer mit dem
Doktor zusammen das erste Frühstück einzunehmen.
Während sie noch wartete, machte sie mit peinlicher
Sorgfalt Toilette, sie frisirte sich, zog ihre Stiefel an,
schlüpfte in ein Kleid von weißer Leinwand mit roten
Punkten. Dann erfüllte sie, da sie noch eine Viertelstunde Zeit hatte, einen alten Wunsch, sie setzte sich hin
und nähte eine kleine Spitze, die Nachahmung einer

Spitze von Chantilly, auf eine Arbeitsbluse, jene
schwarze Bluse, die doch, wie sie schließlich gefunden
hatte, zu wenig für eine Frau passend war. Als es
aber acht Uhr schlug, legte sie die Arbeit beiseite und
ging rasch hinunter.

„Sie werden allein frühstücken," sagte Martine
gelassen im Eßzimmer.

„Wieso?"

„Ja, der Herr Doktor hat mich gerufen, und ich habe
ihm sein Ei durch die kleine Oeffnung in seiner Thüre
hineingeschoben. Der ist noch bei seinem Mörser und
bei seinem Filter. Wir werden ihn nicht vor Mittag
zu sehen bekommen."

Clotilde war sehr bestürzt und ihre Wangen bleich.
Sie trank ihre Milch stehend, nahm ein kleines Brot
mit und folgte der alten Haushälterin in die Küche.
In dem Erdgeschoß befand sich außer dem Eßzimmer
und der Küche nur noch ein öder Saal, wo man den
Vorrat an Kartoffeln aufbewahrte. Früher, als der
Doktor noch Patienten bei sich empfing, hielt er dort
seine Konsultationen ab; aber seit Jahren hatte man
den Schreibtisch und den Fauteuil in sein Zimmer
hinaufgeschafft. Es war außerdem noch ein anderes
kleines Gelaß vorhanden, das seinen Ausgang in die
Küche hatte: die ungemein saubere Kammer der alten
Martine, mit einem Waschtisch, und ihrem einfachen,
von weißen Vorhängen umrahmten jungfräulichen Bett.

„Du glaubst also, daß er sich wieder daran ge=
macht hat, sein Elixir zu fabrizieren?" fragte Clotilde.

„Es kann nichts anderes sein als das. Sie wissen

ja, daß er das Essen und Trinken vergißt, wenn ihn das packt."

Darauf machte sich der ganze Kummer des jungen Mädchens in dem tiefen Seufzer Luft:

„O mein Gott! Mein Gott!"

Und während Martine daran ging, ihr Zimmer zu ordnen, nahm sie einen Sonnenschirm von dem Kleiderhaken und begab sich ganz verzweifelt in den Garten, um ihr Brot zu essen, da sie nicht wußte, wie sie bis Mittag die Zeit hinbringen sollte.

Es waren beinahe schon siebenzehn Jahre vergangen, seitdem der Doktor, entschlossen, sein kleines Haus in der Stadt zu verlassen, die Souleiade für circa zwanzigtausend Franken gekauft hatte. Sein Wunsch war, sich in die Einsamkeit zurückzuziehen und zugleich auch der kleinen Tochter seines Bruders Saccard, die ihm dieser gerade damals von Paris geschickt hatte, mehr Freiheit und Vergnügen zu verschaffen. Diese Souleiade, vor den Thoren der Stadt auf einem Plateau gelegen, das die Ebene beherrschte, war eine alte, umfangreiche Besitzung, deren weite Ländereien jedoch auf weniger als zwei Hektare durch vorteilhafte Verkäufe zusammengeschmolzen waren, abgesehen davon, daß die Eisenbahn die letzten pflügbaren Aecker in Besitz genommen hatte. Das Haus selbst war zur Hälfte durch eine Feuersbrunst zerstört worden; nur einer der beiden Teile des Hauptgebäudes war übrig geblieben, ein Flügel in Quadratform — mit vier Ecken, wie man in der Provence sagt — der fünf Fenster Front und

ein rotes Ziegeldach hatte. Und der Doktor, der
die ganze Einrichtung miterworben, hatte sich damit
begnügt, die Umfassungsmauern ausbessern und ver-
vollständigen zu lassen, damit er ganz ruhig und un-
gestört blieb.

Im allgemeinen liebte Clotilde diese Einsamkeit
leidenschaftlich, dieses kleine Königreich, das sie in
zehn Minuten umkreisen konnte und das dennoch ganz
das Gepräge seiner ehemaligen Größe bewahrte. Aber
heute morgen trug sie einen dumpfen Groll in sich.
Einen Augenblick trat sie auf die Terrasse, an deren
beiden Enden hundertjährige Cypressen standen, die,
zwei riesigen dunklen Kerzen gleich, drei Meilen weit
zu sehen waren. Dann zog sich der Abhang bis an die
Eisenbahn hinunter; ohne Mörtel aufgeführte Mauern
stützten die rote Erde, wo die letzten Weinstöcke ein-
gegangen waren, und auf dieser Art von Riesen-
staffeln traf man nur noch dünne Reihen von Oliven-
und Mandelbäumen mit armseligem Blätterschmuck.
Die Hitze war schon erschlaffend, Clotilde betrachtete
kleine Eidechsen, die über die zerbrochenen Steinplatten unter die haarigen Büschel der Kapernsträucher
flüchteten.

Dann durchschritt sie, gleich als ob der weite
Horizont sie beunruhigte, rasch den Obst- und den
Gemüsegarten, den Martine trotz ihres Alters ganz
allein zu pflegen sich in den Kopf gesetzt hatte. Nur
zweimal in der Woche ließ sie einen Mann zu den
gröberen und schwereren Arbeiten kommen. Dann
stieg sie zur Rechten in eine kleine Fichtenwaldung

hinauf, den armseligen Rest der stolzen Wälder, die
einst das ganze Plateau bedeckt hatten. Aber auch
hier befand sie sich nicht wohl; die trockenen Nadeln
krachten unter ihren Füßen, von den Zweigen aus
verbreitete sich ein erstickender Harzgeruch. Und sie
ging an der Umfassungsmauer entlang, eilte vor der
Eingangspforte vorüber, die sich auf die Straße
von Fenouillères öffnet, in einer Entfernung von
dreihundert Meter von den ersten Häusern von
Plassans, und kam endlich auf einen großen, freien
Platz von zwanzig Meter im Umkreise, der allein schon
genügt hätte, die ehemalige Bedeutung der Besitzung
zu beweisen. Ah, dieser alte freie Platz, auf dem
früher das Getreide gedroschen wurde, gepflastert mit
runden Kieseln wie zur Zeit der Römer, diese weite
Esplanade, die ein kurzes, dürres Gras, welches einem
Gespinnste von Gold glich, wie mit einem Teppich von
langer Wolle zu bedecken schien! Welch herrliche Zeiten
hatte sie hier erlebt, wo sie einst herumgesprungen
war, sich im Grase herumgewälzt und stundenlang
auf dem Rücken ausgestreckt dagelegen hatte, wenn die
Sterne am unermeßlichen Himmelszelte erschienen!

Sie hatte ihren Sonnenschirm wieder aufge=
spannt und ging mit verlangsamtem Schritt über
den großen Platz. Jetzt befand sie sich auf der linken
Seite der Terrasse, sie hatte den Umgang um die Be=
sitzung beendet. Sie ging hinter das Haus unter
die Gruppe riesiger Platanen, die auf dieser Seite
einen tiefen Schatten warfen. Das war die Front,
in der sich die beiden Fenster des Zimmers befanden,

das der Doktor bewohnte. Sie hob die Augen, denn sie
war nur hierher gekommen in der in ihr plötzlich auf=
tauchenden Hoffnung, ihn endlich zu sehen. Aber die
Fenster waren geschlossen, und sie fühlte sich dadurch
verletzt wie durch eine Härte von seiner Seite. Allein da
bemerkte sie plötzlich, daß sie immer noch ihr kleines
Brot in der Hand hielt, das sie zu verzehren vergessen
hatte. Sie zog sich unter die Bäume zurück und biß
ungeduldig hinein mit ihren schönen Zähnen der
Jugend.

Das war ein köstlicher Ruheplatz, dieses alte
Fünfeck von Platanen, noch ein Ueberbleibsel der ver=
schwundenen Herrlichkeit der Souleiade. Unter diesen
Riesen mit den gewaltigen Stämmen wurde es kaum
hell; immer herrschte eine grüne Dämmerung und
eine erquickende Kühle während der glühendheißen
Sommertage. Einstmals war dort ein französischer
Garten angelegt, von dem nichts mehr übrig geblieben
war als die Wegeinfassung von Buchsbaum, der
sich ohne Zweifel an den Schatten gewöhnt hatte,
denn er war kräftig aufgewachsen wie sonstiges Ge=
sträuch. Und das Reizendste an diesem schattigen
Winkel war eine Fontäne, eine einfache Röhre von
Blei, eingekittet in einen Säulenschaft, aus der fort=
während, selbst während der größten Trockenheit, ein
Wasserstrahl von der Dicke eines Fingers floß, der
in einiger Entfernung ein großes bemoostes Bassin
speiste, dessen grünschimmelige Steine man nur alle
drei bis vier Jahre reinigte. Wenn alle Brunnen der
Nachbarschaft versagten, so behielt die Souleiade ihre

Quelle, von der die großen Platanen sicherlich die hundertjährigen Töchter waren. Tag und Nacht schon seit Jahrhunderten sang dieser dünn, gleichmäßig und ununterbrochen fließende Wasserfaden das gleiche reine Lied in dem Zittern seines kristallenen Strahls.

Nachdem Clotilde eine Zeit lang zwischen den Buchsbaumsträuchern, die ihr bis an die Schulter gingen, herumgeirrt war, holte sie sich aus dem Hause eine Stickerei, kehrte damit zurück und ließ sich dann an einem steinernen Tische an der Seite der Fontäne nieder. Man hatte hier einige Gartenstühle hingestellt und trank an dem Tische den Kaffee. Sie gab sich jetzt den Anschein, als ob sie den Kopf nicht wieder in die Höhe heben würde und ganz in ihre Arbeit vertieft wäre. Zuweilen nur schien sie einen Blick zwischen den Baumstämmen hindurch nach der in der Sonnenhitze zitternden Ferne, nach dem wie eine Feuersglut blendenden freien Platze zu werfen, auf den die Sonne niederbrannte. In Wirklichkeit aber ging ihr Blick hinter den langen Augenwimpern nach einer andern Richtung und stieg bis zu den Fenstern des Doktors empor. Nichts zeigte sich dort, nicht ein Schatten. Und eine Traurigkeit, ein Groll bemächtigte sich ihrer, jenes trostlose Gefühl der gänzlichen Nichtachtung, welchem er sie überließ, jener Geringschätzung, mit der er sie zu betrachten schien nach ihrem Streite vom vorhergehenden Abend. Sie, die doch mit dem sehnlichen Wunsche aufgestanden war, sofort Frieden zu schließen! Ihm dagegen war es durchaus nicht eilig damit, er liebte sie also nicht, da er im Unfrieden mit ihr leben konnte. Nach und nach wurde sie ganz trübsinnig, sie kam zurück auf den Gegenstand des Streites und beschloß von neuem, in gar keinem Punkte nachzugeben.

Gegen elf Uhr kam Martine, bevor sie das Frühstück ans Feuer setzte, zu ihr heraus, um einen Augenblick mit ihr zu plaudern, den ewigen Strickstrumpf in der Hand, an welchem sie selbst im Gehen arbeitete, wenn die häusliche Arbeit sie nicht in Anspruch nahm.

„Wissen Sie, daß er immer noch dort oben eingeschlossen ist, um sein komisches Zeug zu fabriziren?"

Clotilde zuckte mit den Achseln, ohne ihre Augen von der Stickerei zu erheben.

„Und dann, Fräulein, wenn Sie nur wüßten, was man sich erzählt! Frau Felicité hatte ganz recht, als sie gestern sagte, daß er darin etwas zum Erröten hätte. Man hat mir ins Gesicht geschleudert, mir, die ich hier mit Ihnen spreche, daß er den alten Boutin getötet habe, Sie wissen, jenen armen Alten, der einen so schlimmen Sturz gethan und daran gestorben war.

Eine Zeit lang blieb alles still. Dann, als das junge Mädchen noch immer in stummes Nachdenken versunken blieb, begann die Magd wieder, während sie ihre Finger in rasche Bewegung setzte:

„Ich, ich höre gar nicht darauf, aber das bringt mich in Wut, was er fabrizirt ... Und Sie, Fräulein, billigen Sie denn seine Kocherei dort oben?"

Unwillig hob Clotilde ihren Kopf, der heftigen Erregung nachgebend, die sie ergriffen hatte.

„Höre, ich will ebenso wenig etwas davon wissen wie Du. Aber ich glaube, daß er schwere Sorgen mit sich herum trägt. Er liebt uns nicht."

„O doch, Fräulein, er liebt uns!"

„Nein, nein! Nicht so, wie wir ihn lieben! Wenn er uns wirklich liebte, so würde er hier bei uns sein, anstatt dort oben seine Seele, sein Glück und das unsrige zu zerstören, in dem Verlangen, die ganze Welt zu retten!"

Und die beiden Frauen sahen sich in ihrem eifer=süchtigen Zorn mit von Zärtlichkeit strahlenden Augen einen Moment an. Dann machten sie sich wieder an ihre Arbeit, und kein Wort wurde mehr gesprochen in dem Schatten der alten Platanen.

Oben in seinem Zimmer arbeitete Doktor Pascal mit voller, ungetrübter Freudigkeit. Er hatte die Medizin nur zwölf Jahre lang praktisch ausgeübt seit seiner Rückkehr aus Paris bis zu dem Tage, an welchem er sich auf die Souleiade zurückgezogen hatte. Zufrieden mit den hundert und einigen tausend Franken, die er gewonnen und klug angelegt hatte, widmete er sich jetzt fast ausschließlich seinen Lieblings=studien und behandelte nur noch einige Freunde; er schlug es aber niemals ab, an dem Bette eines Kranken zu erscheinen, schickte jedoch nie seine Rech=nung. Wenn man ihn bezahlte, so warf er das Geld in eine Schublade seines Sekretärs. Er betrach=tete dieses Geld als Taschengeld für seine Experi=mente und Liebhabereien, ohne es zu seinen Renten zu zählen, deren Höhe ihm genügte. Er machte sich

luftig über den üblen Ruf eines Sonderlings, den
ihm seine Lebensweise verschafft hatte; er war glück=
lich inmitten der Versuche, die er über die ihn be=
sonders interessirenden Gegenstände anstellte. Es
war für viele eine Ueberraschung, zu sehen, daß dieser
Gelehrte mit seinen genialen Eigenschaften, die nur
durch eine allzu lebhafte Einbildungskraft etwas beein=
trächtigt wurden, in Plassans geblieben war, dieser
kleinen, weltvergessenen Stadt, wo ihm doch alles
für seine Studien Erforderliche fehlen mußte. Aber
er wußte sehr einleuchtend alle die Annehmlichkeiten
auseinanderzusetzen, die er dort entdeckt hatte; zu=
nächst hatte ihm die große Ruhe und Einsamkeit ge=
fallen, dann war es ein Ort, wo er nicht immerfort
Störung durch Besuche zu befürchten hatte, und
schließlich konnte er in Hinsicht auf sein Lieblingsstudium,
die Lehre von der Vererbung, in dieser kleinen Stadt,
wo er jede Familie kannte, alle wunderbaren Er=
scheinungen, die tief verborgen gehalten wurden, bei
zwei bis drei Generationen rückwärts verfolgen. An=
dererseits befand er sich hier in der Nähe des Meeres.
Er war fast jeden Sommer dorthin gegangen, um das
Leben in dem weiten Meere zu studiren, in dem un=
endlichen Gewimmel, wo es geboren wird und sich
fortpflanzt. Und es gab endlich im Hospital von Plas=
sans einen Sezirungssaal, welchen er fast ganz allein
benützte, ein großer, ruhiger und heller Saal, in
welchem seit mehr als zwanzig Jahren alle nicht re=
klamirten Leichname unter sein Sezirmesser gekommen
waren. Sehr bescheiden außerdem und von einer

lange Zeit argwöhnischen Furchtsamkeit hatte es ihm
genügt, mit seinen alten Professoren und neuen
Freunden im Briefwechsel zu bleiben, dessen Gegenstand die sehr bemerkenswerten Abhandlungen waren,
die er zuweilen der Akademie der Medizin schickte.
Herausfordernder Ehrgeiz war ihm vollständig fremd.

Das, was den Doktor Pascal dazu gebracht
hatte, sich speziell mit den Gesetzen der Vererbung zu
beschäftigen, waren anfangs Arbeiten über die Schwan-
gerschaft. Wie immer hatte dabei der Zufall sein
gutes Teil gethan, indem er ihm eine ganze Reihe von
Leichnamen schwangerer Frauen verschaffte, die während einer Choleraepidemie gestorben waren. Später
hatte er die verschiedenen Todesarten beobachtet, die
Reihe' vervollständigend und die Lücken ausfüllend,
um dahin zu gelangen, die Bildung des Embryo,
dann die Entwicklung des Fötus an jedem einzelnen
Tage seines Lebens im Mutterleibe kennen zu lernen.
So hatte er einen ganzen Katalog der genauesten
und sichersten Beobachtungen aufgestellt. Seitdem
hatte sich das Problem der Empfängnis in seinem
verlockenden Geheimnis ihm dargeboten.

Warum und wie entstand ein neues Wesen?
Welches waren die Gesetze des Lebens, jener Strom
von Wesen, welche die Welt machten? Er hielt sich
jedoch dabei nicht nur an Leichen, sondern er dehnte
seine Untersuchungen auch auf die lebende Menschheit
aus, betroffen durch verschiedene, oft wiederkehrende
Vorfälle unter seinen Patienten; ja, er zog sogar
seine eigene Familie zur Beobachtung heran, und sie

war sein hauptsächlichstes Versuchsfeld geworden, so
präzis und vollkommen boten sich in ihr die Fälle
dar. Seitdem hatte er, als sich die Resultate häuften
und in seinen Aufzeichnungen sich ordneten, versucht,
eine allgemeine Theorie der Vererbung aufzustellen,
welche im stande sein sollte, alle einzelnen Fälle ge=
nügend zu erklären.

Das war ein schweres Problem, an dessen
Lösung er sich nun schon seit Jahren abmühte.
Er war von dem Prinzipe der Ursprünglichkeit und
dem Prinzipe der Nachahmung ausgegangen, wor=
unter er einerseits die Vererbung oder Reproduktion
der Wesen unter der Herrschaft des Aehnlichen und
andererseits das Angeborensein oder die Reproduktion
der Wesen unter der Herrschaft des Verschiedenen
verstand. Was die Vererbung anbetraf, so hatte er
nur vier Fälle zugelassen: Die direkte Vererbung,
bei der die Eigenschaften des Vaters und der Mutter
in der physischen und moralischen Natur des Kindes
sich wieder zeigten; die indirekte Vererbung, bei der
die Naturen der Seitenverwandten, der Onkel und
Tanten, Cousins und Cousinen von neuem zu Tage
traten; die rückgreifende Vererbung, bei der die Eigen=
schaften von Vorfahren aus einer oder mehreren Gene=
rationen wieder zum Vorschein kamen, und endlich die
Vererbung durch Beeinflussung, wobei die Eigenschaften
ehemaliger Verwandter wieder erschienen, zum Bei=
spiel des ersten Mannes, der die Frau wie für ihre
zukünftige Empfängnis geschwängert hat, selbst wenn
er nicht mehr die Veranlassung dazu gewesen ist. Was

das Angeborensein anbetrifft, so war sie das neue
Wesen oder was als solches erscheint und bei dem
die moralischen und physischen Eigenschaften der Eltern
sich so vermischen, daß nichts von ihnen beiden in dem
Kinde sich wiederzufinden scheint. Und dann hatte er,
indem er von neuem auf die beiden Ausdrücke, die Vererbung und das Angeborensein, zurückgriff, jeden davon
wieder in Unterabteilungen geteilt, indem er bei der
Vererbung zwei verschiedene Fälle annahm, die Wahl,
das individuelle Uebergewicht des Vaters oder der
Mutter bei dem Kinde, oder die Vermischung
des einen mit dem anderen, eine Mischung, welche
mit Vorliebe drei Formen annehmen konnte, entweder
durch Verschmelzung oder durch Verteilung oder
durch Zusammenfluß, indem er von dem am wenigst
guten Zustand zu dem denkbar vollkommensten
gelangte. Für das Angeborensein hatte er aber nur
einen einzigen möglichen Fall, die Kombination, jene
chemische Kombination, welche bewirkt, daß zwei Körper,
in Verbindung gebracht, einen neuen Körper bilden
können, der vollständig verschieden ist von den beiden
Körpern, deren Produkt er ist. Dies war das Ergebnis einer beträchtlichen Menge von Beobachtungen
nicht allein auf dem Gebiet der Anthropologie,
sondern auch auf dem der Zoologie, der Pomologie
und des Gartenbaues. Dann begann erst die eigentliche Schwierigkeit, als es sich darum handelte, von
diesen zahlreich vorhandenen, durch die Analyse ge-
wonnenen Thatsachen die Synthese zu finden, die
Theorie daraus zu formuliren, die im stande war,

alle einzelnen Fälle zu erklären. Damit befand er
sich auf dem schlüpfrigen Gebiete der Hypothese,
welches durch jede neue Entdeckung verändert wird.
Und wenn er sich nicht enthalten konnte, eine Lösung
zu geben, da der Geist des Menschen stets das Be=
dürfnis fühlt, Schlüsse zu ziehen, so besaß er doch
Verstand genug, das Problem offen zu lassen. Er
war daher von den Keimknöspchen Darwins, von
dessen Pangenesis zu der Perigenese von Häckel ge=
kommen und hatte sich dazwischen auch mit den
„Stirpes" von Galton befaßt. Dann war er zu
der Erkenntnis der Theorie gelangt, welche Weismann
später zur vollen Geltung bringen sollte und darauf
bei der Idee einer außerordentlich feinen und zu=
sammengesetzten Substanz stehen geblieben, bei dem
keimbildenden Plasma, von dem immer ein gewisser
Teil in jedem neuen Wesen vorrätig bleibt, damit es
so von Generation zu Generation übertragen werde
und unveränderlich sich forterbe. Das schien alles zu er=
klären, aber welch unendliches Geheimnis war es
doch noch immer, diese Welt der Aehnlichkeiten, welche
die Spermatozoen und das Eichen umwandeln, wo das
menschliche Auge absolut nichts mehr unterscheidet;
selbst unter dem stärksten Mikroskop nicht! Und er
war vollständig darauf gefaßt, daß sich seine Theorie
eines Tages als hinfällig erweisen würde; er gab
sich aber damit nur als mit einer gewissermaßen einst=
weiligen Erklärung zufrieden, die für den gegenwär=
tigen Stand der Frage genügte, bei der fortwähren=
den Beobachtung des Lebens, dessen Quelle selbst,

das Entstehen, uns auf immer entschlüpfen zu sollen scheint.

Ah, diese Vererbung! Welcher Gegenstand unablässigen Denkens und Sinnens seinerseits! War es nicht etwas Unerhörtes, etwas Ungeheuerliches, daß die Aehnlichkeit der Eltern mit den Kindern nicht vollständig, nicht mathematisch genau war? Er hatte zunächst für seine Familie einen Stammbaum nach logischen Folgerungen zusammengestellt, wo er die Fälle der Beeinflussung von Generation zu Generation in zwei Teile schied, Beeinflussung durch den Vater und Beeinflussung durch die Mutter. Aber das wirkliche Leben strafte diese Theorie fast in jedem einzelnen Falle Lügen. Anstatt daß die Vererbung die Aehnlichkeit war, war sie nichts anderes als ein Streben nach Aehnlichkeit, welches durch die verschiedenen Verhältnisse vielfach durchkreuzt wurde. Und er war bis zu dem gegangen, was er die Hypothese von der Fehlgeburt der Zellen nannte. Das Leben ist nur eine Bewegung, und da die Vererbung die mitgeteilte Bewegung ist, so erdachte er sich, daß die Zellen bei ihrer Vermehrung sich stießen, drückten und vernichteten, indem eine jede die ererbte Kraft entfaltete, und zwar derart, daß, wenn während dieses Streites schwächere Zellen unterlagen, schließlich große Verwirrung, vollständig verschiedene Organe zum Vorschein kamen. Das Angeborensein, die fortwährende Erfindung der Natur, welche er bekämpfte, kam die nicht daher? Und war er selbst nicht so verschieden von seinen

Eltern infolge ähnlicher Zufälle oder noch durch die
Wirkung der verlarvten Vererbung, an welche er
einen Augenblick geglaubt hatte? Jeder Stammbaum hat Wurzeln, die sich bis hinab zu dem ersten
Menschen senken; man sollte nicht von einem einzigen
Vorfahren ausgehen, man kann immer einem noch
älteren, unbekannten Vorfahren ähnlich sein. Dennoch zweifelte er an dem Atavismus; es schien
ihm trotz eines einzigen Beispiels, das sich in seiner
eigenen Familie vorfand, daß die Aehnlichkeit am
Ende von zwei oder drei Generationen sich verflüch-
tigen müsse auf Grund von Zufällen und tausend
anderen möglichen Kombinationen. Es war da also
ein ununterbrochenes Werden vorhanden, eine beständ-
ige Umwandlung in diesem überkommenen Drange,
jene umformende Gewalt, jene Erschütterung, die das
Leben aus der Materie hervorbringt und welche das
ganze Leben ist. Da traten ihm die Fragen in ver-
doppelter Anzahl entgegen. Existirte überhaupt ein
physischer und intellektueller Fortschritt im Verlaufe
der Zeit? Erweiterte sich der Verstand in der Be-
rührung mit den immer weiter fortschreitenden Wissenschaften? Konnte man mit der Zeit auf eine größte
Summe von Verstand und Glück hoffen? Dann
boten sich noch verschiedene spezielle Probleme dar,
zum Beispiel das eine unter vielen anderen, dessen
Geheimnis ihn lange Zeit gequält hatte: Wodurch
kam es bei dem Empfängnis zu einem Knaben, wodurch zu einem Mädchen? Würde man niemals
dahin gelangen, auf wissenschaftliche Weise das Ge-

schlecht vorher bestimmen zu können? Er hatte über
diesen Gegenstand eine sehr bemerkenswerte Abhandlung
geschrieben, die zwar vollgepfropft von Thatsachen
war, aber dennoch im großen und ganzen auf die
absolute Unwissenheit hinauskam, in der ihn selbst die
genauesten Untersuchungen gelassen hatten. Ohne
Zweifel interessirte er sich nur deshalb so leidenschaftlich für die Vererbung, weil sie dunkel, unergründlich
und unermeßlich war, wie alle noch in den Windeln
liegenden Wissenschaften, wo die Phantasie Meisterin
ist. Endlich hatte die eingehende Beschäftigung mit
der Erblichkeit der Schwindsucht in ihm den trü-
gerischen Glauben an das Heilvermögen des Arztes
erweckt, indem sie ihn in die edle, aber thörichte Hoffnung wiegte, die Menschheit neu gestalten zu können.

Mit einem Worte, Doktor Pascal hatte nur einen
Glauben, den Glauben an das Leben. Das Leben
war die einzige göttliche Offenbarung. Das Leben, das
war Gott, die große, treibende Kraft, die Seele des
Weltalls. Und das Leben hatte kein anderes Werkzeug
als die Vererbung, die Vererbung bildete die Welt,
und zwar in der Art, daß, wenn man sie hätte erkennen,
sie erfassen können, um über sie zu verfügen, man
sie ganz nach eigenem Wunsch und Gefallen gestaltet
haben würde. Bei ihm, der die Krankheit, das Leiden
und den Tod ganz in der Nähe gesehen hatte, erwachte
das nach Abhilfe drängende Mitleid des Arztes. Ah,
nicht mehr krank sein, nicht mehr leiden, nicht mehr
sterben, das am wenigsten Mögliche! In seinen Träumen verstieg er sich bis zu dem Gedanken, daß man

das allgemeine Glück fördern könnte, den Zukunftsstaat
der Vollkommenheit und Glückseligkeit, indem man
vermittelnd dazwischen träte und allen Gesundheit
verschaffte. Wenn alle gesund, kräftig und vernünftig
wären, dann würde es nur noch eine höher stehende
Menschheit geben, eine unendlich kluge und glückliche.
Machte man denn nicht in Indien im Verlaufe von
sieben Generationen aus einem Sudra einen Brah-
manen, indem man so auf eine auf Erfahrung be-
gründete Art und Weise den letzten dieser Elenden
zu dem vollendetsten menschlichen Typus emporhob?
Und da er bei seinem Studium der Schwindsucht zu
dem Schluß gekommen war, daß sie nicht erblich sei,
aber daß jedes Kind von Schwindsüchtigen einen entarteten Boden in sich trage, auf dem sich die Schwindsucht mit einer seltenen Leichtigkeit entwickelt, dachte er
nur noch daran, diesen durch die Vererbung verdorbenen
Boden zu stärken, um ihm die Kraft zu geben, daß er
den Parasiten Widerstand leisten könnte oder vielmehr
den zerstörenden Gärungsstoffen, welche er in dem Organismus vermutete, lange vor der Theorie der Mi-
kroben. Kraft verleihen, darin bestand das ganze
Problem, und Kraft verleihen, das hieß auch den
Willen verleihen, das Gehirn erweitern, indem man
die anderen Organe kräftigte.

Um diese Zeit erregte das Interesse des Doktors,
als er ein altes medizinisches Buch aus dem fünf-
zehnten Jahrhundert las, eine „Signatur" genannte
Behandlungsweise von Kranken. Um ein krankes
Organ zu kuriren und zu heilen, genügte es, von

einem Schafe oder einem Rinde dasselbe gesunde Organ
zu nehmen, es kochen und dann den Kranken die Bouillon trinken zu lassen. Die Theorie war, das Gleiche
durch das Gleiche wiederherzustellen, und besonders
bei den Leberkrankheiten, sagte der alte Mediziner,
lassen sich die Heilungen gar nicht mehr zählen.
Damit beschäftigte sich die lebhafte Einbildungskraft
des Doktors. Warum nicht den Versuch machen?
Da er die durch Vererbung Geschwächten, denen der
Kraftstoff fehlte, wieder kräftigen wollte, so brauchte
er ihnen nur diesen Kraftstoff in normalem und gesundem Zustande zu geben. Allein die Theorie von
der Bouillon erschien ihm kindisch, er erfand eine
Methode, das große und kleine Gehirn eines Schafes
in einem Mörser zu zerstoßen und dann, nachdem
man destillirtes Wasser hinzugegossen, die so erhaltene
Flüssigkeit abzuklären und zu filtriren. Er machte
dann mit dieser Flüssigkeit, die er mit Malagawein
vermischt hatte, Versuche bei seinen Kranken, ohne
jedoch ein annehmbares Resultat zu erzielen. Da
hatte er plötzlich, als sein Mut schon ganz gesunken
war, eine Eingebung, als er eines Tages einer von
Leberkolik heimgesuchten Dame eine Morphiumein-
spritzung mit der kleinen Pravazspritze machte. Wenn
er mit seinem Elixir einmal solche Einspritzungen
unter die Haut versuchte? Und sogleich, nachdem er
nach Hause zurückgekehrt war, probirte er es an sich
selbst; er machte sich einen Stich an den Lenden, den
er morgens und abends erneuerte. Die ersten Dosen
von nur einem Gramm blieben ohne Wirkung. Als

er aber die Dosis verdoppelt und verdreifacht hatte,
war er ganz entzückt, als er eines Morgens beim
Aufstehen sich in seinen Gliedern so verjüngt fühlte,
als ob er erst zwanzig Jahre alt wäre. So ging er
bis zu fünf Gramm; er atmete freier, er arbeitete besonders mit einer Klarheit und Leichtigkeit, wie er sie
schon seit Jahren nicht mehr verspürt hatte. Das
volle Wohlbefinden, die richtige Lebensfreudigkeit
überflutete ihn. Seitdem war er, als er sich in
Paris eine Injektionsspritze, welche fünf Gramm faßte,
hatte anfertigen lassen, durch glückliche Resultate, die
er bei seinen Kranken erreichte, überrascht worden; inner-
halb einiger Tage stellte er dadurch seine Patienten
wieder her, als sei ein Strom neuen, kräftig pulsirenden
Lebens in sie gekommen. Seine Methode war allerdings noch unsicher und unausgebildet; er ahnte dabei
alle möglichen Gefahren; besonders quälte ihn die
Furcht, Verstopfungen hervorzurufen, wenn das Elixir
nicht von einer vollkommenen Reinheit war. Dann
kam ihm der Argwohn, daß die Energie seiner Re-
konvaleszenten zum Teil nur von dem Fieber herrühre,
welches er in ihnen hervorrief. Aber er war ja nur
ein Pionier, seine Methode würde sich später schon
noch vervollkommnen, hatte er da nicht schon ein Wunder
damit vollbracht? Hatte er nicht damit schon Gelähmte
wieder gehen machen, Schwindsüchtige wieder hergestellt,
ja, hatte er nicht selbst den Irrsinnigen lichte Stunden
dadurch verschafft? Und vor dieser glücklichen Entdeckung der Alchimie des zwanzigsten Jahrhunderts
eröffnete sich ihm ein unendliches Gebiet der kühnsten

Hoffnungen, er glaubte das Universalheilmittel ge-
funden zu haben, das Lebenselixir, welches die mensch-
liche Schwäche bekämpfen sollte, die alleinige wirkliche
Ursache aller Uebel, eine wahre und wissenschaftliche
Jugendquelle, die, indem sie Kraft, Gesundheit und
Willen verlieh, eine ganz neue und höher stehende
Menschheit schaffen würde.

An diesem Morgen war er in seinem Zimmer, einem
nach Norden gelegenen Raume, der durch die Nachbarschaft der Platanen etwas verdunkelt und nur ganz
einfach möblirt war mit einer eisernen Bettstelle,
einem Mahagonisekretär und einem großen Schreibtisch, auf welchem sich ein Mörser und ein Mikroskop
befanden, mit der Zubereitung einer Flasche seines
Elixirs beschäftigt, worauf er die größte Sorgfalt
verwendete. Seit dem vorhergehenden Abende klärte
er die Gehirnsubstanz eines Schafes, nachdem er sie
fein zerstoßen hatte, in destillirtem Wasser ab und
filtrirte sie. Er war gerade so weit gekommen, daß
er ein kleines Fläschchen mit einer trüben, opal-
farbigen und in bläulichen Reflexen regenbogenartig
schillernden Flüssigkeit vollgefüllt hatte, und betrachtete
sie lange andächtig, das Fläschchen gegen das Licht
haltend, gleich als ob er das Blut in der Hand gehalten hätte, welches der Regenerator und Retter der
ganzen Menschheit wäre.

Da rissen ihn leichte Schläge an die Thür und
eine dringliche Stimme aus seinen Träumen.

„Nun, Herr Doktor, wie steht es? Es ist schon ein
viertel nach zwölf. Wollen Sie denn nicht frühstücken?"

Unten in dem großen, kühlen Speisesaale wartete
wirklich das Essen. Man hatte die Fensterläden ge=
schlossen gelassen bis auf einen, der halb offen stand.
Der Speisesaal war ein freundlicher Raum mit perl=
grauem, von blauen Linien durchzogenem Wand=
getäfel. Der Tisch, das Büffet und die Stühle hatten
ehemals das Mobiliar im Stile des Kaiserreichs ver=
vollständigen müssen, mit dem die Zimmer ausge=
stattet waren; und von dem lichten Hintergrunde hob
sich das alte Mahagoniholz mit seinem tiefen Rot
kräftig ab. Ein immer blank gepußter Kronleuchter
von cuivre poli strahlte wie eine Sonne, während
auf den vier Wänden vier große in Pastellmalerei
ausgeführte Bouquets von Levkojen, Nelken, Hyazin=
then und Rosenblüten prangten.

Heiter und strahlend trat Doktor Pascal in das
Zimmer.

„Ah, verwünscht! Ich habe mich ganz vergessen,
ich wollte meine Arbeit fertig machen ... Hier ist
etwas davon, ganz frisch und ganz rein diesmal; das
wird Wunder wirken!"

Und er zeigte in seiner Begeisterung das Fläsch=
chen, welches er mit heruntergebracht hatte. Aber er
bemerkte, daß Clotilde stumm und steif mit ernstem
Gesichte da saß. Der stille Aerger über das lange
Warten hatte sie wieder ganz in ihre feindselige
Stimmung versetzt, und sie, die am Vormittag dar=
auf gebrannt, sich ihm an den Hals zu werfen, blieb
unbeweglich sitzen, wie erkältet und abgestoßen von ihm.

„Gut!" begann er wieder, ohne etwas von seiner

freudigen Stimmung zu verlieren, „wir schmollen also noch. Das ist aber gar nicht recht von Dir! Bewunderst Du ihn denn nicht, meinen Zaubertrank, der die Toten auferweckt?"

Er hatte sich an dem Tische niedergelassen, und das junge Mädchen mußte ihm jetzt endlich Antwort geben, da sie ihm gerade gegenüber saß.

„Du weißt genau, Meister, daß ich alles von Dir bewundere. Allein mein Wunsch ist es, daß auch die anderen Dich bewundern sollten. Und da ist nun der Tod jenes armen alten Boutin . . ."

„O!" rief er, ohne sie ausreden zu lassen, „ein Epileptiker, der einem Schlaganfall erlegen ist! Da Du heute aber übler Laune bist, so wollen wir jetzt nicht weiter darüber reden. Du thust mir wehe damit, und das würde mir den ganzen Tag verderben."

Es gab weichgesottene Eier, Koteletten und Crême. Das Stillschweigen dauerte fort, und währenddem biß Clotilde trotz ihres Schmollens mit ihren schönen Zähnen ordentlich zu, denn sie hatte einen guten Appetit, den sie durchaus nicht etwa aus Koketterie zu verbergen suchte.

Endlich unterbrach der Doktor die Stille wieder, indem er lachend sagte:

„Was mich sehr beruhigt, das ist, daß Du einen guten Magen hast . . . Martine, bringe doch dem Fräulein noch Brot!"

Wie es seit langem Gebrauch war, bediente die alte Haushälterin sie bei Tische und sah mit stiller

Vertraulichkeit zu, wie es ihnen schmeckte. Oft auch plauderte sie mit ihnen.

„Herr Doktor," sagte sie, nachdem sie ein Stück Brot abgeschnitten hatte, „der Fleischer hat seine Rechnung gebracht; soll ich sie bezahlen?"

Er hob den Kopf empor und sah sie ganz erstaunt an.

„Warum fragst Du mich das? Zahlst Du denn nicht für gewöhnlich, ohne mich darüber erst besonders um Rat zu fragen?"

In der That war es Martine, welche die Kasse führte. Das bei dem Notar Grandguillot in Plassans deponirte Geld gab die runde Summe von sechstausend Franken Zinsen. Jedes Vierteljahr erhielt die Haushälterin fünfzehnhundert Franken, und sie verwendete das Geld zum besten der Interessen des Hauses; sie kaufte und bezahlte alles und verfuhr dabei mit der größten Sparsamkeit, denn sie war geizig, weswegen man sie auch unablässig zum besten hatte. Clotilde war auch sehr sparsam und hatte noch niemals daran gedacht, für sich um einen Geldbeutel zu bitten. Was den Doktor anbelangte, verbrauchte er für seine Experimente und als Taschengeld die drei- bis viertausend Franken, die er im Laufe des Jahres verdiente und die er in eine Schublade seines Sekretärs warf, so daß er dort immer einen kleinen Schatz von Gold und Bankbillets liegen hatte, dessen genauen Betrag er jedoch niemals kannte.

„Gewiß, Herr Doktor, zahle ich," antwortete die

Haushälterin, „aber nur dann, wenn ich es bin, die
die Waren gekauft hat; diesmal ist aber die Rech=
nung so groß wegen all der vielen Gehirne, die der
Fleischer hat liefern müssen ...“

Der Doktor unterbrach sie heftig.

„Ach so! Sage mir, willst vielleicht auch Du
Dich gegen mich auflehnen? Nein, nein! Das
würde doch zu viel sein! Gestern habt ihr mir viel
Kummer verursacht, und ich war in Zorn. Aber
das muß aufhören: ich will nicht, daß das Haus
eine Hölle wird. Zwei Frauen gegen mich, und
noch dazu die einzigen, die mich etwas lieb haben!
Ihr wißt, ich würde dann lieber die Flucht ergreifen!“

Er war jedoch nicht böse geworden, sondern lachte,
obgleich man an dem Zittern seiner Stimme die Un=
ruhe in seinem Innern merkte. Und er fügte in
seiner gewöhnlichen gutmütigen und freundlichen Art
hinzu:

„Wenn Du Angst vor Deinem Monatsabschluß
hast, Alte, so sage dem Fleischer, daß er mir meine
Rechnung besonders schicken soll. Du brauchst nicht
etwa Furcht zu haben, daß man von Dir verlangen
wird, Du sollst von dem Deinigen hinzulegen. Deine
Sous können ruhig schlafen.“

Das war eine Anspielung auf das kleine
persönliche Vermögen der alten Martine. In
dreißig Jahren hatte sie bei einem jährlichen Lohn
von vierhundert Franken sich zwölftausend Franken
gespart, von welchen sie immer nur das für ihren
Unterhalt unumgänglich Notwendige erhob, so daß

die Gesamtsumme ihrer Ersparnisse, durch die hinzugekommenen Zinsen beinahe um das Dreifache gewachsen, jetzt ungefähr dreißigtausend Franken betrug.
Sie hatte jedoch dies ihr kleines Vermögen aus reinem
Eigensinn nicht bei dem Notar Grandguillot in Plassans deponirt, da sie ihr Geld sparen wollte. Sie hatte
es anderswo in sicheren Renten angelegt.

„Die Sous, welche schlafen, sind aber ehrbare
Sous," antwortete sie ernst; „der Herr Doktor hat
jedoch recht, daß der Fleischer eine besondere Rechnung schicken muß, denn die Gehirne sind für die
Küche des Herrn und nicht für die meinige."

Diese Auseinandersetzungen hatten Clotilde lachen
gemacht, denn die Anspielungen auf den Geiz der
alten Martine belustigte sie gewöhnlich; und so
endete das Dejeuner vergnügt. Der Doktor wollte
den Kaffee unter den Platanen trinken, da er, wie
er sagte, frische Luft nötig hätte, nachdem er den
ganzen Vormittag in seinem Zimmer eingeschlossen
gewesen wäre. Der Kaffee wurde daher auf dem
steinernen Tische in der Nähe der Fontäne servirt.
Und es war wirklich angenehm dort in dem Schatten,
in der erfrischenden Kühle des plätschernden Wassers,
während in der Umgebung der kleine Fichtenwald, der
große freie Platz, überhaupt die ganze Besitzung in
der heißen Sonnenglut der Nachmittagsstunden kochten.

Pascal hatte selbstgefällig das kleine Fläschchen
mit seinem kraftspendenden Elixir mit hinunterge-
nommen und betrachtete es liebevoll, nachdem er es
vor sich auf den Tisch gestellt hatte.

„So, mein Fräulein," sagte er in mürrisch-spöttischem Tone, „Sie glauben also nicht an mein Wiederbelebungselixir, während Sie doch an Wunder glauben!"

„Meister," antwortete Clotilde, „ich glaube, daß wir überhaupt gar nicht alles wissen."

Er machte eine ungeduldige Bewegung.

„Aber wir müssen alles wissen ... Begreife doch nur, Du kleiner Starrkopf, daß man niemals auch nur eine einzige Abweichung in den unveränderlichen Gesetzen, die das Weltall regieren, auf wissenschaftlichem Wege konstatirt hat. Die menschliche Intelligenz allein hat sich bis auf diesen Tag mit der Sache befaßt, und ich wette, daß Du keinen wirklichen Willen, keine Absicht irgend welcher Art außerhalb des organischen Lebens finden wirst. Und darin liegt alles; es gibt auf der Welt keinen andern Willen als die Kraft, welche alles zum Leben erweckt, zu einem immer mehr und mehr entwickelteren und höheren Leben."

Er hatte sich in lebhafter Erregung erhoben, und sein Glaube hatte ihn in solche Begeisterung versetzt, daß das junge Mädchen ihn stumm betrachtete, erstaunt, ihn unter seinen weißen Haaren noch so jung zu finden.

„Wünschest Du vielleicht, daß ich Dir mein Glaubensbekenntnis hersage, da Du mich beschuldigst, nichts von dem Deinigen wissen zu wollen? Nun also, ich glaube, daß die Zukunft des Menschengeschlechtes in dem Fortschritt des Verstandes durch die Wissenschaft

liegt. Ich glaube, daß die Erforschung der Wahr=
heit durch die Wissenschaft das göttliche Ideal ist,
welches der Mensch sich aufstellen muß. Ich glaube,
daß alles Einbildung und Eitelkeit ist mit Ausnahme
des Schatzes der mühsam erworbenen Wahrheit, die
einem niemals verloren geht. Ich glaube, daß die
Summe aller dieser verschiedenen Wahrheiten, die
sich immer vermehren, darin bestehen wird, daß sie
dem Menschen eine unberechenbare Kraft verleiht
und die Zufriedenheit, wenn nicht das Glück. Ja,
ich glaube an den schließlichen Triumph des Lebens."

Und er breitete seine Arme weit aus, als wollte
er den unendlichen Horizont umfassen und die wie
in Flammen stehende Erde, wo die Säfte aller Exi=
stenzen kochten, zum Zeugen nehmen.

„Das ewige Wunder aber, mein Kind, das ist
das Leben! Oeffne doch die Augen und betrachte es!"

Sie schüttelte den Kopf.

„Ich habe gut sie öffnen, ich sehe doch nicht alles.
Du bist es, Meister, der ein Starrkopf ist, da Du
nicht zugeben willst, daß es da unten ein Unbekanntes
gibt, in das Du niemals eindringen wirst. O, ich
weiß, Du bist zu klug, um dies nicht zu wissen! Aber
Du willst Dir davon nicht Rechenschaft geben, Du
schiebst das Unbekannte einfach beiseite, weil es Dir
bei Deinen Untersuchungen im Wege ist. Du hast
gut mir sagen, ich soll das Geheimnis unberücksichtigt
lassen, ich soll von dem Bekannten zum Unbekannten
fortschreiten, aber ich — ich kann es nicht! Sofort
ist das Geheimnis wieder da und beunruhigt mich."

Er hörte ihr lächelnd zu, glücklich, sie wieder lebhaft erregt zu sehen und streichelte zärtlich mit der
Hand ihre blonden Locken.

„Ja, ja, ich weiß, Du bist wie die anderen, Du
kannst nicht ohne Wahn, ohne Lüge leben! Aber laß
nur! Schließlich werden wir uns ja doch noch verstehen. Bleibe nur gesund, das ist die halbe Wahrheit, das halbe Glück!"

Dann änderte er das Gesprächsthema, indem er
sagte:

„Du wirst mich aber trotzdem hoffentlich auf
meinem Rundgange zu den Wundern begleiten und
mir behilflich sein. Es ist heute Donnerstag, mein
Besuchstag. Wenn die Hitze ein wenig nachgelassen
hat, wollen wir zusammen aufbrechen."

Sie weigerte sich zuerst, mitzugehen, um nicht
den Schein zu erwecken, als ob sie nachgäbe; schließlich willigte sie doch ein, da sie sah, welchen Kummer
ihm ihre Weigerung verursachte. Denn sie begleitete
ihn bei diesen Krankenbesuchen für gewöhnlich stets.
Sie blieben noch lange unter den Platanen sitzen,
bis der Doktor hinaufging, um sich anzuziehen.

Als er wieder herunterkam in einem Ueberzieher,
auf dem Kopf einen breiträndigen Seidenhut, befahl
er Bonhomme anzuspannen, das Pferd, welches ihn
seit einem Vierteljahrhundert zu seinen Besuchen durch
die Straßen von Plassans und in der Umgebung
gefahren hatte. Aber das arme alte Tier wurde
blind, und aus Dankbarkeit für seine Dienste und
aus liebevoller Anhänglichkeit störte man es jetzt nicht

gern in seiner Ruhe. Heute abend war es ganz
eingeschlafen; sein Auge blickte starr und blöde und
seine Beine waren vom Rheumatismus lahm und
kontrakt. Der Doktor und das junge Mädchen waren
in den Stall gegangen, um nach ihm zu sehen;
sie gaben ihm einen kräftigen Kuß rechts und links
auf seine Nase und redeten ihm zu, sich auf eine
Schütte gutes Stroh niederzulegen, welches die Haushälterin herbeibrachte.

Dann beschlossen sie, zu Fuß zu gehen.

Clotilde, die ihr weißes Kleid mit roten Punkten
etwas heraufgeschürzt, hatte nur einen großen, mit
lila Band ausgeputzten Strohhut aufgesetzt; sie war
reizend mit ihren großen Augen, ihrem Gesicht von
Milch und Blut, beschattet von den breiten Hut-
rändern. Wie sie so dahinschritt am Arme des
Doktors, so zierlich, schlank und so jung, er strahlend,
mit einem durch den weißen Bart erhellten Gesicht
und einer Gewandtheit und Kraft, welche ihn mit
Leichtigkeit Bäche und Gräben überspringen ließ,
freuten sich alle, die ihnen begegneten, und drehten
sich um, um ihnen mit den Blicken zu folgen, so lieb
und gut sahen sie aus.

Als sie an diesem Abende den Weg von Fenouillères verließen, um nach Plassans einzubiegen, stand
eine Anzahl Frauen da, die gerade dabei waren, einen
kleinen Klatsch zu veranstalten. Er schritt an ihnen
vorüber, man hätte sagen können, wie einer jener
alten Könige, die man auf Gemälden sieht, einer
jener mächtigen und leutseligen Könige, die nicht alt

werden, die Hand gelegt auf die Schultern eines
Kindes, schön wie der Tag, dessen blendende und be-
mütige Jugend ihnen zur Stütze dient.

Sie bogen gerade in die Hauptstraße Sauvaire
ein, um die Rue de la Banne zu erreichen, als ein
großer junger Mann mit braunen Haaren von ungefähr dreißig Jahren sie aufhielt.

„Ah, Meister, Sie haben mich ganz vergessen!
Ich warte noch immer auf Ihre Notiz, die Schwindsucht betreffend.“

Es war Doktor Ramond, der sich seit zwei Jahren
in Plassans niedergelassen und schon eine sehr schöne
Praxis erworben hatte. Von prächtiger Gestalt, mit
stolz erhobenem Haupte, dessen Gesamtausdruck der
einer überlegenen Männlichkeit war, wurde er von
den Frauen angebetet und besaß glücklicherweise viel
Verstand und viel Klugheit.

„Sieh da, Ramond! Guten Tag! Aber ich habe
Sie durchaus nicht vergessen, lieber Freund. Dieses
kleine Mädchen hier, dem ich die Notiz gestern zum
Abschreiben gegeben habe und das noch nichts daran
gethan hat, ist die Schuldige.“

Die beiden jungen Leute hatten sich in herzlicher,
freundschaftlicher Weise die Hand gedrückt.

„Guten Tag, Fräulein Clotilde.“

„Guten Tag, Herr Ramond.“

Während eines, glücklicherweise leichten Fiebers,
welches das junge Mädchen im vergangenen Jahre
gehabt hatte, war Doktor Pascal auf den närrischen
Gedanken gekommen, an sich zweifeln zu müssen,

und hatte deshalb seinen jungen Kollegen aufgefordert,
ihm zu helfen und ihm wieder Mut einzuflößen.
So war es gekommen, daß sich zwischen den drei
Personen ein freundschaftlicher Verkehr, eine Art von
Kamerabschaft angeknüpft hatte.

„Sie werden Ihre Notiz morgen früh erhalten,
ich verspreche es Ihnen," sagte sie lachend.

Ramond begleitete sie noch eine Strecke weit bis
an das Ende der Rue de la Banne am Anfange des
alten Viertels, wohin sie gingen. Und er zeigte in
der Art, wie er sich lächelnd zu Clotilde hinabneigte,
deutlich eine zarte, verschwiegene Liebe, die langsam
groß geworden war, und mit Ungeduld wartete er
auf die Stunde, welche die von ihm gewünschte
Lösung bringen sollte. Sonst hörte er mit ehrer-
bietiger Aufmerksamkeit dem Doktor Pascal zu, dessen
Arbeiten er sehr bewunderte.

„Hören Sie, lieber Freund, ich bin gerade auf
dem Wege zu der Guiraude, jener Frau, wie Sie
wissen, deren Mann, ein Lohgerber, vor fünf Jahren
an der Schwindsucht gestorben ist. Zwei Kinder
sind ihr geblieben: Sophie, ein Mädchen von bald
sechzehn Jahren, welches ich so glücklich war, vier
Jahre vor dem Tode des Vaters auf das Land
schicken zu können, hier in der Nähe, zu einer ihrer
Tanten, und ein Sohn, Valentin, der jetzt gerade
einundzwanzig Jahre alt ist, und den die Mutter bei
sich behalten wollte aus eigensinniger Zärtlichkeit,
trotz der entsetzlichen Resultate, die ich ihr drohend
vor die Augen geführt hatte. Nun sehen Sie, wie recht

ich habe, zu behaupten, daß die Schwindsucht nicht
erblich ist, sondern daß die schwindsüchtigen Eltern
nur einen entarteten Grund hinterlassen, in welchem
die Krankheit sich bei der geringsten Ansteckung entwickelt. Heute ist Valentin, der im täglichen Verkehr
mit dem Vater gelebt hat, schwindsüchtig, während
Sophie, die ich hinaus in die gute Landluft gebracht
habe, sich einer vortrefflichen Gesundheit erfreut."

Er lachte triumphirend und fügte dann hinzu:

„Das hindert jedoch nicht, daß ich Valentin doch
noch rette, denn er lebt zusehends wieder auf, er
nimmt zu, seitdem ich ihm Einspritzungen mache. Ah,
Ramond! Sie werden auch noch dahin kommen, Sie
werden auch noch zu meiner Methode kommen."

Der junge Arzt drückte ihnen beiden die Hand.

„Ich sage nicht nein. Sie wissen es ganz genau,
daß ich es immer mit Ihnen halte."

Als sie allein waren, beschleunigten sie ihre
Schritte und bogen bald in die Rue Canquoin
ein, eine der engsten und dunkelsten Straßen des
alten Viertels. Bei der glühenden Sonnenhitze
draußen herrschte hier in dem fahlen Tageslicht eine
Kellerluft. Dort wohnte die Witwe Guiraude zusammen mit ihrem Sohne Valentin in einem Parterre. Sie öffnete selbst die Thür, eine magere, hin-
fällige, selbst an einer langsamen Zersetzung des
Blutes leidende Frau. Vom Morgen bis zum Abend
zerschlug sie Mandeln mit dem dicken Ende eines
Hammelknochens auf einem großen Pflasterstein, den
sie zwischen ihre Knie geklemmt hatte. Das war

die einzige Arbeit, von der sie lebten, da der Sohn
schon lange jede Beschäftigung hatte aufgeben müssen.
An diesem Tage lächelte sie aber dennoch, als sie
den Doktor bemerkte, denn Valentin hatte soeben
mit großem Appetit eine Kotelette gegessen, was er
schon seit Monaten nicht mehr gethan hatte. Dieser
selbst, entsetzlich mager, mit dünnen Haupt= und
Barthaaren, vorspringenden Backenknochen und roten
Flecken mitten auf den wachsbleichen Wangen, hatte sich
sofort erhoben, um zu zeigen, daß er sich heute viel
wohler fühle. Und Clotilde war bewegt durch den
Empfang, den man Pascal bereitet hatte, als wäre
er der Heiland, der erwartete Messias. Diese armen
Leute drückten ihm die Hände, ja, sie würden ihm
sogar die Füße geküßt haben, und blickten mit vor
Dankbarkeit leuchtenden Augen zu ihm empor. Denn
er konnte alles, er war für sie der liebe Gott, da er
die Toten wieder auferweckte. Und sein eigenes Ge=
sicht verklärte sich durch ein befriedigtes Lächeln im
Angesichte dieser Kur, die sich so gut anließ. Ohne
Zweifel war der Kranke nicht geheilt, vielleicht war
es bloß eine scheinbare, augenblickliche Besserung, denn
er fand ihn nur fieberhaft aufgeregt. Aber war es
denn wirklich nichts, wenn man einige Tage gewonnen
hatte? Er machte ihm von neuem Einspritzungen, wäh=
rend Clotilde, am Fenster stehend, ihnen den Rücken
zukehrte; und als sie fortgingen, bemerkte sie, daß er
zwanzig Franken auf dem Tische zurückließ. Das
passirte ihm oft, daß er seine Kranken bezahlte, an=
statt von ihnen bezahlt zu werden.

Sie machten noch drei weitere Besuche in dem alten Viertel, dann gingen sie zu einer Dame in der Neustadt; und als sie sich wieder auf der Straße befanden, sagte der Doktor:

„Wenn ich wüßte, daß es Dir nicht zu viel werden würde, so würde ich vorschlagen, bevor wir Lafouasse besuchten, hinaus nach der Séguiranne zu gehen und Sophie bei ihrer Tante aufzusuchen. Das würde mir Vergnügen machen. Es sind kaum drei Kilometer bis dorthin, und bei dem wunderbaren Wetter wäre es ein reizender Spaziergang."

Sie stimmte vergnügt zu und hing sich, jetzt nicht mehr schmollend, bei ihm ein, glücklich, an seinem Arme gehen zu dürfen. Es war fünf Uhr, die schrägen Strahlen der Sonne überzogen die ganze Landschaft wie mit einem Schleier von Gold. Als sie aber aus Plassans heraus waren, mußten sie eine Ecke der weiten ausgedörrten und nackten Ebene zur Rechten der Viorne überschreiten. Der neue Kanal, dessen Wasser das verdurstende Land umwandeln sollte, bewässerte noch nicht dieses Viertel. Die rötlichen und gelblichen Landstriche erstreckten sich bis in das Unendliche unter den versengenden Sonnenstrahlen. Die weite Fläche war nur mit dürftigen Mandel= und zwergenhaften Olivenbäumen bewachsen, deren beständig welk herabhängende und verschnittene Zweige zu allen möglichen jämmerlichen und widerspenstigen Formen verdreht und verkrümmt waren. In der Ferne sah man auf den kahlen Hügeln die verschwimmenden Umrisse von Landhäusern, an die sich

dann weiterhin die dunklen Linien von Cypressen=
waldungen schlossen. Dennoch zeigte diese ungeheure
Weite ohne Grün mit den großen, öden Landstrecken,
den harten und scharfen Farbentönen, schöne, klassische
Linien, eine strenge Größe. Auf dem Wege lag
wohl an zwanzig Centimeter hoher Staub, schnee=
weißer Staub, den der geringste Luftzug in dichten
Wolken emporwirbelte und der die Feigenbäume und
das Brombeergebüsch zu beiden Seiten des Weges
wie mit Puder überzog.

Clotilde, die sich wie ein Kind darüber freute,
diesen feinen Staub unter ihren Füßchen knirschen zu
hören, wollte mit ihrem Sonnenschirm Pascal be=
schützen.

„Dir scheint die Sonne in die Augen, komm doch
auf meine linke Seite!"

Schließlich nahm er den Schirm in die Hand,
um ihn selbst zu tragen.

„Du hältst ihn nicht richtig, und dann ermüdet
es Dich auch . . . übrigens sind wir jetzt da."

Mitten in der von dem Sonnenbrand versengten un=
geheuren Fläche nahm man schon von weitem eine kleine
Insel von grünem Blattwerk wahr, einem ungeheuren
Bouquet von Bäumen gleichend. Das war die Sé=
guiranne, die Besitzung, auf der Sophie groß ge=
worden war bei ihrer Tante Dieudonné, der Frau
eines Weißgerbers. Bei der geringsten Quelle, bei
dem kleinsten Gewässer ließ dieser Flammenboden
eine üppige Vegetation hervorsprießen; dichte Schatten
reicher Baumanlagen spendeten angenehme Kühle. Die

Platanen, die Kaſtanienbäume und die jungen Rü=
ſtern wuchſen kräftig empor.

Die Ankommenden betraten eine lange Allee
wunderbarer grüner Eichen.

Als ſie ſich dem Pachthofe näherten, kam ihnen
eine Mähderin von der Wieſe her, wo ſie ihre Heu=
gabel zurückgelaſſen hatte, entgegengelaufen. Es war
Sophie, die den Doktor und das Fräulein, wie ſie
Clotilden nannte, erkannt hatte. Sie verehrte beide
ſehr; plötzlich blieb ſie ſtehen und ſah ſie groß an,
ohne das viele Gute ſagen zu können, von dem ihr
Herz übervoll war. Sie glich ihrem Bruder Valentin,
ſie hatte ſeine kleine Figur, ſeine vorſtehenden Backen=
knochen, ſeine mattblonden Haare; aber auf dem
Lande, fern von der Anſteckung des väterlichen Leidens,
ſchien es, als ob ſie an Körperfülle zugenommen hätte,
als ob ſie feſter auf ihren kräftigen Beinen ſtünde
und ihre Wangen runder, ihre Haare üppiger ge=
worden wären. Und ſie hatte ſehr ſchöne Augen,
die von Geſundheit und Dankbarkeit ſtrahlten. Ihre
Tante Dieudonné, die mit ihr Heu machte, kam jetzt
ihrerſeits auch herbei und rief ſchon von weitem, in
der etwas derben Weiſe der Provenzalen ſcherzend:

„Ah, Herr Pascal! Wir haben Sie hier nicht
nötig! Es iſt niemand krank!“

Der Doktor, der nur gekommen war, um ſich an
dieſem ſchönen Bilde blühender Geſundheit zu er=
freuen, antwortete in demſelben Tone:

„Das hoffe ich ſehr! Aber das hindert doch nicht,
daß ſich hier ein kleines junges Mädchen aufhält,

das uns, Ihnen und mir, eine prachtvolle Wachskerze
schuldet."

„Ja, ja, das ist die reine Wahrheit! Und sie
weiß es auch, Herr Pascal, sie sagt alle Tage, daß sie
ohne Sie zu dieser Stunde wie ihr armer Bruder
Valentin wäre."

„Bah, den werden wir auch schon noch retten!
Es geht dem Valentin besser. Ich habe ihn gerade
besucht."

Sophie ergriff die beiden Hände des Doktors,
große Thränen standen in ihren schönen Augen, und
sie konnte nur stammeln:

„O, Herr Pascal!"

Wie sie ihn liebte! Und Clotilde fühlte ihre Zärtlichkeit für ihn immer wachsen bei diesen verschiedenen
Liebesbezeugungen.

Sie blieben eine kurze Zeit da in dem wohl-
thuenden Schatten der grünen Eichen. Dann traten
sie den Rückweg nach Plassans an, da sie noch einen
Krankenbesuch zu machen hatten.

Es war an dem Kreuzungspunkte von zwei
Straßen in einer Winkelschenke, die ganz weiß überzogen war von dem aufgewirbelten Staube. Ihr
gegenüber erbaute man gerade eine Dampfmühle,
wozu man die alten Baulichkeiten des Paradou benützte, einer Besitzung, die aus dem vorigen Jahrhundert stammte. Und der Wirt, Lafouasse, machte
kleine Geschäfte, dank den Arbeitern der Mühle und den
Bauern, die ihr Getreide brachten. Ferner hatte er
Sonntags noch mehrere Einwohner von Les Artauds,

einem benachbarten Weiler, zu Gästen. Aber er hatte
Unglück gehabt und schleppte sich nun schon drei Jahre
lang damit hin, über rheumatische Schmerzen zu klagen,
in denen der Doktor endlich den Beginn einer allgemeinen Störung aller körperlichen Funktionen, der Ataxie,
erkannte. Trotzdem aber weigerte er sich, eine Magd
zu nehmen, und besorgte, indem er sich an den Möbeln
anhielt, selbst seine Geschäfte. Als er nach ungefähr
zehn Einspritzungen besser auf den Beinen war, schrie
er schon überall seine vollständige Heilung herum.

Er stand gerade unter seiner Thüre, ein großer
und starker Mann mit einem roten Gesicht und
brennend roten Haaren.

„Ich habe Sie schon erwartet, Herr Pascal.
Denken Sie nur, gestern habe ich es schon fertig
gebracht, zwei Faß Wein auf Flaschen zu ziehen,
ohne dabei müde zu werden!"

Clotilde blieb vor dem Hause auf einer Stein-
bank sitzen, während Pascal in das Schenkzimmer
trat, um Lafouasse die Einspritzungen zu verabreichen.
Man hörte ihre Stimmen, und der letztere, der trotz
seiner derben Muskeln sehr wehleidig war, beklagte
sich darüber, daß die Einspritzungen Schmerzen ver-
ursachten; aber schließlich könnte man schon etwas
erdulden, wenn man dadurch seine gute Gesundheit
wieder gewänne. Dann zwang er den Doktor, ein
Glas Wein anzunehmen. Auch das Fräulein würde
ihm wohl nicht die Schande anthun, etwas Sirup
auszuschlagen. Er trug einen Tisch hinaus, sie mußten
durchaus mit ihm trinken.

„Auf Ihre Gesundheit, Herr Pascal, auf die Gesundheit aller der armen Kerle, denen Sie den Geschmack am Brot wieder verschafft haben!"

Clotilde lächelte und gedachte der Klatschereien, von denen ihr Martine erzählt hatte; sie dachte an jenen alten Boutin, den, wie man munkelte, der Doktor getötet haben sollte. Er tötete doch nicht alle seine Patienten; wirkte denn sein Heilverfahren nicht wahre Wunder? Und sie fand den Glauben an ihren Meister wieder in jener heißen Liebe, die in ihrem Herzen aufstieg. Als sie fortgingen, war sie ihm wieder ganz zugethan; er konnte sie nehmen, sie davontragen, er konnte ganz nach seinem Gefallen über sie verfügen.

Aber vor einigen Minuten noch, auf jener Bank von Stein, da hatte sie sich in ihren Träumereien, als sie die Dampfmühle betrachtete, einer dunklen Geschichte erinnert. War es nicht dort gewesen, in jenen von Kohlenstaub geschwärzten und heute von Mehl gepuderten Gebäuden, wo sich ein Drama voll heißer Leidenschaft abgespielt hatte? Und dann kam ihr die ganze Geschichte wieder ins Gedächtnis mit all den von Martine erzählten Einzelheiten und den Anspielungen, die der Doktor selbst gemacht hatte, ein vollständiges, tragisches Liebesabenteuer eines Vetters, des Abbé Serge Mouret, der damals Pfarrer von Les Artauds war, mit einem anbetungswürdigen, aber wilden und leidenschaftlichen Mädchen, welches das Paradou bewohnte.

Sie gingen wieder den gleichen Weg, als Clotilde

plötzlich stehen blieb und mit der Hand auf die weite
traurige Umgegend wies, auf die lang hingestreckten
Felder und Wiesen und die noch unbebauten Landstrecken.

„Meister, ist das nicht alles hier einst ein
großer Garten gewesen? Hast Du mir nicht davon
erzählt?"

Pascal, dem man die Freude über diesen glücklichen Tag ansah, überflog ein leichtes Zittern, und
sein Gesicht nahm den Ausdruck unendlich trauriger
Zärtlichkeit an.

„Ja, ja, das Paradou, ein unendlich großer Garten
mit Waldungen, Wiesen, Park und Gartenanlagen,
Fontänen und Bächen, die sich in die Viorne er-
gossen ... Ein Garten, der seit einem Jahrhundert
verwildert war, der Garten Dornröschens, wo die
Natur wieder Alleinherrscherin geworden war ...
Und Du siehst es, sie haben ihn abgeholzt und nivellirt,
um ihn in Parzellen zu zerstückeln und auf dem
Versteigerungswege zu verkaufen. Die Quellen selbst
sind versiegt, und dort unten befindet sich nur noch
der giftige Sumpf ... Ah! wenn ich hier vorüber-
gehe, empfinde ich stets ein tiefes Weh im Herzen."

Sie wagte ihn weiter zu fragen:

„Nicht wahr, im Paradou war es, wo die Liebestragödie zwischen Deinem Vetter Serge und Deiner
Freundin Albine sich abgespielt hat?"

Aber er hörte sie nicht mehr; die Augen in die
Ferne gerichtet, in die Vergangenheit verloren, fuhr
er fort:

„Albine! Mein Gott! Ich sehe sie wieder vor
mir, in dem Sonnenschein des Gartens, wie eine süß
duftende Blume, den Kopf zurückgeneigt, die Brust
von Fröhlichkeit erfüllt, sich freuend über ihre Blumen,
die wilden Blumen, die sie in ihre blonden Haare
geflochten, an ihrem Hals, an ihrem Busen, an ihren
schlanken, nackten, goldigen Armen befestigt hatte...
Und ich sehe sie wieder vor mir, wie sie sich durch
Kohlendampf erstickt hatte, tot inmitten ihrer Blumen,
sehr bleich, die Hände gefaltet, mit einem Lächeln
auf den Lippen, schlafend, auf einem Lager von Hya-
zinthen und Tuberosen... Eine Tote aus Liebe! Und
wie haben Albine und Serge sich in dem großen, ver-
führerischen Garten geliebt, am Busen der Natur! Und
welch ein Strom von Leben, der alle falschen Banden
durchbrach, und welch ein Triumph des Lebens!"

Clotilde, ebenfalls aufgeregt durch dieses heiße
Wortgeflüster, sah ihn scharf an. Niemals hatte sie
es gewagt, mit ihm von einer andern Geschichte zu
sprechen, die auch im Umlauf war, von der einzigen
und heimlichen Liebe, die er für eine jetzt verstorbene
Dame gehegt haben sollte. Man erzählte, daß er sie sorgsam gepflegt habe, ohne zu wagen, ihre Fingerspitzen
zu küssen. Bis auf den heutigen Tag, wo er beinahe sein sechzigstes Lebensjahr erreicht hatte, hatten
ihn seine Wissenschaft und seine Schüchternheit von
den Frauen entfernt gehalten. Aber man fühlte es
auch, daß er trotz seiner weißen Haare noch ein ganz
unberührtes und überströmendes Herz besaß, welches
die Leidenschaft noch nicht kennen gelernt hatte.

„Und sie, die tot ist, und die man beweint …"

Sie schwieg einen Augenblick still; dann begann sie wieder mit zitternder Stimme und glühenden Wangen, ohne zu wissen warum:

„Serge liebte sie also nicht, da er sie sterben ließ?"

Pascal schien aus seinen Träumereien zu erwachen; er seufzte, als er sie neben sich wiederfand, so jung, mit so schönen, leuchtenden und klaren Augen in dem Schatten ihres großen Hutes. Etwas war vorgefallen, der gleiche Schauer durchrieselte beide. Sie reichten sich nicht wieder den Arm, sie gingen Seite an Seite.

„Ah, mein Herzblatt! Es würde zu schön sein, wenn die Menschen nicht sich alles selbst verderben wollten! Albine ist tot, und Serge ist jetzt Pfarrer in Saint-Europe, wo er mit seiner Schwester Désirée lebt, einem braven Wesen, welches das Glück hat, halb blödsinnig zu sein. Er ist ein heiliger Mann, ich habe niemals das Gegenteil gesagt … Man kann ein Mörder sein und doch Gott dienen."

Und er fuhr fort und sprach in ungeschminkter Weise über die Lebensverhältnisse, über die erbärmliche schlechte Menschheit, ohne daß er dabei sein fröhliches Lächeln verlor. Er liebte das Leben, er wies mit ruhiger Beharrlichkeit auf das unaufhörliche Bemühen, es zu erhalten, hin, trotz allem Uebel, trotz allem Jammer, den es enthalten konnte. Das Leben mochte wohl entsetzlich erscheinen, aber es mußte doch groß und gut sein, da man, um es zu leben, einen eisernen Willen entfaltete, ohne Zweifel zum Zwecke eben dieses

Willens selbst und der unbewußten Arbeit, die er voll-
brachte. Gewiß, er war ein Weiser, ein Hellseher,
er glaubte nicht an eine idyllische Menschheit, die in
einer Natur von Milch lebte, er sah im Gegenteil
die Fehler und die Mängel, er zog sie ans Licht, er
untersuchte sie und katalogisirte sie nun schon seit
dreißig Jahren, und seine Leidenschaft für das Leben,
seine Bewunderung der Kräfte des Lebens genügte,
um ihn in eine ununterbrochene Fröhlichkeit zu versetzen, woher natürlich auch seine Nächstenliebe herzu-
stammen schien, seine brüderliche Weichherzigkeit, ein
Mitgefühl, welches man unter der Roheit des Ana-
tomen und unter der erkünstelten Unpersönlichkeit
seiner Studien gar wohl verspürte.

„Bah!“ schloß er, indem er sich zum letztenmale
zu den weiten, traurigen Gefilden zurückwandte, „das
Paradou ist nicht mehr, alles ist geplündert, verdorben und zerstört! Aber, was thut's? Neue Wein-
gärten werden angelegt, neues Korn wird groß werden,
alles das Ergebnis neuer Ernten. Und man wird
sich lieben in den fernen Tagen der Wein- und Ge-
treibeernte ... Das Leben ist ewig, und es thut niemals etwas anderes, als wieder von neuem zu beginnen und sich zu vermehren.“

Er hatte ihren Arm wieder genommen, und so
gingen sie heim, eng an einander geschmiegt, als gute
Freunde, durch die Abenddämmerung, die langsam
am Himmel erlosch in einem stillen veilchen- und
rosenfarbenen See. Und als sie die beiden vorüber-
gehen sahen, den alten mächtigen und milden König,

gelehnt auf die Schulter eines reizenden und demü=
tigen Kindes, das ihn geleitete, da sandten ihnen
die vor ihren Thüren sitzenden Weiber der Vorstadt
ein Lächeln der Rührung nach.

Auf der Souleiade erwartete sie sehnlichst Martine.
Schon von weitem gab sie ihnen Zeichen. Wie denn,
dinirte man an diesem Tage überhaupt nicht? Als
sie dann näher herangekommen waren, rief sie ihnen zu:

„Ah, Sie werden noch eine kleine Viertelstunde jetzt
warten müssen, denn ich habe nicht gewagt, meine
Hammelkeule anzusetzen."

Sie blieben daher noch draußen beim Sinken des
Tages, beide in fröhlicher Stimmung. Der Fichten=
wald, der sich in Schatten hüllte, strömte einen bal=
samischen Harzgeruch aus, und von dem großen,
freien, noch heißen Platze, wo ein letzter roter Wider=
schein langsam erlosch, stieg ein leichter Nebel auf.
Es war wie eine Erleichterung, ein Seufzer des Wohl=
behagens; über der ganzen Besitzung lag tiefe Ruhe,
über den dürren Mandel= und den verkrüppelten Oliven=
bäumen unter dem weiten, verblassenden Himmels=
zelt von ungetrübter Klarheit, während die Gruppe
der Platanen hinter dem Hause nur noch eine finstere
Masse bildete, schwarz und undurchdringlich, in der
man die Fontäne hörte mit ihrem ewig gleichen
Plätschern.

„Sieh da!" sagte der Doktor. „Herr Bellombre
hat schon gegessen und schöpft jetzt frische Luft."

Er zeigte mit der Hand nach einer Bank in der
benachbarten Besitzung hin, auf welcher ein großer,

hagerer Greis von siebenzig Jahren mit einem langen,
von Falten durchfurchten Gesicht und großen, starren
Augen in sehr sorgfältiger Kleidung saß.

„Das ist ein Weiser," murmelte Clotilde. „Er
ist glücklich!"

Pascal lachte laut auf.

„Der? Ich glaube gerade das Gegenteil."

Er haßte niemand, und einzig und allein Herr
Bellombre, jener alte, jetzt pensionirte Professor der
siebenten Klasse, der in seinem kleinen Häuschen mit
einem taubstummen und noch bejahrteren Gärtner zusammen wohnte, besaß die Gabe, ihn immer zu ärgern.

„Der ein glücklicher, froher Mann, der das Leben
fürchtet, hörst Du, das Leben fürchtet? Ja, ein
Egoist, hart und geizig! Wenn er aus seinem Leben
die Frauen ganz verbannt hat, so hat er es nur aus
Furcht gethan, daß er ihnen die Schuhe bezahlen
muß. Und er hat nur die Kinder anderer gekannt,
und die haben ihm viel unangenehme Stunden bereitet: daher sein Kinderhaß, seine Freude an Strafen
... Die Furcht vor dem Leben, die Furcht vor
Sorgen und Pflichten, vor Unannehmlichkeiten und
Unglücksfällen! Die Furcht vor dem Leben, welche
bewirkt, daß man seine Freuden zurückweist aus
Angst, man verursache sich nur Schmerzen! Ah, siehst
Du, diese Feigheit bringt mich auf, ich kann sie
nicht verzeihen ... Man muß leben, ganz und gar
leben, das ganze Leben leben, und lieber noch das
Leiden, als jene Entsagung, jenen Tod von allem,
was man Lebendes und Menschliches in sich hat!"

Herr Bellombre hatte sich erhoben und ging mit kleinen, ruhigen Schritten einen Weg in seinem Garten entlang.

Clotilde, die ihn eine Zeit lang schweigend betrachtet hatte, sagte darauf endlich:

„Es gibt aber dennoch die Freude der Entsagung. Entsagen, nicht leben, sich für das Geheimnis erhalten, ist dies nicht das ganze große Glück der Heiligen gewesen?“

„Wenn sie nicht gelebt haben,“ rief Pascal, „können sie auch keine Heiligen sein.“

Er fühlte jedoch, daß sie sich dagegen auflehnte, daß sie im Begriffe stand, ihm von neuem zu entschlüpfen. Denn in der Ungewißheit über das Jenseits ruht ganz im Innern der Wesen der Haß gegen das Leben und die Furcht vor dem Leben.

Er fand auch plötzlich sein gutes Lachen wieder, das so zärtlich und so beruhigend klang.

„Nein, nein! Wir haben für heute genug davon, wir wollen nicht mehr disputiren, wir wollen uns vertragen! Und horch! Martine ruft uns, laß uns zum Essen gehen!“

Drittes Kapitel.

Einen Monat dauerte die Mißstimmung, und Clotilde litt besonders darunter, daß sie sehen mußte, wie Pascal neuerdings seine Schubladen mit dem Schlüssel verschloß. Er hatte in sie nicht mehr das stille Vertrauen von früher; sie fühlte sich dadurch so schwer gekränkt, daß sie, wenn sie den Schrank offen gefunden hätte, die Aktenbündel sicherlich ins Feuer geworfen hätte, wie ihre Großmutter Felicité sie immer antrieb zu thun. Und die Zwistigkeiten begannen wieder von neuem, oft redeten sie zwei Tage lang nicht mit einander.

Eines Morgens nach einem Streite, der am vorgestrigen Abend begonnen hatte, sagte Martine, als sie das Frühstück servirte:

„Gerade als ich über den Platz der Unterpräfektur ging, sah ich in das Haus der Frau Felicité einen Fremden eintreten, den ich wieder zu erkennen glaubte … Ja, ich würde gar nicht überrascht sein, Fräulein, wenn es Ihr Bruder wäre.“

Mit einem Schlage fanden Pascal und Clotilde die Sprache wieder.

„Dein Bruder? Erwartete Großmama ihn denn?"

„Nein, ich glaube nicht mehr auf sein Kommen ...
Es sind jetzt schon mehr als sechs Monate, daß sie
wartet. Ich weiß, daß sie ihm kürzlich geschrieben
hat, es war vor acht Tagen."

Und sie bestürmten Martine mit Fragen.

„Ja, mein Gott, Herr Doktor! Ich kann Ihnen
gar nichts sagen, denn seit den vier Jahren, wo ich
Herrn Maxime gesehen habe, damals als er zwei
Stunden bei uns war, ehe er nach Italien reiste, hat
er sich wahrscheinlich sehr verändert ... Ich glaubte
aber dennoch ihn wiederzuerkennen, wenn ich ihn auch
nur von hinten gesehen habe."

Das Gespräch ging weiter; Clotilde zeigte sich
ganz beglückt über diesen Vorfall, der endlich das
dumpfe Stillschweigen brach.

Doktor Pascal beendete die Unterhaltung mit den
Worten:

„Nun gut! Wenn er es ist, wird er auch zu uns
kommen."

Es war wirklich Maxime. Nach monatelanger
Weigerung gab er endlich den bringenden Bitten der
alten Frau Rougon nach, die auch auf dieser Seite
eine alte Wunde der Familie zu schließen hatte. Die
Geschichte war schon alt und wurde mit jedem Tage
immer schlimmer.

Im Alter von siebenzehn Jahren — es waren
seitdem schon fünfzehn Jahre verflossen — hatte er
mit einer von ihm verführten Dienstmagd ein Kind gehabt, ein dummer Streich eines frühreifen Burschen,

den sein Vater Saccard und seine Stiefmutter Renée,
die letztere, ärgerlich über seine unwürdige Wahl, sich
begnügt hatten, zu belachen. Die Dienstmagd, Justine
Mégot, stammte gerade aus einem der benachbarten
Dörfer, ein junges blondes Mädchen von ebenfalls
siebenzehn Jahren, fügsam und sanft; man hatte sie nach
Plassans zurückgeschickt mit einer Rente von zwölf-
hundert Franken, um den kleinen Charles zu erziehen.
Drei Jahre später hatte sie dort einen Sattler in
der Vorstadt, Namens Anselm Thomas, einen guten
Arbeiter und anständigen Burschen, geheiratet, den
die Rente angezogen hatte. Sie hatte sich übrigens
vortrefflich entwickelt, war stark geworden und von
einem Husten geheilt, der eine unangenehme Erbschaft
befürchten ließ, die einer ganzen, dem Alkoholismus
verfallenen Ascendenz zu verdanken gewesen wäre.
Und zwei neue Kinder, in dieser Ehe geboren, ein
Knabe im Alter von zehn und ein kleines Mädchen
von sieben Jahren, dick und rot, befanden sich außerordentlich wohl, so daß sie die geachtetste und glück-
lichste Frau gewesen wäre, ohne die Unannehmlichkeiten, welche ihr Charles in ihrer Häuslichkeit verursachte. Thomas verwünschte nämlich trotz der Rente
diesen Sohn eines anderen und stieß ihn überall
herum, was der Mutter Schmerz bereitete, aber als
unterwürfige und schweigsame Gattin verheimlichte sie
ihren Kummer. Sie würde Charles daher auch gern,
obgleich sie ihn sehr lieb hatte, der Familie des Vaters
überlassen haben.

Charles sah mit seinen fünfzehn Jahren kaum

wie ein Knabe von zwölf aus, und sein Verstand war
dabei auch wie der eines fünfjährigen Kindes. Von
einer außerordentlichen Aehnlichkeit mit seiner Urahne,
der Tante Dide, der Irren von Les Tulettes, hatte
er eine schlanke, zierliche und feine Gestalt, gleich
einem jener kleinen entnervten Könige, die ein Geschlecht abschlossen, das Haupt umwallt von langen
blonden Locken, weich wie von Seide. Seine großen
hellen Augen waren leer, und über seiner beunruhigenden Schönheit lag ein düsterer Schatten ausgebreitet. Er besaß weder Verstand noch Herz, er
war wie ein kleiner Hund voller Untugenden, der
sich an den Leuten rieb, um sich einzuschmeicheln.
Seine Urgroßmutter Felicité, gewonnen durch seine
Schönheit, in der sie sich einbildete, ihr Blut wiederzuerkennen, hatte ihn zunächst auf die Schule geschickt
und ihn in ihre Pflege genommen; aber schon nach
einem halben Jahre hatte man ihn fortjagen müssen
unter der Beschuldigung unnennbarer Laster. Sie
war in dieser Hinsicht so eigensinnig, daß sie ihn dreimal die Pensionen wechseln ließ, um ihn immer auf
dieselbe schimpfliche Weise zurückgeschickt zu bekommen.
Dann mußte man ihn, da er nicht lernen wollte
und auch wirklich nicht dazu fähig war und da er
ganz verwilderte, bewachen, und er wurde von
dem einen zum andern Familienmitgliede herumge-
stoßen. Doktor Pascal hatte, von Mitleid bewegt,
an eine Heilung gedacht, diese unmögliche Kur aber
dann, nachdem er ihn fast ein ganzes Jahr bei
sich im Hause gehabt hatte, wieder aufgegeben aus

Angst für Clotilde wegen Ansteckung. Und jetzt, da
Charles nicht mehr bei seiner Mutter war, wo er
nicht mehr hatte bleiben wollen, fand man ihn bei
Felicité oder einem andern Verwandten, kokett gekleidet und überhäuft mit Spielzeug, ein Leben führend wie ein kleiner verweichlichter Dauphin eines
alten, dahingegangenen Geschlechtes.

Indessen verursachte dieser Bastard der alten
Frau Rougon viele unangenehme Stunden, und ihr
Plan war, ihn dem Geschwätz der Klatschbasen in
Plassans zu entziehen, indem sie Maxime bestimmte,
ihn mit sich zu nehmen und ihn in Paris erziehen
zu lassen. Das wäre also noch eine häßliche Geschichte der Familie. Aber lange Zeit hatte sich
Maxime taub gezeigt in der fortwährenden Angst,
die ihn immer quälte, seiner Stellung dadurch zu
schaden. Seit dem Tode seiner Frau ein reicher
Mann, war er nach dem Kriege in sein Hotel in der
Avenue du Bois de Boulogne zurückgekehrt, um dort
in vernünftiger Weise sein Vermögen zu verzehren,
gequält von seinem ererbten Leiden, das ihn jung
ins Grab bringen mußte; durch seine jugendlichen
Ausschweifungen hatte er eine heilsame Furcht vor
dem Vergnügen gewonnen und war besonders immer
darauf bedacht, alle Aufregungen und jede Art von
Verantwortlichkeit zu vermeiden, um sein Leben so
viel wie möglich zu verlängern. Heftige Schmerzen
in den Beinen, wie er glaubte, rheumatische, peinig-
ten ihn seit einiger Zeit; er sah sich schon kontrakt,
an einen Krankenstuhl gefesselt; und seines Vaters

plötzliche Rückkehr nach Frankreich, die neue Thätigkeit, die Saccard entwickelte, hatten nun vollends
noch dazu beigetragen, ihn in Angst zu versetzen.
Er kannte ihn sehr gut, diesen unersättlichen Ver-
geuder von Millionen, er zitterte, ihn wieder in seiner
Nähe, in seiner gewohnten fieberhaften Thätigkeit zu
sehen, ihn, den guten, braven Kerl mit seinem freund-
schaftlichen Grinsen. Würde er nicht ganz aufgerieben
werden, wenn er eines Tages seiner Gnade überlassen
wäre in Folge der Schmerzen, die seine Glieder
durchdrangen? Und die Angst vor dem Alleinsein
hatte ihn dermaßen ergriffen, daß er endlich auf den
Gedanken, seinen Sohn wiederzusehen, einging. Wenn
der Kleine ihm sanft, intelligent und von gutem Betragen
zu sein scheine, warum sollte er ihn denn nicht mit
sich nehmen? Er würde dann einen Freund, einen
Erben haben, der ihn gegen die Unternehmungen
seines Vaters schützen würde. Nach und nach sah
sein Egoismus sich geliebt, sorgsam gepflegt und be-
schützt. Und dennoch hätte er sich vielleicht noch nicht
zu einer solchen Reise entschlossen, wenn ihn nicht
sein Arzt in die Bäder von Saint-Gervais geschickt
hätte. Von dort aus hatte er nur einen Abstecher
von einigen Meilen zu machen, und so war er denn
am Morgen ganz unerwartet bei der alten Frau
Rougon erschienen mit der festen Absicht, an demselben Abend wieder abzureisen, wenn er sie um Rat
gefragt und das Kind gesehen hätte.

Gegen zwei Uhr — Pascal und Clotilde befanden
sich noch bei der Fontäne unter den Platanen, wo

sie ihren Kaffee getrunken hatten — kam Felicité
mit Maxime.

„Meine Liebe, welche Ueberraschung! Ich bringe
Dir hier Deinen Bruder."

Bewegt hatte sich das junge Mädchen vor diesem
hageren Fremden mit dem gelben Gesichte, den sie
kaum wieder erkannte, erhoben. Seit ihrer Trennung
im Jahre 1854 hatte sie ihn nur zweimal wiederge=
sehen, das erstemal in Paris und das zweitemal in
Plassans. Und sie bewahrte von ihm ein deutliches
Bild, elegant und lebhaft. Jetzt war sein Gesicht
abgemagert, sein Haar gebleicht und von silbernen
Fäden durchzogen. Dennoch erkannte sie ihn schließ=
lich wieder mit seinem hübschen, feinen Kopfe, seiner
beunruhigenden mädchenhaften Zartheit selbst in seiner
vorzeitigen Hinfälligkeit.

„Wie Du gut aussiehst!" sagte er einfach, seine
Schwester umarmend.

„Ja, man muß in der Sonne leben!" ant=
wortete sie. „Ah, wie bin ich glücklich, Dich zu
sehen!"

Pascal hatte mit dem Blick des Arztes seinen
Neffen sofort bis auf den Grund durchschaut. Auch er
umarmte ihn.

„Guten Tag, mein Junge . . . Ja, sie hat recht,
man gedeiht nur in der Sonne richtig, ganz wie die
Bäume."

Felicité war lebhaft bis zum Hause hingegangen.
Dann kam sie zurück und rief:

„Ist denn Charles nicht hier?"

„Nein," sagte Clotilde. „Wir haben ihn gestern gesehen. Onkel Macquart hat ihn mitgenommen, und er soll einige Tage in Les Tulettes bleiben."

Felicité ärgerte sich sehr. Sie war nur hierher gekommen in dem festen Glauben, das Kind bei Pascal zu finden. Was nun machen? Der Doktor schlug in seiner ruhigen Weise vor, daß man an den Onkel schreibe, er solle ihn morgen früh wieder zurück= bringen. Als er dann erfuhr, daß Maxime durch= aus mit dem Zug um neun Uhr wieder abreisen wolle, ohne hier über Nacht zu bleiben, hatte er eine andere Idee. Er wollte einen Landauer bei einem Wagenvermieter holen lassen, und dann sollten sie alle vier zusammen hinausfahren und Charles beim Onkel Macquart aufsuchen. Das würde eine an= genehme Spazierfahrt sein. Es wären nur drei Meilen von Plassans nach Les Tulettes: eine Stunde hin, eine Stunde zurück, und dann würde man noch fast zwei Stunden für den Aufenthalt dort haben, wenn man um sieben Uhr wieder zurück sein wollte. Martine würde inzwischen das Diner gerichtet und Maxime noch vollständig Zeit haben, zu essen und seinen Zug zu erreichen.

Aber Felicité schwankte, sichtlich beunruhigt über diesen Besuch bei Macquart.

„Ah, das wäre noch schöner! Nein, nein! Glaubt ihr etwa, ich würde jetzt, wo ein Gewitter im An= zuge ist, dort hinfahren? Da ist es doch viel ein= facher, jemand hinzuschicken, der Charles hierher bringen soll."

Pascal schüttelte den Kopf. Man könnte Charles
nicht immer hinführen, wohin man wollte. Er wäre
ein Kind ohne Vernunft, das wie ein ungezähmtes
Tier jeder Laune nachgäbe.

Und die alte Frau Rougon, wütend, daß sie
nichts hatte vorbereiten können, mußte überwunden
sich fügen und notgedrungen die Sache dem Zufalle
überlassen.

„Nun gut, wie ihr wollt! Mein Gott, wie sich
doch die Geschichte schlecht anläßt!"

Martine lief eiligst, um einen Landauer herbei-
zuholen, und es hatte noch nicht drei Uhr geschlagen,
als die beiden Pferde die Straße von Nizza ein-
schlugen, welche den bis zur Brücke über die Viorne
abfallenden Abhang hinabführte. Man wendete sich
dann nach links, um ungefähr zwei Kilometer weit
an den bewaldeten Ufern des Flusses entlang zu
fahren. Darauf zog sich die Straße durch die
Schluchten der Seille, ein enges Defilé zwischen zwei
riesigen, von den brennenden Sonnenstrahlen durch-
glühten und vergoldeten Felsenwänden. In den
Spalten waren Fichten emporgewachsen, Buschwerk,
von unten kaum so dick wie Grasbüschel, umsäumte
die Kanten und hing über die Abgründe hinab. Und
es war ein furchtbares Chaos, eine wild zerrissene
Berglandschaft, ein Zugang zur Unterwelt mit seinen
wirr durcheinander führenden Gängen und den Flecken
roter Erde, die jeden Riß ausfüllte, mit seiner trost-
losen Einsamkeit, die höchstens einmal der Flügel-
schlag eines Adlers störte.

Felicité that ihren Mund nicht auf, ihr Kopf arbeitete, ihre Züge waren finster infolge ihrer Gedanken. Es herrschte eine schwüle Stimmung, die Sonne brannte hinter einem Schleier von großen, bleigrauen Wolken hervor. Pascal sprach fast ganz allein in seiner leidenschaftlichen Liebe für diese glühende Natur, eine Liebe, die er sich auch bemühte, seinem Neffen mitzuteilen. Aber er hatte gut reden, er konnte sich noch so sehr in begeisterten Ausrufungen ergehen, ihm die Vorliebe der Oliven= und Feigenbäume und der Brombeersträuche erklären, auf felsigem Boden zu wachsen, und das Leben dieser Felsen selbst, dieses kolossalen und mächtigen Gerippes der Erde, von dem man ein Rauschen aufsteigen hörte: Maxime blieb kalt; ein dumpfes Angstgefühl hatte sich seiner bemächtigt im Angesicht dieser Felsenblöcke von solch wilder Majestät, deren Masse ihn bedrückte. Und er zog es vor, seine Augen auf seiner Schwester ruhen zu lassen, die ihm gegenüber saß. Sie entzückte ihn immer mehr und mehr, wie er sie so gesund und glücklich vor sich sah, mit ihrem hübschen, runden Kopf, ihrer geraden Stirn und in ihrem ruhigen Gleichmaße. Für Augenblicke trafen sich ihre Blicke, und sie hatte dann stets ein zärtliches Lächeln, von dem er sich jedesmal gestärkt fühlte. ·

Die Wildheit der Schlucht ließ aber endlich nach, die beiden Felswände wurden niedriger, und der Weg zog sich zwischen kleineren Hügeln hin mit sanften Abhängen, die mit Thymian und Lavendel bestanden waren. Es war immer noch eine Wüstenei mit öden, grünlichen und blaßvioletten Landstrichen, von denen

der leiseste Luftzug einen scharfen Geruch aufsteigen
ließ. Dann fuhr man plötzlich nach einer Biegung
des Weges in das Thal von Les Tulettes hinab, das
reichliche Quellen bewässerten. Im Hintergrunde
dehnten sich weite, von Baumreihen durchschnittene
Wiesenflächen aus. Das Dorf lag auf der Mitte
des Abhanges unter Olivenbäumen, und das kleine
Landhaus befand sich, etwas abgelegen, auf der
linken Seite im vollen Sonnenschein. Der Landauer
mußte den Weg fahren, der nach dem Irrenhause
führte, dessen weiße Mauern man vor sich erblickte.

Das Stillschweigen von Felicité war noch düsterer
geworden, denn sie liebte es nicht, den Onkel Macquart zu zeigen. Noch einer, an dessen Todestage
die Familie erleichtert aufatmen würde! Für ihrer
aller Ruhm wäre es gut gewesen, wenn er schon seit
langem unter der Erde geruht hätte. Aber er war
unverwüstlich, er trug seine dreiundachtzig Jahre als
alter, vom Trinken übersättigter Säufer, den der
Alkohol zu erhalten schien. In Plassans hatte er
schreckliche Erinnerungen als Lump und Landstreicher
hinterlassen, und die Greise erzählten sich heimlich
die abscheuliche Geschichte von den Leichnamen,
die sich zwischen ihm und den Rougons zugetragen
hatte, ein Verrat in den unruhigen Dezember=
tagen des Jahres 1851, ein hinterlistiger Ueberfall,
bei dem er die Kameraden mit durchschossenem Leibe
auf dem blutigen Boden hatte liegen lassen. Später,
als er wieder nach Frankreich zurückgekehrt war, hatte
er der guten Stellung, die er sich hatte versprechen

laſſen, das kleine Pachtgut von Les Tulettes vorge=
zogen, das ihm Felicité gekauft hatte. Dort lebte er
ſeitdem in angenehmen Verhältniſſen, er hatte nur
noch den Ehrgeiz gehabt, ſein Beſitztum zu vergrößern,
indem er immer von neuem gute Gelegenheiten dazu
ausſpähte oder ein Mittel ausfindig machte, ſich
ein ſchon lange begehrtes Feld ſchenken zu laſſen.
Auch war er ſeiner Schwägerin behilflich geweſen
als dieſe Plaſſans von den Legitimiſten hatte wieder
erobern ſollen — eine andere ſchreckliche Geſchichte,
welche man ſich ebenfalls nur heimlich ins Ohr er=
zählte: von dem Verrückten, der während der Nacht
hinterliſtigerweiſe aus dem Irrenhauſe gelaſſen, hin=
weggelaufen war, um ſich zu rächen, und ſein Haus
angezündet hatte, wobei vier Perſonen in den
Flammen ums Leben gekommen waren. Aber das
waren glücklicherweiſe alte Geſchichten und Mac=
quart jetzt wieder rangirt, nicht mehr der alles be=
unruhigende Lump, vor dem die ganze Familie ge=
zittert hatte. Er benahm ſich jetzt ganz muſtergiltig,
war ein ſchlauer Diplomat geworden und hatte nichts
behalten von früher als ein gewiſſes ſpöttiſches Lächeln,
das ihm das Ausſehen gab, als ob er ſich über die
ganze Welt luſtig machte.

„Der Onkel iſt zu Hauſe,“ ſagte Pascal, als
man näher kam.

Das Landhaus war eines jener provençaliſchen
Bauwerke mit einer einzigen Etage, von farbloſen
Ziegeln, die vier Mauern mit lebhafter gelbbrauner
Farbe angeſtrichen. An der Vorderſeite entlang er=

streckte sich eine enge Terrasse, welche alte Maulbeer=
bäume, ihre verdrehten und gekrümmten Aeste in
Gestalt von Lauben herabhängen lassend, beschatteten.
Dort war es, wo der Onkel während des Sommers
seine Pfeife zu rauchen pflegte. Und als er jetzt den
Wagen hörte, war er an den Rand der Terrasse ge=
treten und hatte sich dort aufgepflanzt, seine hohe
Gestalt kerzengerade aufgerichtet, sehr sorgfältig in
einen Anzug von blauem Tuch gekleidet, die unver=
meidliche Pelzmütze auf dem Kopfe, die er jahraus
jahrein zu tragen pflegte.

Als er die Besucher erkannt hatte, grinste er
freudig und rief:

„Welch' angenehme Gesellschaft haben wir denn
da! Es ist sehr lieb von euch, daß ihr gekommen
seid, um hier frische Luft zu schöpfen."

Aber die Anwesenheit von Maxime störte ihn. Wer
war dieser Mann? Weswegen war er gekommen?
Man nannte ihm dessen Namen, und sofort prägte er
sich die Erklärungen, welche man hinzufügte, fest in
seinem Kopfe ein, um mit ihrer Hilfe sich in den ver=
wickelten Verwandtschaftsverhältnissen zurechtzufinden.

„Der Vater von Charles, ich weiß, ich weiß . . .
Der Sohn meines Neffen Saccard, wahrhaftig! Der,
der eine so gute Partie gemacht hat, und dessen
Frau gestorben ist . . ."

Er betrachtete Maxime genau und war sehr glück=
lich, ihn schon mit zweiunddreißig Jahren so abgelebt
zu finden, die Haare und den Bart schon mit Schnee
bestreut.

„Ja, ja," fügte er hinzu, „wir werden alle alt
. . . Ich allerdings, ich brauche mich noch nicht zu
sehr zu beklagen, denn ich bin noch fest . . ."

Und triumphirend schlug er sich mit Nachdruck
auf seine Schenkel, sein Gesicht glühte wie das feurige
Rot eines Kohlenbeckens. Seit langem schon galt
ihm der gemeine Schnaps für reines Wasser, nur
der „Troissig" kitzelte noch seine ausgepichte Kehle;
er trank davon solche Quantitäten, daß er damit
ganz angefüllt, sein Fleisch davon getränkt und
durchdrungen war wie ein vollgesogener Schwamm.
Seine Haut schwitzte ordentlich Alkohol aus. Bei
dem geringsten Hauch, der aus seinem Munde kam,
wenn er sprach, entströmte ihm zugleich auch eine
ganze Wolke von Alkoholdunst.

„Ja, gewiß! Du bist fest, Onkel!" sagte Pascal
aufs höchste amüsirt. „Und Du hast doch gar
nichts dafür gethan und vollkommen recht, Dich über
uns lustig zu machen . . . Siehst Du, ich fürchte nur
das eine, daß Du eines schönen Tages, wenn Du
Dir Deine Pfeife anzündest, Dich selbst anzündest
wie eine Punschbowle."

Macquart lachte geschmeichelt aus vollem Halse.

„O, Du kleiner Spaßmacher! Ein Glas Cognac
ist mehr wert als Deine schrecklichen Arzneien . . .
Und ihr werdet doch alle ein Gläschen trinken, nicht
wahr? Damit ihr doch auch sagen könnt, daß euch
euer Onkel alle Ehre angethan hat. Ich, ich mache
mich lustig über alle die Schandmäuler. Ich habe
Getreidefelder, ich habe Olivenbäume, ich habe Mandel=

bäume, Weinberge und ein Landgut ebenso wie ein
Bürger. Im Sommer rauche ich meine Pfeife im
Schatten meiner Maulbeerbäume, und im Winter,
da lehne ich mich dort an die Mauer und rauche sie
in der Sonne. Nicht wahr, über einen Onkel, wie ich
einer bin, braucht man nicht zu erröten? Clotilde,
ich habe auch Sirup, wenn Du welchen willst. Und
Du, meine liebe Felicité, ich weiß, daß Du Anisette
vorziehst. Es ist von allem da, sage ich euch, bei
mir ist von allem da!"

Er machte mit den Armen eine Bewegung, als
wollte er sein ganzes Besitztum umfassen, der alte
Lump, der jetzt zu einem Einsiedler geworden war,
während Felicité, die er einen Augenblick mit der
Aufzählung seiner Reichtümer in Schrecken gesetzt
hatte, die Augen nicht von ihm ließ, immer bereit,
ihn zu unterbrechen.

„Danke, Macquart, wir werden nichts nehmen,
wir haben Eile . . . wo ist denn Charles?"

„Charles, gut, gut! Sogleich! Ja, ja, ich verstehe schon, der Papa ist gekommen, um das Kind
zu sehen. Aber das soll uns nicht hindern, einen
Schluck zu trinken."

Und als man es ihm rundweg abschlug, fühlte er
sich beleidigt und sagte mit seinem bösen Lachen:

„Charles ist nicht hier, er ist im Asyl bei der Alten."

Dann führte er Maxime an das Ende der Terrasse und zeigte ihm die großen weißen Gebäude,
deren von hohen Mauern umschlossene Gärten Ge-
fängnishöfen glichen.

„Dort, lieber Neffe, siehst Du drei Bäume vor uns. Oberhalb desjenigen zur Linken ist eine Fontäne in einem Hofe; wenn Du dem Parterre folgst, so ist das fünfte Fenster zur Rechten dasjenige der Tante Dide, und dort ist auch der Kleine ... Ja, ich habe ihn vorhin hingebracht."

Das geschah mit stillschweigender Erlaubnis der Administration. Während der einundzwanzig Jahre, die sich die alte Frau in dem Asyle befand, hatte sie ihrer Wärterin gar keine Mühe gemacht. Sehr ruhig, sehr still verbrachte sie, unbeweglich in einem Lehnstuhle sitzend, die Zeit damit, vor sich hinzustarren, und da sich das Kind dort gefiel und sie sich selbst für den Kleinen zu interessiren schien, so drückte man ein Auge zu und duldete stillschweigend dieses Zuwiderhandeln gegen die Hausordnung. Man ließ ihn zuweilen zwei bis drei Stunden dort, wo er sich eifrig mit Ausschneiden von Bildern beschäftigte.

. Aber diese neue Widerwärtigkeit hatte die schlechte Laune der Frau Felicité voll gemacht, und als Macquart vorschlug, sie sollten alle fünf zusammen den Kleinen im Asyl aufsuchen, da machte sie ihrem Aerger Luft.

„Welcher Gedanke! Geh allein hin und komm rasch zurück mit ihm ... Wir haben keine Zeit zu verlieren!"

Dieser Zornesausbruch schien den Onkel höchlich zu amüsiren, und nun blieb er, da er merkte, daß es ihr unangenehm sei, hartnäckig mit höhnischem Grinsen bei seinem Vorschlag.

„Wahrhaftig, meine lieben Kinder! Wir werden dann bei der Gelegenheit auch gleich die alte Mutter sehen, die Mutter von uns allen. Ich brauche ja nicht weiter davon zu reden, ihr wißt es ja selbst, wir stammen alle von ihr, und da wäre es denn gar nicht höflich, wenn wir nicht hingehen würden und ihr guten Tag wünschen, da außerdem mein Groß= neffe, der von so weit herkommt, sie vielleicht noch niemals gesehen hat . . . Ich, ich verleugne sie gewiß nicht! Zum Teufel, nein! Gewiß, sie ist verrückt; aber das sieht man nicht oft, alte Mütter, die die Hundert überschritten haben, und es lohnt sich daher schon der Mühe, daß man sich gegen sie etwas aufmerksam benimmt."

Ein allgemeines Stillschweigen trat ein. Etwas wie ein eisiger Schauer überlief alle. Und Clotilde war es, die, bis dahin eine stumme Zuhörerin, end= lich mit lauter Stimme erklärte:

„Du hast recht, lieber Onkel, wir wollen alle zu= sammen hingehen."

Felicité selbst mußte zustimmen. Man stieg wieder in den Landauer. Macquart setzte sich neben den Kutscher. Ein gewisses Unbehagen hatte das müde Gesicht von Maxime ganz leichenblaß gemacht; wäh= rend der kurzen Fahrt fragte er Pascal über Charles aus mit der Miene väterlichen Interesses, unter der er seine wachsende Unruhe verbarg. Der Doktor, durch die gebieterischen Blicke seiner Mutter beeinflußt, milderte die Wahrheit. Mein Gott! Das Kind hatte eben keine sehr kräftige Gesundheit, und

das war es gerade, warum man es gerne wochen=
lang bei dem Onkel auf dem Lande ließ, aber es
hatte auch keine bestimmte Krankheit. Pascal fügte
nicht hinzu, daß er sich eine kurze Zeit in dem
Traume gewiegt, ihm den Verstand und die Lebens=
kraft verleihen zu können, indem er ihn mit Ein=
spritzungen seines Elixirs behandelte; aber er hatte
sich durch die jedesmaligen Folgen davon abbringen
lassen: die geringsten Einspritzungen riefen bei dem
Kleinen stets Blutergüsse hervor, die er jedesmal
durch Kompressen zum Stillstand bringen mußte.
Es war eine Erschlaffung der Gewebe, an der die
Degeneration schuld war; eine blutige Feuchtigkeit
bildete auf der Haut Perlen, und vor allem trat ein
so heftiges und starkes Nasenbluten ein, daß man es
nicht wagte, ihn allein zu lassen, aus Angst, das
ganze Blut könnte aus seinen Adern herausströmen.
Und der Doktor schloß mit den Worten, daß er,
wenn auch der Verstand des Knaben jetzt noch träge
wäre, trotzdem hoffe, daß er sich noch entwickeln würde
bei einer lebhafteren Gehirnthätigkeit.

Man war vor dem Asyl angekommen. Macquart,
der alles mit angehört hatte, stieg vom Kutscherbocke
herab und sagte:

„Er ist ein lieber, süßer Bursche. Und dann ist
er auch so sehr schön, ein Engel!"

Maxime, der noch immer sehr bleich aussah und
trotz der erstickenden Hitze mit den Zähnen klapperte,
stellte keine Fragen mehr. Er betrachtete die weiten
Baulichkeiten des Asyls, die Flügel der verschiedenen

Abteilungen, durch Gärten von einander geschieden,
der der Männer und der der Frauen, der der ruhigen
Irren und der der Tobsüchtigen. Eine große Rein-
lichkeit herrschte überall, eine traurige Einsamkeit,
welche nur durch das Geräusch von Schritten und
das Klappern der Schlüssel gestört wurde. Der alte
Macquart kannte alle Wächter. Auch vor Doktor
Pascal öffneten sich die Pforten, den man mit der
Behandlung einiger der Insassen betraut hatte. Man
verfolgte eine Galerie und bog dann in einen Hof
ab; dort war es eines der Parterrezimmer, ein mit
einer hellen Papiertapete austapezierter Raum, einfach
mit einem Bett, einem Schrank, einem Tisch, einem
Lehnstuhl und zwei anderen gewöhnlichen Stühlen
ausgestattet. Die Wärterin, die ihre Pflegebefohlene
niemals verlassen sollte, war gerade einmal fort-
gegangen. In dem Zimmer befanden sich nur an
den beiden Seiten des Tisches die Irre, starr und
stumm in ihrem Lehnstuhl sitzend, und das Kind auf
einem gewöhnlichen Stuhl, eifrig mit dem Ausschneiden
von Bildern beschäftigt.

„Tretet nur ein, tretet nur ein!" rief Macquart
mehreremale. „O, es hat keine Gefahr, sie ist ganz
brav!"

Die Urahne, Adelaide Fouque, die ihre Enkel-
kinder und überhaupt das ganze weitverzweigte Geschlecht, das von ihr stammte, nur mit dem Kose-
namen „Tante Dide" nannten, wendete nicht einmal
den Kopf bei dem Geräusch. Schon seit ihrer Jugend
hatten hysterische Störungen ihre Gesundheit ins

Schwanken gebracht. Heißblütig, leidenschaftlich in
der Liebe, von Krankheitsanfällen geplagt, hatte sie so
das hohe Alter von dreiundachtzig Jahren erreicht,
als ein furchtbarer Schmerz, ein moralischer Schlag
sie wahnsinnig machte. Seitdem, seit einundzwanzig
Jahren, war bei ihr ein Stillstand in der Verstandes=
thätigkeit eingetreten, eine starke Schwächung, die jede
Wiederherstellung unmöglich machte. Heute lebte sie
hier, einhundertundvier Jahre alt, wie eine Vergessene,
eine ruhige Irre mit verknöchertem Gehirn, bei welcher
der Wahnsinn immer stationär bleiben konnte, ohne
den Tod herbeizuführen. Indessen war das Greisen=
alter jetzt gekommen, welches ihr die Muskeln nach und
nach absterben ließ. Ihr Fleisch war wie durch das
Alter aufgezehrt; sie hatte überhaupt keins mehr, nur
die Haut hing noch um die Knochen, und man mußte
sie aus dem Bette auf ihren Lehnstuhl tragen. Und
so als gelblichbraunes Skelett, ausgetrocknet wie ein
Jahrhunderte alter Baum, von dem nur noch die
Rinde übrig geblieben ist, hielt sie sich trotzdem noch
aufrecht, gegen die Rückenlehne ihres Sessels gestützt,
wenn auch nur die Augen in dem langen, abgemagerten
Gesicht noch Leben verrieten. Sie beobachtete Charles
scharf.

Clotilde war, ein wenig zitternd, näher getreten.

„Tante Dide, wir sind da, wir wollten Sie be=
suchen . . . Erkennen Sie mich denn nicht mehr?
Ihre Urenkelin, die öfter hierher kommt, um Sie zu
umarmen.“

Aber die Irre schien nichts zu hören. Ihre Blicke

verließen das Kind nicht, deſſen Schere gerade mit
dem Ausſchneiden eines Bildes, eines Königs in
einem purpurnen und goldenen Mantel, beſchäftigt war.

„Nun, Mama,“ ſagte jetzt Macquart, „machen Sie
doch keine Dummheiten! Sie können uns ſchon an=
ſehen. Hier iſt ein Herr, ein Urenkel von Ihnen, der
expreß aus Paris hierher gekommen iſt.“

Beim Klange dieſer Stimme wendete die Tante
Dide endlich ihren Kopf. Sie ließ langſam ihre
hellen, leeren Augen über alle hingleiten, dann kehrten
ſie wieder zu Charles zurück, und die Greiſin fiel
von neuem zurück in ihren früheren Zuſtand. Niemand
ſprach mehr.

„Seit dem ſchrecklichen Schlage, der ſie getroffen
hat,“ erklärte Doktor Pascal mit leiſer Stimme, „iſt
ſie ſo. Aller Verſtand, alle Erinnerung ſcheint in
ihr erloſchen zu ſein. Meiſtens ſchweigt ſie; zuweilen
ſtottert ſie aber einen ganzen Schwall unverſtändlicher
Worte hervor. Sie lacht, ſie weint ohne Grund; ſie
iſt eine Sache, welche durch nichts mehr berührt wird
. . . Und dennoch würde ich nicht zu behaupten wagen,
daß die Umnachtung eine vollſtändige, daß nicht in
ihr noch Erinnerungen erhalten geblieben ſeien . . .
Ach, die arme alte Mutter, wie ich ſie bedauern
würde, wenn ihr Geiſt wirklich noch nicht vollſtändig
abgeſtorben wäre! An was könnte ſie alles denken in
einundzwanzig Jahren, wenn ſie ſich noch an etwas
erinnerte?“

Er machte eine Bewegung mit ſeiner Hand, als
wolle er dieſe ſchreckliche Vergangenheit, die er kannte,

beiseite schieben. Er sah sie wieder jung vor sich,
ein großes, schlankes und blasses Wesen mit ängstlich
in die Welt blickenden Augen, wie sie sich damals als
Witwe des plumpen Gärtners Rougon, den sie nicht
hatte zum Gatten haben wollen, noch vor dem Ende
der Trauerzeit in die Arme des Schmugglers Macquart warf, den sie mit der Liebe einer Wölfin liebte
und doch nicht heiratete. So hatte sie fünfzehn Jahre
lang gelebt mit einem ehelichen und zwei unehelichen
Kindern mitten in all dem Lärm und all der Will-
kür, oft wochenlang verschwindend und dann zer-
schunden und zerschlagen, mit braunen Armen zurückkehrend. Dann war Macquart in einem Zusammen-
stoße von einem Gendarmen wie ein Hund erschlagen
worden, und unter diesem ersten Schlage war sie wie
erstarrt; mit erloschenen Augen in ihrem todbleichen
Gesichte betrachtete sie schon damals alle Menschen
und zog sich vor der Welt in ein altes, baufälliges
Haus zurück, das ihr Geliebter ihr hinterlassen hatte.
Dort lebte sie vierzig Jahre lang wie eine Nonne,
von schrecklichen nervösen Anfällen geplagt. Aber erst
der zweite Schlag sollte sie ganz niederschmettern, sie
zum Wahnsinn bringen, und Pascal rief sie sich ins
Gedächtnis zurück, jene furchtbare Scene, deren Augen-
zeuge er gewesen war: ein armes Kind, das die Großmutter zu sich genommen hatte, ihr Enkelsohn Silvère,
das Opfer blutigen Hasses und blutiger Streitigkeiten
in der Familie, dessen Kopf ein Gendarm durch einen
Pistolenschuß während der Unterdrückung der auf-
ständigen Bewegung vom Jahre 1851 zerschmetterte.

Felicité war inzwischen zu Charles herangetreten, der so in seine Bilder vertieft war, daß ihn alle diese Leute nicht störten.

„Mein lieber Kleiner, dieser Herr dort ist Dein Vater ... Umarme ihn!"

Und alle beschäftigten sich seitdem mit Charles. Er war sehr nett angezogen mit einer kurzen Jacke und Hosen aus schwarzem Sammet mit Goldschleifen besetzt. Weiß wie eine Lilie, glich er wirklich einem jener Könige, die er ausschnitt, mit seinen großen, matten Augen und dem Geringel seiner blonden Locken. Was aber vor allem in diesem Augenblicke jedem auffiel, das war seine Aehnlichkeit mit Tante Dide, jene Aehnlichkeit, die drei Generationen übersprungen hatte, und von dem vertrockneten Gesicht der Hundertjährigen, von diesen stumpfen Zügen auf jene zarte Kindergestalt übergegangen war, wenn sie auch schon sehr verwischt und durch die Abnutzung des Geschlechtes undeutlich geworden war. Wenn man beide so vor sich sah, so erschien dieses schwache Kind mit seiner Schönheit des Todes wie das Ende der mit der Ahne, der Vergessenen, beginnenden Geschlechtsreihe.

Maxime beugte sich herab, um einen Kuß auf die Stirn des Kleinen zu drücken; aber sein Herz blieb kalt, die Schönheit des Knaben beunruhigte ihn, sein Unbehagen hatte sich in dieser Irrenzelle vergrößert, wo ein menschliches Elend seit langem atmete.

„Wie schön Du bist, mein Liebling! Hast Du mich ein wenig lieb?"

Charles sah ihn an, verstand ihn aber nicht und machte sich wieder mit seinen Bildern zu schaffen.

Aber alle waren tief ergriffen. Ohne daß sich der Ausdruck ihres starren Gesichtes verändert hätte, weinte Tante Dide; ein Strom von Thränen rann aus ihren lebenden Augen über ihre abgestorbenen Wangen herab. Ihre Blicke ruhten fortwährend auf dem Kinde, und sie weinte langsam, unaufhörlich.

Diese Scene rief in Pascal eine außerordentliche Erregung hervor. Er hatte Clotildens Arm ergriffen, er drückte ihn heftig, ohne daß diese verstehen konnte, warum. Es geschah, weil sich vor seinen Augen das ganze Geschlecht, der echte und der unechte Zweig, die diesem, schon von der Nervenkrankheit ergriffenen Stamme entsprossen waren, vor seinen Augen wieder erstand. Die fünf Generationen waren hier anwesend, die Rougons und die Macquarts, zuerst Adelaide Fouque, dann der Onkel, der alte Bandit, dann er selbst, dann Clotilde und Maxime und endlich Charles. Felicité füllte die Stelle ihres verstorbenen Gemahls aus. Es war keine Lücke vorhanden, die Kette entrollte sich in ihrer logischen und unbarmherzigen Entwicklung. Und welch eine lange Reihe von Jahren fand sich hier zusammen in diesem traurigen Raume, wo jenes von fern her überkommene Elend atmete, in einem solchen Entsetzen, daß alle trotz der erstickenden Hitze schauderten.

„Was ist Dir denn, Meister?" fragte die zitternde Clotilde ganz leise.

„Nichts, nichts!" murmelte der Doktor. „Ich werde es Dir später sagen."

Macquart, der allein sein gewöhnliches spöttisches Lächeln bewahrt hatte, zürnte der alten Frau.

„Was ist das wieder einmal für ein Gedanke, die Leute mit Thränen zu empfangen, wenn sie sich der Mühe unterziehen, Ihnen einen Besuch zu machen! Das war gar nicht höflich!"

Dann wandte er sich zu Maxime und Charles.

„Endlich sehen Sie ihn, mein Neffe, Ihren Jungen! Ist er nicht reizend und macht er Ihnen nicht trotz allem Ehre?"

Felicité beeilte sich, dazwischen zu treten, sehr unzufrieden mit der Wendung, die die Dinge genommen hatten, und nur noch darauf bedacht, so schnell wie möglich fort zu kommen.

„Er ist gewiß ein schönes Kind und er ist auch weniger zurück, als man glaubt. Sieh nur, wie geschickt er mit seinen Händen ist! Und Du wirst sehen, wie er erst aufleben wird, wenn er in Paris ist, nicht wahr? Ganz anders, als es hier bei uns in Plassans möglich ist."

„Ohne Zweifel, ohne Zweifel!" murmelte Maxime. „Ich werde darüber nachdenken."

Er blieb betreten und fügte hinzu:

„Sie begreifen, ich bin nur hierher gekommen, um ihn zu sehen ... Ich kann ihn jetzt nicht mitnehmen, da ich noch einen Monat in Saint-Gervais bleiben muß. Wenn ich nach Paris zurückgekehrt bin, werde ich mir die Sache überlegen und Ihnen schreiben."

Und darauf zog er seine Uhr und rief:

„Teufel! Schon fünf und ein halb Uhr . . . Sie wissen, daß ich um nichts in der Welt den Zug um neun Uhr versäumen möchte."

„Ja, ja, gehen wir," sagte Felicité, „wir haben hier nichts mehr zu thun."

Macquart versuchte vergebens mit allen möglichen Geschichten sie zurückzuhalten; er erzählte von den Tagen, wo Tante Dide gesprächig war, er versicherte, daß er sie eines Morgens angetroffen habe, wie sie gerade eine Romanze aus ihrer Jugendzeit sang. Uebrigens hätte er den Wagen nicht nötig, er würde das Kind auch zu Fuß zurückführen, da man es ihm ja noch ließe.

„Umarme Deinen Papa, mein Kleiner, da man wohl weiß, wann man sich sieht, aber man weiß niemals, ob man sich wieder sehen wird."

Mit einer zugleich überraschten und gleichgiltigen Bewegung hatte Charles seinen Kopf erhoben, und Maxime drückte ihm verstört einen zweiten Kuß auf die Stirne.

„Sei klug und gut, mein Liebling! Und habe mich ein wenig lieb!"

„Gehen wir, gehen wir! Wir haben keine Zeit zu verlieren!" wiederholte Felicité.

Aber da kam die Wärterin zurück. Es war ein dickes, kräftiges Mädchen, welches besonders mit der Bedienung der Irren beauftragt war. Sie holte sie morgens aus dem Bett und brachte sie abends wieder hinein, sie gab ihr zu essen und wusch sie wie ein

kleines Kind. Sogleich ließ sie sich in ein Gespräch
mit Doktor Pascal ein, der sie ausfragte. Einer
der ganz besonderen Lieblingsträume des Doktors
war, die Irren durch Behandlung nach seiner Methode
durch Einspritzungen zu heilen. Da es bei ihnen
das Gehirn war, welches sich in Unordnung befand,
warum sollten denn ihnen nicht Einspritzungen mit
seiner Gehirnsubstanz Widerstands= und Willenskraft
verleihen, indem sie die Schäden, die dieses Organ
gelitten, heilten? Einen Augenblick hatte er auch daran
gedacht, sein Heilverfahren an der alten Mutter zu
erproben, dann aber waren ihm Bedenken gekommen,
eine Art heiliger Scheu hatte ihn ergriffen, ganz ab=
gesehen davon, daß der Wahnsinn in diesem Alter
der vollständige, unaufhaltsame Verfall war. Auch
hatte er sich ein anderes Objekt gewählt, einen Hut=
macher, Sarteur mit Namen, der sich seit einem
Jahre im Asyl befand, wohin er selbst mit der
flehentlichen Bitte gekommen war, ihn einzuschließen,
um ihn an einem Verbrechen zu hindern. Bei seinen
Anfällen ergriff ihn ein solches Verlangen nach Mord,
daß er sich auf den ersten besten geworfen haben
würde. Klein, mit dunkelbraunen Haaren, zurück=
weichender Stirn, einem Vogelgesichte, mit einer
großen Nase und einem sehr kurzen Kinn, war seine
linke Backe, wie man deutlich sehen konnte, viel dicker
als seine rechte. Und der Doktor erzielte bei diesem
impulsiven Menschen wunderbare Resultate, der schon
seit einem Monat keine Anfälle mehr gehabt hatte.
Gerade antwortete die Wärterin auf die Frage des

Doktors, daß Sarteur sich ruhig verhielte und daß es ihm immer besser und besser gehe.

„Du hörst, Clotilde," sagte Pascal entzückt. „Ich habe nicht Zeit, ihn heute abend zu besuchen, aber wir werden morgen wiederkommen. Morgen ist mein Besuchstag . . . Ah! Wenn ich es wagte . . . wenn sie noch jung wäre . . ."

Seine Blicke glitten zur Tante Dide hin. Aber Clotilde, die über seinen Enthusiasmus lächelte, sagte sanft:

„Nein, nein, Meister! Du kannst das Leben nicht wieder erwecken . . . Komm, wir wollen gehen, wir sind die letzten."

Es war richtig, die anderen waren schon fort-gegangen. Macquart sah mit seiner gewöhnlichen, alles bespöttelnden Miene von der Schwelle aus Ma-xime und Felicité nach, wie sie sich rasch entfernten. Und Tante Dide, die Vergessene, blieb in ihrer er-schreckenden Verfallenheit unbeweglich sitzen, die Augen von neuem auf Charles geheftet, auf sein weißes, lebens-mattes Gesicht unter dem königlichen Haarschmucke.

Die Heimfahrt war sehr ungemütlich. In der Hitze, welche die Erde aushauchte, rollte der Landauer schwerfällig dahin. An dem gewitterschwangeren Himmel breitete sich die Dunkelheit in grauen und kupferfarbenen Wolken aus. Zuerst wurden noch einige leere Worte gewechselt; dann aber, als man die Schlucht der Seille erreicht hatte, ruhte alle Unter-haltung unter dem beängstigenden Drohen der riesen-haften Felsen, deren Wände sich immer enger zu-

sammenzuschließen schienen. War das nicht das Ende
der Erde? Stand man nicht gerade im Begriff, in
die unbekannte Tiefe eines Abgrundes zu rollen?
Ein Adler schwebte vorüber und stieß einen lauten
Schrei aus.

Weiden kamen wieder zum Vorschein, und man
fuhr an dem Ufer der Viorne entlang, als Felicité
ohne jeden Uebergang, gleich als ob sie nur ein be-
gonnenes Gespräch weiter fortsetzen wollte, wieder zu
sprechen anfing:

„Du hast keine Weigerung von seiten der Mutter
zu befürchten. Sie liebt Charles sehr, aber sie ist
eine sehr vernünftige Frau, und sie versteht vollkommen, daß es im Interesse des Kindes ist, wenn
Du es mitnimmst. Ich muß Dir übrigens auch
sagen, daß der arme Kleine sich bei ihr nicht sehr
glücklich fühlte, da ihr Mann seinen eigenen Sohn und
seine eigene Tochter immer vorzog, wie es ja auch ganz
natürlich ist. Du mußt doch schließlich alles erfahren.“

Und so fuhr sie zu erzählen fort, da sie ohne
Zweifel Maxime zu einem bindenden Versprechen
bringen wollte. Bis Plassans sprach sie fortwährend.
Dann rief sie mit einemmale, gerade als der Landauer in die Vorstadt einfuhr:

„Aber sieh, die dort, das ist die Mutter . . . Jene
dicke blonde Frau unter der Thüre dort!“

Es war auf der Schwelle eines Sattlerladens,
wo Sattel- und Zaumzeug hing. Justine saß, frische
Luft schöpfend, auf einem Stuhle und strickte dabei
an einem Strumpf, während ihr kleines Mädchen

und ihr kleiner Junge zu ihren Füßen auf der Erde spielten, und hinter ihnen im Schatten des Ladens bemerkte man Thomas, einen kräftigen Mann mit dunkler Gesichtsfarbe, der gerade damit beschäftigt war, einen Sattel zuzuschneiden.

Maxime hatte den Kopf emporgehoben, ohne jede Bewegung, einfach aus Neugierde. Er war sehr erstaunt, als er diese starke Frau von zweiunddreißig Jahren vor sich sah, mit einem so vernünftigen und spießbürgerlichen Aeußern, an dem nichts mehr von dem tollen Mädchen geblieben war, mit der er die Frucht der Erkenntnis genossen hatte, als sie beide in dem gleichen Alter standen und kaum das siebenzehnte Lebensjahr angetreten hatten. Vielleicht empfand er nur eine Herzbeklemmung, er, der Kranke und Abgelebte, als er sie jetzt so hübsch, so ruhig und so gesund wiederfand.

„Ich würde sie niemals wieder erkannt haben," sagte er.

Und der Landauer, der immer weiter rollte, bog in die Rue de Rome ein. Justine verschwand, die Erscheinung aus der Vergangenheit, die sich so sehr verändert hatte, und mit ihr verschwanden in dem unbestimmten Lichte der Dämmerung Thomas, die Kinder und der Laden.

Auf der Souleiade stand der Tisch schon gedeckt da. Martine hatte einen Aal aus der Viorne, ein Kaninchenragout und eine Hammelkeule. Es schlug gerade sieben Uhr. Man hatte also noch hinreichend Zeit, um in aller Ruhe speisen zu können.

„Sorge Dich nur nicht ab," sagte Doktor Pascal wiederholt zu seinem Neffen, „wir werden Dich zur Eisenbahn begleiten; es ist nicht zehn Minuten weit ... Von dem Augenblicke an, wo Du Deinen Reise= koffer abgegeben hast, brauchst Du Dir nur noch das Billet zu lösen und in den Zug zu springen."

Als er dann mit Clotilde im Vestibül zusammen= traf, wo sie ihren Hut und ihren Sonnenschirm auf= hängte, sagte er zu ihr mit leiser Stimme:

„Du weißt, daß Dein Bruder mich beunruhigt?"

„Warum denn?"

„Ich habe ihn genau beobachtet; die Art, wie er geht, gefällt mir gar nicht. Das hat mich noch niemals getäuscht ... Um es kurz zu sagen, er ist ein Mann, dem Lähmung bevorsteht."

Sie wurde totenbleich und wiederholte:

„Ataxie!"

Ein schreckliches Bild hatte sich vor ihr erhoben, das eines Nachbars, eines noch jungen Mannes, der zehn Jahre lang in einem Wagen von einem Be= dienten herumgefahren wurde, wie sie selbst gesehen hatte. War das nicht das schlimmste aller Uebel, die Gebrechlichkeit, der Axthieb, der den Lebenden vom Leben trennt?"

„Aber," sagte sie leise, „er klagt doch nur über rheumatische Schmerzen."

Pascal zuckte mit den Achseln und ging, indem er einen Finger auf seine Lippen legte, in den Speise= saal, wo Felicité und Maxime schon am Tische saßen.

Das Diner verlief sehr angenehm. Die plötzliche

Unruhe, die Clotildens Herz erfaßt, hatte sie zärtlich
für ihren Bruder gestimmt, der neben ihr saß. In
liebenswürdigster Weise sorgte sie für ihn und zwang
ihn, sich die besten Stücke zu nehmen. Zweimal rief
sie Martine zurück, welche die Gerichte zu schnell ab-
servirte. Und Maxime wurde mehr und mehr von
dieser so guten, so gesunden, so vernünftigen Schwester
verführt, deren Reiz ihn wie durch Schmeichelworte
umstrickte. Sie nahm ihn in einem solchen Grade
für sich ein, daß nach und nach, zuerst unbestimmt,
ein Plan in ihm reifte. Da sein Sohn, der kleine
Charles, ihn so sehr durch seine Schönheit erschreckt
hatte, durch sein vornehmes und zugleich krankhafte
Schwäche verratendes Aeußere, warum sollte er da
nicht seine Schwester Clotilde mitnehmen? Der
Gedanke, ein weibliches Wesen in seinem Hause zu
haben, erschreckte ihn wohl, denn er fürchtete sie alle,
da er sie zu jung genossen hatte, aber diese hier erschien ihm wirklich wie eine Mutter. Wenn aber
andererseits eine ehrbare Frau in seinem Hause wäre,
so würde das manches ändern und für ihn gut sein.
Sein Vater würde dann wenigstens nicht mehr wagen,
ihm Mädchen zuzuschicken, wie er ihn im Verdacht
hatte, um ihn zu Grunde zu richten und mit einem
Schlage sein Geld zu bekommen. Die Furcht vor
seinem Vater und der Haß gegen denselben bestimmten ihn.

„Verheiratest Du Dich denn nicht?“ fragte er in
der Absicht, das Terrain zu sondiren.

Das junge Mädchen fing an zu lachen.

„O, das eilt nicht!"

Dann fügte sie in einer launischen Anwandlung
hinzu, indem sie Pascal, der den Kopf erhoben hatte,
ansah:

„Kann man das wissen? Ich werde niemals
heiraten."

Aber Felicité erhob dagegen Einspruch. Als sie
sah, daß sich Clotilde so eng an den Doktor anschloß,
wünschte sie oft eine Heirat ihrer Enkelin, die ihn von
dem jungen Mädchen befreien und so ihren Sohn einsam
lassen würde, in seinem Innern verbittert, und wo sie
selbst dann wieder allmächtig, die Herrin der Situa-
tion werden könnte. Sie rief ihn auch zum Zeugen
auf: ob es nicht wahr wäre, daß eine Frau heiraten
müßte, daß es gegen die Natur wäre, ein altes
Mädchen zu bleiben? Und er stimmte bei, ohne die
Augen von Clotilde abzuwenden.

„Ja, ja, man muß heiraten . . . Sie ist zu vernünftig, sie wird sich verheiraten."

„Bah!" unterbrach ihn Maxime, „wird sie dann
aber auch wirklich richtig handeln? Vielleicht nur,
um unglücklich zu werden, denn es gibt so viele
schlechte Ehen!"

Und einen festen Entschluß fassend, setzte er hinzu:

„Du weißt nicht, was Du thun sollst? — Nun,
ich will es Dir sagen: Du sollst nach Paris kommen
und dort mit mir leben . . . Ich habe es mir überlegt; der Gedanke, bei meinem Gesundheitszustande
die Sorge für ein Kind zu übernehmen, erschreckt
mich. Bin ich nicht selbst ein Kind, ein Kranker,

der Pflege nötig hat? Du wirst mich pflegen, Du wirst da sein, wenn ich den Gebrauch meiner Beine ganz und gar verlieren sollte."

Seine Stimme zitterte in Rührung über seine eigene Gebrechlichkeit. Er sah sich krank, er sah sie als barmherzige Schwester an seinem Bette; und wenn sie einwilligte, unverheiratet zu bleiben, dann würde er ihr gern sein Vermögen hinterlassen, damit es sein Vater nicht bekäme. Die Angst, die er vor dem Alleinsein hatte, die Notwendigkeit, eine Krankenpflegerin zu haben, in der er sich bald befinden würde, verliehen seinen Worten einen herzbewegenden Klang.

„Es würde von Deiner Seite sehr edelmütig sein, und Du würdest Deinen Entschluß gewiß niemals zu bereuen haben."

Martine, die gerade die Hammelkeule servierte, war auf das tiefste ergriffen, und der Vorschlag verursachte auch am Tisch dasselbe Erstaunen. Felicité war die erste, die ihn billigte, da sie fühlte, daß dieser Weggang Clotildens ihren Plänen außerordentlich förderlich sein würde. Sie sah das junge Mädchen, das noch immer stumm und wie geistesabwesend dasaß, sehr scharf an, während Doktor Pascal sehr blaß auf Antwort von Clotilde wartete.

„O, mein lieber Bruder, mein lieber Bruder!" stotterte das junge Mädchen verlegen hervor, da sie zunächst nichts anderes zu sagen wußte.

Dann mischte sich die Großmutter hinein.

„Ist das alles, was Du zu sagen hast? Aber es ist sehr gut, was Dein Bruder vorschlägt. Wenn er sich fürchtet, jetzt Charles zu sich zu nehmen, so kannst Du mit ihm gehen, und später kannst Du dann den Kleinen nachkommen lassen ... Wirklich, das macht sich ja ganz ausgezeichnet. Dein Bruder wendet sich an Dein Herz ... Pascal, schuldet sie ihm da nicht eine gute Antwort?"

Der Doktor war mit Mühe wieder Herr seiner selbst geworden. Man fühlte aber dennoch die eisige Kälte, die ihn ergriffen hatte. Er sprach langsam.

"Ich wiederhole euch, daß Clotilde vernünftig ist, und daß sie den Vorschlag, wenn sie ihn annehmen muß, auch annehmen wird."

In seiner Bestürzung empörte sich das junge Mädchen dagegen.

"Meister, willst Du mich denn fortschicken? — Gewiß, Maxime ist sehr gut, und ich bin ihm aus tiefstem Herzen dankbar. Aber alles verlassen, mein Gott! alles verlassen, was mich liebt, alles, was ich bis jetzt geliebt habe!"

In ihrer Fassungslosigkeit hatte sie eine Bewegung gemacht, als wollte sie alle lebenden Wesen und alle Sachen um sich her, als wollte sie die ganze Souleiade umarmen.

"Und," nahm Pascal wieder das Wort, indem er sie scharf dabei ansah, "wenn nun Maxime Dich notwendig brauchte?"

Ihre Augen wurden feucht, und sie zitterte einen Augenblick heftig, denn sie allein hatte ihn verstanden. Die grausame Erscheinung zeigte sich von neuem: Maxime gelähmt, von einem Bedienten in einem kleinen

Wagen gefahren, wie der Nachbar, den sie oft getroffen hatte. Aber ihre Leidenschaft erhob Einspruch
gegen ihre Rührung. Hatte sie wirklich eine Ver-
pflichtung diesem Bruder gegenüber, der ihr fünfzehn
Jahre lang fremd geblieben war? War ihre Pflicht
nicht da, wo ihr Herz war?

„Höre, Maxime, laß auch mir Zeit zur Ueberlegung. Ich werde darüber nachdenken . . . Sei aber
überzeugt, daß ich Dir sehr dankbar bin. Und wenn
Du mich eines Tages wirklich brauchen solltest, dann
werde ich mich ohne jedes Bedenken dazu entschließen."

Man konnte nichts weiter von ihr erlangen. Felicité erschöpfte sich, in ihrer fortwährenden fieberhaften
Aufregung, in allen möglichen Vorstellungen, während der Doktor jetzt sich stellte, als ob sie ihr Wort
gegeben hätte. Martine dagegen, die gerade die
Crème hereinbrachte, dachte nicht daran, ihre Freude
zu verbergen. Das Fräulein mit fortnehmen! Das
wäre ein Gedanke! Daß der Doktor vor Traurigkeit
sterben würde, wenn er so ganz allein bliebe! Und
das Ende des Diners wurde so durch diesen Zwischen-
fall hinausgezogen. Man war noch beim Dessert,
als es halb neun Uhr schlug. Maxime wurde unruhig, er scharrte ungeduldig mit seinen Füßen und
wollte aufbrechen.

Auf dem Bahnhofe, wohin ihn alle begleiteten,
umarmte er seine Schwester zum letztenmale.

„Denke daran!"

„Habe keine Angst," erklärte Felicité, „wir sind
da, um sie an ihr Versprechen zu erinnern."

Der Doktor lächelte, und alle schwenkten ihre Taschentücher, als der Zug sich in Bewegung gesetzt hatte.

An diesem Tage kehrten Doktor Pascal und Clotilde, nachdem sie die Großmutter bis zu ihrer Thüre begleitet hatten, langsam nach der Souleiade zurück und verbrachten dort einen köstlichen Abend. Die Verstimmung der vorhergehenden Wochen, der stumme Antagonismus, der sie schied, schien verschwunden zu sein. Noch niemals hatten sie ein ähnliches Wohlbehagen verspürt, sich so eins, so unzertrennlich zu fühlen. Es war, als ob in ihnen wie beim Erwachen der Gesundheit nach langem Kranksein neue Lebenshoffnung und neue Lebensfreudigkeit emporsprießte. Sie blieben lange in der heißen Nacht unter den Platanen und hörten dem leisen Plätschern der Fontäne zu. Sie sprachen sogar nicht, sie genossen nur ganz und voll das Glück, beisammen zu sein.

Viertes Kapitel.

————

Acht Tage später herrschte in dem Haus wieder die gleiche Mißstimmung. Pascal und Clotilde verbrachten von neuem ganze Nachmittage, ohne mit einander zu sprechen; es herrschte ein fortwährender Wechsel in der Stimmung. Selbst Martine lebte in Aufregung. Der Haushalt war zur Hölle geworden.

Dann hatte sich plötzlich noch alles verschlimmert. Ein Kapuziner, der im Rufe großer Heiligkeit stand, war, wie es oft in den Städten des Südens der Fall ist, nach Plassans gekommen, um hier einige Zeit in Zurückgezogenheit zu leben. Er war eine Art Apostel mit einer volkstümlichen und zündenden Beredsamkeit, einem blühenden und bilderreichen Vortrag. Und er predigte über die Nichtigkeit der modernen Wissenschaft in einer außerordentlich mystischen, schleierhaften Weise, indem er die Realität dieser Welt leugnete und das Unbekannte, das Mysterium des Jenseits, erschloß. Alle Betschwestern in der Stadt waren ganz aus der Fassung gebracht.

Seit dem ersten Abende, wo Clotilde, von Mar-

tine begleitet, einer Predigt beigewohnt hatte, begann
Pascal die fieberhafte Erregung zu bemerken, die
sich ihrer bemächtigt hatte. An den folgenden Tagen
wurde sie von einer wahren Leidenschaft gepackt; sie
kehrte später heim, nachdem sie eine Stunde lang in
dem dunklen Winkel einer Kapelle im Gebete zu=
gebracht hatte.

Sie kam schließlich fast gar nicht mehr aus der
Kirche heraus, kehrte stets ganz gebrochen heim mit den
leuchtenden Augen einer Seherin; und die glühenden
Worte des Kapuziners verfolgten sie unablässig.
Zorn und Verachtung aller Menschen und Dinge
schienen sich ihrer bemächtigt zu haben.

Pascal war beunruhigt und suchte eine Ausein=
andersetzung mit Martine. Er ging daher eines
Morgens zu früher Stunde hinunter, als sie das
Zimmer auskehrte.

„Du weißt, daß ich euch, Clotilden und Dir,
vollkommene Freiheit lasse, in die Kirche zu gehen,
wenn es euch beliebt. Ich will das Gewissen von
niemand beschweren . . . Aber ich will auch nicht,
daß Du sie mir krank machst.“

Die Haushälterin sagte ruhig, ohne in ihrer
Arbeit inne zu halten:

„Die Kranken sind vielleicht eher diejenigen, die
es nicht zu sein glauben.“

Sie hatte das in einem solchen Tone der Ueber=
zeugung gesagt, daß er unwillkürlich lächeln mußte.

„Ja, ich, ich bin der kranke Geist, dessen Be=
lehrung ihr inbrünstig erfleht, während ihr anderen

die volle Gesundheit und die ganze Weisheit besitzt
... Martine, wenn Du fortfährst, mich und Dich
selbst zu quälen, so werde ich ernstlich böse werden."

Er hatte mit einer so ärgerlichen und einer so
rauhen Stimme gesprochen, daß Martine mit Kehren
inne hielt und ihm ins Gesicht sah. Eine unbegrenzte Zärtlichkeit und eine maßlose Verzweiflung
spiegelten sich in ihrem alten Mädchengesichte ab,
das im Dienste runzelig geworden war. Thränen
füllten ihre Augen, und sie lief davon, indem sie
stotternd rief:

„Ach, Herr Doktor, Sie lieben uns nicht!"

Darauf blieb Pascal entwaffnet in zunehmender
Traurigkeit zurück. Es verstärkte seine Gewissensbisse noch, daß er sich so tolerant gezeigt und Clotildens Erziehung und Ausbildung nicht ganz allein
nach seinen Ansichten geleitet hatte. In seinem
Glauben, daß die Bäume gerade wachsen, wenn
man sie ruhig sich selbst überläßt, hatte er sie ganz
nach ihrer Art aufwachsen lassen, nachdem er sie nur
lesen und schreiben gelehrt. Nicht nach einem vorher bestimmten Plane, einzig und allein nur infolge
ihrer ganzen Lebensrichtung hatte sie nach und nach alles
gelesen und sich für die Naturwissenschaften begeistert,
indem sie bei seinen Untersuchungen, beim Lesen
seiner Korrekturbogen und beim Abschreiben und
Ordnen seiner Manuskripte half. Wie bedauerte er
heute seine Lässigkeit! Welch kraftvoller Führer hätte
er diesem klaren Geiste sein können, der so wissens-
durstig war, anstatt ihn auf Abwege geraten und

sich verlieren zu lassen in das Dunkel des Jenseits,
was die Großmutter Felicité und die gute Martine
begünstigten! Während er sich selbst nur streng an
das Thatsächliche hielt, sich bemühte, niemals weiter
zu gehen als die Naturerscheinung, und während ihm
dies glückte infolge seiner gelehrten Bildung, hatte er
ruhig zugesehen, wie sie sich mit dem Unbekannten,
mit dem Mysterium beschäftigte. Es war bei ihr
ein unwiderstehlicher Drang, eine instinktive Neugierde, die zur Qual wurde, als sie keine Befriedigung
fand. Es war ein Verlangen, das durch nichts ge-
stillt werden konnte, ein mächtiger Zug nach dem
Unerreichbaren, nach dem Unergründlichen. Schon
als sie noch klein war, und vor allem später als
junges Mädchen ging sie sofort auf das Warum
und auf das Wie los und verlangte stets nach den
letzten Gründen. Wenn er ihr eine Blume zeigte,
so fragte sie, warum diese Blume Samen trüge,
warum dieser Samen keime. Dann kam das Geheimnis der Empfängnis, der Geschlechter, der Ge-
burt und des Todes, und die unbekannten Gewalten
und Gott und alles. Bei vier Fragen trieb sie ihn
jedesmal in die Enge, und wenn er dann nicht mehr
wußte, was er antworten sollte, wenn er sich von ihr
losmachte in komischem Zorne, dann hatte sie stets
ein schönes Lachen des Triumphes; bestürzt kehrte
sie in ihre Träume zurück, in das unbegrenzte Reich
alles dessen, was man nicht kennt, und alles dessen,
was man glauben kann. Oft setzte sie ihn durch
ihre Erklärungen in lebhaftes Erstaunen. Ihr wissen-

schaftlich gebildeter Geist ging von den bewiesenen
Wahrheiten aus, machte aber gleich einen solchen
Sprung, daß er mit einem Satze hinein mitten in
den Himmel der Legenden kam. Es zogen an ihrem
Geiste vorüber Vermittler, Engel, Heilige, übernatür-
liche Kräfte, welche die Materie umgestalteten, ihr
das Leben gaben; oder es war auch nur eine Kraft,
die Weltseele, welche in fünfzig Jahrhunderten die
Dinge und die Wesen in einem endlichen Liebeskusse
auflöste. Sie hatte, wie sie sagte, sich dies ausge-
rechnet.

Niemals übrigens hatte Pascal sie so verstört
gesehen. Seit einer Woche, seitdem der Kapuziner
in der Kathedrale predigte, verbrachte sie sichtlich die
Tage nur in Erwartung der Predigt am Abend,
und sie begab sich jedesmal dorthin in der aufgeregten
Stimmung eines Mädchens, welches zum erstenmale
zu einem Rendezvous geht. Am nächsten Tage dann
forderte alles in ihr ihre Lossagung von dem Außen-
leben, von ihrem gewohnten Dasein, als wenn die
sichtbare Welt, die notwendigen Handlungen jeder
Minute nur Kinderspiel und Dummheiten wären.
Auch hatte sie beinahe ganz ihre sonstigen Beschäf-
tigungen aufgegeben, indem sie sich einer gewissen,
unbesiegbaren Faulheit überließ und stundenlang
müßig dasaß, die Hände in den Schoß gelegt und
die Augen leer und verloren in die Ferne irgend
einer Träumerei. Jetzt stand sie, die sonst immer so
thätig und früh bei der Hand war, spät auf und
erschien nicht eher als beim zweiten Frühstücke. Aber

ihre Toilette war nicht schuld daran, daß sie so Lange
Zeit brauchte, denn sie verlor fast ganz ihre weib=
liche Koketterie und kam kaum frisirt und in einem
schief zugeknöpften Kleide sehr fragwürdig zum Vor=
schein, aber trotzdem noch immer liebenswert, dank
ihrer sieghaften Jugend. Ihre Morgenspaziergänge
durch die Souleiade, die sie so sehr liebte, die mit
Oliven= und Mandelbäumen bepflanzten Terrassen
hinab, ihre Besuche in dem harzdurchdufteten Fichten=
walde und ihr langes Verweilen auf dem heißen,
freien Platze, wo sie Sonnenbäder nahm, alles das
hatte sie aufgegeben; sie zog es vor, in ihrem Zimmer
bei geschlossenen Fensterläden zu bleiben, in dem
man sie sich nicht rühren hörte. Am Nachmittag
dann, in dem Saal, war es der gleiche ermüdende
Müßiggang, ein träges Herumirren von Stuhl zu
Stuhl, ein Gereiztsein gegen alles, was sie bisher
interessirt hatte.

Pascal mußte auf ihre Unterstützung verzichten.
Eine Note, die er ihr zum Abschreiben gegeben hatte,
blieb drei Tage lang auf ihrem Pulte liegen. Sie
ordnete nichts mehr, sie würde sich nicht einmal ge=
bückt haben, um ein Manuskript vom Boden auf=
zuheben. Namentlich ihre Pastellmalerei hatte sie
ganz aufgegeben, die sehr genau ausgeführten Blumen=
zeichnungen, welche als Tafeln für ein Werk über
künstliche Befruchtung dienen sollten. Große rote Malven
von einer neuen, eigentümlichen Färbung waren in ihrer
Vase verblüht, ohne daß sie sie fertig abgezeichnet
hatte. Und während eines ganzen Nachmittags hatte

sie sich mit Leidenschaft an ein überspanntes Bild
gemacht, Phantasieblumen, eine ganz außergewöhn=
liche Blütengattung, die sich in der Sonne des
Wunders entfaltet, allenthalben ein Hervorsprießen
von goldenen Strahlen in der Form von Aehren
inmitten von großen, purpurnen Blumenkronen, die
offenen Herzen glichen, aus denen an der Stelle von
Pistillen Sternenbündel, Milliarden von Welten
emporragten, die sich am Himmel hinzogen wie eine
Milchstraße.

„Ach, mein armes Kind!" sagte an diesem Tage
der Doktor zu ihr, „wie kann man denn seine Zeit
mit dergleichen Phantasien verschwenden, während ich
sehnsüchtig auf die Kopie der Malven warte, die Du
hast sterben lassen! Und Du machst Dich krank. Es
ist weder Gesundheit noch selbst Schönheit möglich
außerhalb der Wirklichkeit."

Oftmals antwortete sie gar nicht, da sie in ihrer
trotzigen Ueberzeugung sich in keine Erörterung ein=
lassen wollte. Aber er hatte sie diesmal ohne Zweifel
in dem heiligsten ihrer Glaubenssätze getroffen.

„Es gibt keine Wirklichkeit," erklärte sie kurz.

Er fing an zu lachen, belustigt über diese philo=
sophische Anwandlung bei diesem großen Kinde.

„Ja, ich weiß ... Unsere Sinne sind nicht un=
fehlbar, wir kennen die Welt nur durch unsere Sinne,
daher ist es wohl möglich, daß die Welt nicht existirt
... Oeffnen wir also der Thorheit die Thore, neh=
men wir die lächerlichsten Hirngespinnste als möglich
an, verlassen wir das Gebiet der Gesetze und That=

sachen, Traumgebilden zu liebe . . . Siehst Du denn
nicht, daß es gegen die Regel ist, wenn Du die
Natur unterdrückst, und daß das einzige Interesse
beim Leben ist, an das Leben zu glauben, es zu
lieben und alle die Kräfte seines Geistes daran zu
setzen, um es besser kennen zu lernen?"

Sie machte eine trotzige und abweisende Geberde,
und die Unterhaltung verstummte. Mit großen
Blaustiftstrichen durchstrich sie jetzt das Pastell, und
es bekam das Aussehen, als ob sie damit das
Leuchten über einer hellen Sommernacht hätte dar-
stellen wollen.

Aber zwei Tage später verschlimmerte sich infolge
einer neuen Auseinandersetzung die Sache noch. Am
Abend war Pascal nach dem Essen hinaufgegangen
in den Saal, um zu arbeiten, während sie draußen
auf der Terrasse sitzen blieb. Stunden vergingen,
und er war ganz erstaunt und beunruhigt, als es
Mitternacht schlug, daß er sie noch nicht hatte in ihr
Zimmer zurückgehen hören. Sie mußte durch den
Saal gehen; er wußte ganz genau, daß sie nicht
hinter seinem Rücken durchgegangen war. Unten
überzeugte er sich, als er hinabgestiegen war, daß
Martine schlief. Die Thüre des Vestibüls war nicht
abgeschlossen, Clotilde hatte sich sicherlich draußen vergessen. Das passirte ihr zuweilen während der heißen
Nächte; aber noch niemals hatte sie sich derartig ver-
spätet.

Die Unruhe des Doktors wuchs, als er auf der
Terrasse den Stuhl leer fand, auf dem das junge

Mädchen hätte sitzen sollen. Er hatte gehofft, daß er
sie dort eingeschlafen finden würde. Da sie nicht dort
war, warum war sie noch nicht zurückgekehrt, wohin
konnte sie zu solch später Stunde gegangen sein?
Die Nacht war wundervoll, eine Septembernacht,
noch heiß, das weite Himmelszelt in seiner tiefdunklen
Unendlichkeit mit Sternen besät; und an diesem
Himmel ohne Mond funkelten die Sterne so lebhaft
und so groß, daß sie die Erde erhellten. Er beugte
sich zunächst über die Brüstung der Terrasse, untersuchte die Abhänge, die Terrassen aus mörtellosen
Steinmauern, die sich bis hinunter an den Eisen-
bahndamm zogen; aber nichts rührte sich, er sah
nur die runden und unbeweglichen Häupter der
kleinen Oelbäume. Dann kam ihm der Gedanke,
daß sie ohne Zweifel unter den Platanen wäre bei
der Fontäne, bei dem ununterbrochenen Plätschern
dieses murmelnden Wassers. Er eilte dorthin, er
drang ein in die tiefe Finsternis, die so dicht war,
daß selbst er, der doch jeden einzelnen Baumstamm
kannte, mit vorgestreckten Armen gehen mußte, um
sich nicht zu stoßen. Dann durchsuchte er, vorsichtig
weiter tappend, den Fichtenwald, der ebenso dunkel
war, ohne jemand zu treffen. Endlich rief er mit
einer Stimme, die ihn ganz taub machte:

„Clotilde! Clotilde!“

Die Nacht blieb still und stumm. Von Zeit zu
Zeit erhob er seine Stimme von neuem.

„Clotilde! Clotilde!“

Nicht ein Ton, nicht ein Laut! Die Echos schie-

nen eingeschlummert zu sein; seine Stimme verhallte
in dem unendlichen Meere der blauen Finsternis.
Er rief mit voller Kraft; er kehrte zurück unter die
Platanen, eilte wieder in den Fichtenwald wie ein
Wahnsinniger, seine ganze Besitzung durchsuchend.
Dann befand er sich plötzlich auf dem großen freien
Platze.

Zu dieser Stunde lag auch der ungeheure Platz,
die weite runde Fläche, wie in tiefem Schlafe. Seit
den langen Jahren, da man kein Getreide mehr dort
geschwungen hatte, war Gras darauf gewachsen,
sogleich von der Sonne verbrannt, goldgelb und
wie abgeschnitten, ähnlich der langen Wolle eines
Teppichs. Und zwischen den Büscheln dieser weichen
Vegetation wurden die runden Kieselsteine niemals
kalt, sie dampften während der Abenddämmerung
und strahlten in der Nacht die Wärme aus, die sich
von so vielen erstickend heißen Mittagen in ihnen
angesammelt hatte.

Oede und verlassen breitete sich der Platz aus
inmitten dieses heißen Dunstes unter der Stille des
Himmels, und Pascal überschritt ihn, um in den
Obstgarten zu eilen, als er beinahe über einen
menschlichen Körper gestürzt wäre, der lang ausgestreckt dalag und den er nicht hatte sehen können.
Er rief erschreckt aus:

„Wie, Du bist hier?"

Clotilde würdigte ihn keiner Antwort. Sie lag
auf dem Rücken, die Hände verschlungen unter
dem Kopf zurückgelegt, den Blick zum Himmel em-

vorgerichtet; und in ihrem blassen Gesichte sah man
nur ihre großen Augen leuchten.

„Ich bin in Unruhe Deinetwegen und rufe Dich
schon seit einer Viertelstunde ... Hast Du mich denn
nicht rufen hören?"

Endlich öffnete sie die Lippen.

„Ja."

„Das ist doch zu thöricht! Warum hast Du mir
denn nicht geantwortet?"

Sie war aber wieder in ihr früheres Stillschweigen gesunken; sie unterließ es starrköpfig, sich
zu erklären, die Blicke wie verloren gen Himmel
gerichtet.

„Vorwärts! Komm jetzt zu Bett! Morgen wirst
Du es mir sagen."

Sie rührte sich immer noch nicht; er bat sie zu
wiederholtenmalen, mit ihm zurückzukommen: sie
machte nicht die geringste Bewegung. Er hat sich
schließlich neben sie niedergesetzt in das Gras und
fühlte unter sich die Wärme der Steine.

„Du kannst doch nicht hier draußen schlafen ...
So antworte doch wenigstens! Was machst Du denn
eigentlich hier?"

„Ich stelle Betrachtungen an."

Und aus ihren großen, unbeweglichen Augen, die
starr und weit geöffnet waren, schienen die Blicke
immer höher zu bringen zu den Sternen hinauf.
Sie war ganz verloren in die unendliche Klarheit
des Sommernachtshimmels inmitten der Sterne.

„Ach, Meister," sagte sie in einem langsamen,

gleichmäßigen, ununterbrochenen Tone, „wie ist das
alles, was Du weißt, so eng und begrenzt im Ver=
gleich mit dem, was sich sicherlich dort oben befindet
... Wenn ich Dir nicht geantwortet habe, so geschah
es, weil ich an Dich dachte und schweren Kummer
hatte ... Es ist nicht nötig, mich für böse zu halten."

Eine solch innige Zärtlichkeit lag in ihrer Stimme,
daß er tief bewegt davon war. Er legte sich eben=
falls lang ausgestreckt auf den Rücken. Ihre Ellen=
bogen berührten sich, sie plauderten miteinander.

„Ich fürchte sehr, meine Liebe, daß Deine Sorgen
nicht vernünftig sind ... Du denkst an mich und
Du hast Kummer. Warum denn?"

„O, gewisser Dinge wegen, die ich Dir nur mit
Mühe würde auseinander setzen können. Ich bin keine
Gelehrte. Indessen hast Du mich viel gelehrt, und ich
selbst habe noch mehr gelernt, indem ich bei Dir
lebte. Vor allem sind es Dinge, die ich fühle ...
Vielleicht, daß ich versuchen werde, es Dir zu sagen,
da wir hier so allein sind und da es so schönes
Wetter ist!"

Sein volles Herz floß über nach den Stunden
des Nachdenkens in dem Vertrauen erweckenden
Frieden der wunderbaren Nacht. Er sprach kein
Wort aus Furcht, sie zu beunruhigen; und er wartete
auf ihre Bekenntnisse.

„Als ich klein war, und als ich Dich zuerst von
der Wissenschaft sprechen hörte, erschien es mir, als
ob Du von dem guten Gotte sprächest, so glühtest
Du vor Glauben und Hoffnung. Nichts erschien

Dir mehr unmöglich. Mit der Wissenschaft wollte man das Geheimnis der Welt durchdringen und das vollkommene Glück der Menschheit verwirklichen. Nach Dir ging es mit Riesenschritten vorwärts. Jeder Tag brachte seine Entdeckung, seine Gewißheit mit sich. Noch zehn Jahre, noch fünfzig Jahre, noch hundert Jahre vielleicht, und der Himmel würde geöffnet sein, und wir würden die Wahrheit von Angesicht zu Angesicht schauen . . . Nun, die Jahre gehen dahin, und nichts öffnet sich, und die Wahrheit weicht immer weiter und weiter zurück."

„Du bist eine Ungeduldige," antwortete er einfach. „Wenn zehn Jahrhunderte notwendig sind, so wird man sie wohl abwarten müssen."

„Das ist wahr, aber ich kann nicht warten. Ich verlange nach Wissen, ich will auf der Stelle glücklich sein und alles mit einemmale wissen und vollkommen, endgiltig glücklich sein! Siehst Du, das ist es, weswegen ich leide, daß ich nicht mit einem einzigen Sprunge zu der vollen Erkenntnis gelangen kann, daß ich mich nicht in der vollkommenen Glückseligkeit ausruhen kann, befreit von allen Bedenken und Zweifeln. Heißt das leben, nur immer mit ängstlichem Schritt in der Finsternis vorzudringen, nicht eine Stunde Ruhe genießen zu können, ohne vor dem Gedanken an das nächste Schrecknis erzittern zu müssen! Nein, nein! Die ganze Erkenntnis und das ganze Glück an einem Tage! Die Wissenschaft hat sie uns versprochen, und wenn sie sie uns nicht gibt, dann ist sie bankerott!"

Da fing auch er an leidenschaftlich erregt zu
werden.

„Aber das ist ja Thorheit, Kleine, was Du da
sagst! Die Wissenschaft ist nicht die Offenbarung.
Sie geht ihren Weg, und ihr Ruhm ist ihre Anstrengung selbst … Und dann, das ist nicht wahr,
die Wissenschaft hat nicht das Glück versprochen."

Lebhaft unterbrach sie ihn.

„Wie, nicht wahr! So schlage doch Deine Bücher
dort oben auf! Du weißt genau, daß ich sie gelesen
habe. Sie sind voll von derartigen Versprechungen.
Wenn man sie liest, so scheint es, als ob man an
die Eroberung der Erde und des Himmels gehe.
Sie zerstören alles und schwören, daß sie alles ersetzen werden, und zwar durch die reine Vernunft
mit Festigkeit und Klugheit … Ich bin ohne Zweifel
wie die Kinder. Wenn man mir etwas versprochen
hat, so verlange ich auch, daß man es mir gibt.
Meine Phantasie arbeitet; der Gegenstand muß jedenfalls sehr schön sein, um mich zu befriedigen …
Aber es wäre doch so einfach, wenn man mir gar
nichts versprechen wollte. Und vor allem wäre es gerade in dieser Stunde bei meinem verzweifelten und
schmerzlichen Verlangen schlecht, mir zu sagen, daß
man mir nichts versprochen hat!"

Er machte von neuem eine abwehrende und ungeduldige Bewegung in die erhabene klare Nacht
hinaus.

„Auf jeden Fall," fuhr sie fort, „hat die Wissenschaft tabula rasa gemacht, die Erde ist öde, der

Himmel ist leer, und was soll nach Deiner Meinung
mit mir werden, selbst wenn Du die Wissenschaft
von den Hoffnungen freisprichst, die ich auf sie setze?
Denn ich kann nicht ohne Gewißheit und ohne Glück
leben. Auf welchem festen Grunde soll ich mein
Haus aufbauen in dem Augenblicke, da man die alte
Welt zertrümmert hat und sich so wenig beeilt, die
neue zu errichten? Das ganze alte Gebäude hat
gekracht bei der Katastrophe der Prüfung und der
Analyse, und es bleibt nichts übrig, als eine wahn=
witzige Menge, welche die Ruinen zerstört, die nicht
weiß, auf welchen Stein sie ihr Haupt legen soll,
die inmitten des Sturmes kampirt und einen festen,
endlichen Zufluchtsort verlangt, wo sie das verlorene
Leben von neuem beginnen kann ... Man muß sich
daher nicht über unsere Entmutigung und unsere
Ungeduld wundern. Wir können nicht mehr warten.
Da die Wissenschaft zu langsam ist, da sie Bankerott
macht, so ziehen wir es vor, uns rückwärts zu flüchten,
ja, zurück zu den Glaubenssätzen von ehemals, die Jahr=
hunderte lang dem Glücke der Welt genügt haben."

„Ah!" rief er, „das ist ja vortrefflich! Damit sind
wir ja wohl an dem Wendepunkt des fin du siècle bei
der Erschlaffung, bei der Kraftlosigkeit der entsetzlichen
Menge von Kenntnissen, welche das Jahrhundert her=
vorgerufen hat, angelangt ... Und es ist das ewige
Bedürfnis der Lüge, das ewige Bedürfnis der Ein=
bildung, welches die Menschheit zurückführt zu dem
Reize des Unbekannten ... Da man niemals alles
wissen wird, wozu dann mehr wissen? Warum soll

man in den Augenblicken, wo die errungene Wahr=
heit nicht das unmittelbare und gewisse Glück ge=
währt, sich nicht zufrieden geben mit der Unwissenheit,
jenes dunkle Lager, auf dem die Menschheit ihr erstes
Alter tief geschlafen hat? Das ist die feindliche
Rückkehr des Mysteriums, das ist die Reaktion gegen
hundertjährige Erfahrung und Forschung. Und das
mußte sein, man muß sich auf Abtrünnige gefaßt
machen, wenn man nicht alle Bedürfnisse auf der
Stelle befriedigen kann. Aber es gibt da nur einen
Haltepunkt, dort oben! Der Vorwärtsmarsch muß
ununterbrochen fortgesetzt werden bis in den unbe=
grenzten Raum hinauf, der außerhalb unseres Ge=
sichtskreises liegt!"

Eine Zeit lang schwieg sie regungslos, die Blicke
verloren in die Milliarden von Welten, die an dem
dunklen Himmel leuchteten. Eine Sternschnuppe
durchkreuzte in flammender Bahn das Sternbild der
Kassiopeia. Und das strahlende All dort oben drehte
sich langsam um seine Age in einem heiligen Glanze,
während von der dunklen Erde um sie herum sich nur
ein leises Wehen erhob, wie der zarte und heiße Atem
einer schlafenden Frau.

„Sage mir," fragte er in seinem gutmütigen
Tone, „ist es Dein Kapuziner gewesen, der Dir heute
abend den Kopf so verdreht hat?"

Sie antwortete freimütig:

„Ja, er hat von der Kanzel herab Sachen gesagt,
die mich erschütterten; er hat gegen alles gesprochen,
was Du mich gelehrt hast, und mir ist, als ob die

Wissenschaft, die ich Dir verdanke, mich vernichtete. ... Mein Gott, was soll aus mir werden?"

„Mein armes Kind! Aber es ist schrecklich, Dich so zu quälen! Und dennoch bin ich Deinetwegen noch hinreichend ruhig, denn Du bist nicht leicht aus dem Gleichgewicht zu bringen, Du hast einen guten, kleinen, runden Kopf, klar und fest, wie ich Dir schon oft wiederholt habe. Du wirst Dich schon wieder beruhigen ... Welch' eine Verheerung aber wird er in den Gemütern der andern anrichten, wenn selbst Du, die Gesunde, so verstört bist! Hast Du denn nicht den Glauben?"

Sie schwieg und seufzte tief auf.

„Gewiß, von dem einfachen Gesichtspunkte des Glückes aus ist der Glaube ein fester Wanderstab, und das Gehen wird leicht und angenehm, wenn man das Glück hat, ihn zu besitzen."

„Ach, ich weiß nicht mehr!" sagte sie. „Es gibt Tage, an welchen ich glaube, es gibt aber auch welche, wo ich es mit Dir und Deinen Büchern halte. Du bist es, der mich unsicher gemacht, Du bist schuld daran, daß ich leide. Und all mein Leiden liegt vielleicht in meiner Auflehnung gegen Dich, den ich liebe ... Nein, nein! Sage mir nichts! Sage mir nicht, daß ich mich beruhigen werde. Das würde mich in diesem Augenblicke nur noch mehr verwirren ... Du leugnest das Uebernatürliche. Das Mysterium ist für Dich nur das Unerklärte. Du gibst sogar zu, daß man niemals alles wissen wird; und demzufolge besteht das einzige Lebensinteresse in Angriffen ohne

Ende gegen das Unbekannte, in dem ewigen Bestreben, mehr zu wissen ... Ach! Ich weiß leider schon zu viel davon, um noch glauben zu können, Du hast mich schon zu sehr erobert, und es gibt Stunden, wo es mir scheint, als müßte ich daran zu Grunde gehen."

Er hatte ihre Hand, die in dem warmen Grase lag, ergriffen und drückte sie heftig.

„Aber es ist das Leben, welches Dir Furcht macht, Kleine! Und wie recht hast Du, wenn Du sagst, das einzige Glück bestehe in dem fortwährenden Streben! Denn in Zukunft ist die Ruhe in der Un= thätigkeit unmöglich. Kein Stillstand ist zu hoffen, kein Ausruhen in der freiwilligen Blindheit. Man muß vorwärts schreiten, vorwärts schreiten mit dem Leben, das immer vorwärts geht! Alles, was man vorschlägt, die Rückkehr zur Vergangenheit, die toten Religionen wieder zurechtzustutzen und nach den mo= dernen Bedürfnissen umzuformen, alles das ist dummes Zeug! Lerne doch das Leben kennen, liebe es, sieh es so, wie es gelebt werden soll und muß: es gibt keine andere Weisheit!"

Sie hatte ihm erregt ihre Hand mit einem Rucke wieder entzogen, und ihre bebende Stimme drückte deutlich ihren Widerwillen aus.

„Das Leben ist abscheulich, wie soll ich es denn nach Deiner Ansicht ruhig und glücklich verbringen? Eine schreckliche Helle wirft Deine Wissenschaft auf das Leben, Deine Untersuchungen dringen in alle menschlichen Wunden ein, um daraus den Schrecken ans Licht zu ziehen. Du sagst alles, Du sprichst schonungslos, Du lässest uns nur den Ekel vor den Menschen und den Dingen ohne jeden möglichen Trost."

Er unterbrach sie mit einem Schrei feuriger Ueberzeugung.

"Alles sagen, ah! Ja, um alles kennen zu lernen, alles zu heilen!"

In wildem Zorne richtete sie sich empor und setzte sich aufrecht hin.

"Wenn wenigstens noch die Gleichheit und die Gerechtigkeit in Deiner Natur existirten! Aber Du siehst es ja selbst ein: das Leben gehört dem Stärksten, der Schwache geht unrettbar zu Grunde, eben weil er schwach ist. Es gibt nicht zwei vollkommen gleiche Wesen, weder an Gesundheit, noch an Schönheit, noch an Verstand: das ist alles abhängig von dem zweifelhaften Glück des Zusammentreffens, dem Zufall der Wahl ... Und alles stürzt zusammen, seitdem die große und heilige Gerechtigkeit nicht mehr ist!"

"Es ist wahr," sagte er mit leiser Stimme wie zu sich selbst, "die Gleichheit existirt nicht. Jede Gesellschaft, die man darauf gründen würde, könnte nicht leben. Seit Jahrhunderten hat man geglaubt, dem Uebel durch die Nächstenliebe abhelfen zu können. Aber die Welt hat gekracht, und heute schlägt man die Gerechtigkeit vor ... Ist die Natur denn selbst gerecht? Ich halte sie viel eher für logisch. Die Logik ist vielleicht eine natürliche und höhere Gerechtigkeit, die direkt auf die Summe der allgemeinen Arbeit losgeht, auf die große Schlußarbeit."

„Ist das etwa die Gerechtigkeit," rief sie, „welche das Einzelwesen zum besten der Rasse zertritt, die eine schwache Gattung zum Nutzen der triumphirenden zu Grunde richtet ... Nein, nein, es ist das Verbrechen. Es gibt nichts als Schändlichkeit und Verbrechen. Er hatte recht heute abend in der Kirche: die Erde ist verdorben, die Wissenschaft zieht aus ihr nur die Fäulnis an das Tageslicht; dort oben ist der Ort, zu dem wir unsere Zuflucht nehmen müssen ... O Meister, ich flehe Dich darum an, laß mich mich retten, laß mich auch Dich retten!"

Clotilde war in Thränen ausgebrochen, und der Klang ihrer Seufzer stieg empor in die reine Stille der Nacht. Vergebens versuchte Doktor Pascal sie zu beruhigen. Aber ihre Stimme übertönte ihn.

„Höre mich an, Meister! Du weißt, daß ich Dich liebe, denn Du bist mir alles ... Und Du bist es, von dem meine Qual kommt; ich meine fast zu ersticken, wenn ich daran denke, daß wir nicht einig sind, daß wir für immer getrennt sein müßten, wenn wir beide morgen sterben würden ... Warum willst Du denn nicht glauben?"

Er versuchte noch einmal, sie zur Vernunft zu bringen.

„Du bist toll, mein Kind ..."

Aber sie hatte sich auf die Kniee geworfen, sie hatte seine Hände ergriffen, sie klammerte sich an ihn in fieberhafter Erregung. Und sie seufzte noch tiefer auf und schluchzte so verzweifelt, daß das dunkle Gefilde in weiter Runde schauerlich davon widerhallte.

„Höre, was er heute in der Kirche gesagt hat . . .
Man muß sein Leben ändern und Buße thun, man
muß allen seinen früheren Irrtümern entsagen, ja,
Du mußt Deine Bücher, Deine Akten, Deine Ma=
nuskripte verbrennen! Bringe das Opfer, Meister,
ich beschwöre Dich auf meinen Knieen . . . Und Du
wirst sehen, welch köstliches Leben wir dann zusammen
führen werden."

Schließlich empörte er sich.

„Nein, das ist zu viel, schweige!"

„O, höre mich doch an, Meister, thue, was ich
will . . . Ich versichere Dich, daß ich entsetzlich un=
glücklich bin, gerade weil ich Dich liebe, wie ich Dich
liebe. Es fehlt etwas in unserer Zuneigung. Bis
jetzt war sie lebhaft und fruchtlos, und ich habe den
unwiderstehlichen Drang, sie mit allem, was es
Göttliches und Ewiges gibt, zu erfüllen . . . Was
kann uns fehlen, wenn es nicht Gott ist? Beuge
Deine Kniee und bete mit mir!"

Mit einer heftigen Bewegung riß er sich erzürnt
von ihr los:

„Schweige, Du redest unvernünftiges Zeug! Ich
habe Dir Deine Freiheit gelassen, laß mir auch die
meinige!"

„Meister, Meister! Es ist unser Glück, was ich
will! Ich will Dich weit, sehr weit fortführen. Wir
wollen in die Einsamkeit gehen, um ganz in Gott
zu leben!"

„Schweige! Nein, niemals!"

Dann blieben sie einen Moment stumm, Auge

in Auge, und maßen sich mit drohenden Blicken.
Die Souleiade breitete sich rings um sie herum in
nächtlichem Stillschweigen aus, mit den leichten Schatten
ihrer Olivenbäume und dem tiefen Dunkel ihrer
Fichten und Platanen, unter dem die Quelle ihr
ewiges melancholisches Lied sang; und über ihren
Köpfen schien an dem sternenbesäten weiten Himmel
ein blasser Schein dahinzuzittern, obgleich die Morgen-
dämmerung noch fern war.

Clotilde hob ihren Arm, als ob sie ihm die Un-
ermeßlichkeit des Himmels zeigen wollte. Aber Pascal
hatte mit einem sicheren Griffe ihre Hand wieder erfaßt und hielt sie in der seinigen fest zur Erde hinab.
Kein Wort wurde gesprochen; ganz außer sich vor
innerer Erregung und feindlich standen sie sich einander gegenüber. Es war ein heißer Kampf.

Plötzlich zog sie ihre Hand zurück und sprang zur
Seite wie ein ungezähmtes, edles Tier, das sich
bäumt; dann rannte sie mitten durch die Nacht dem
Hause zu. Man hörte auf den Steinen des Platzes
das Geklapper ihrer kleinen Schuhe, das sich dann
in dem Sande der Allee verlor. Er rief ihr ganz
untröstlich mit lauter Stimme nach. Aber sie hörte
nicht, antwortete nicht, lief nur immerfort. Von
Furcht ergriffen, mit beklommenem Herzen eilte er
hinter ihr her und bog gerade noch früh genug um
die Platanengruppe, daß er noch sehen konnte, wie
sie stürmisch das Vestibül betrat. Er stürzte ihr in
das Haus nach, sprang die Treppe hinan und stieß
gegen die Thür ihres Zimmers, an deren Schloß

er heftig rüttelte. Und dort beruhigte er sich und
kämpfte mit großer Anstrengung seine Aufregung
nieder; er widerstand dem lebhaften Verlangen, zu
rufen, sie noch einmal zu rufen, jene Thür einzutreten, um sie wieder zu bekommen, sie zu überzeugen,
sie sich ganz wieder zu gewinnen. Einen Augenblick
blieb er unbeweglich bei der Totenstille des Zimmers,
aus dem nicht das geringste Geräusch kam. Ohne
Zweifel erstickte sie, über das Bett geworfen, ihre
Schreie und ihre Seufzer in den Kissen. Er entschloß sich endlich, noch einmal hinunterzugehen und
die Hausthüre zu schließen; dann stieg er leise wieder
hinauf und lauschte, ob er sie klagen hörte. Und es
fing schon an Tag zu werden, als er sich endlich
niederlegte, verzweifelt und von Thränen fast erstickt.

Von da an herrschte ein Krieg ohne Gnade.
Pascal fühlte sich beobachtet, belauscht, bedroht. Er
kam sich nicht mehr vor wie zu Hause, er hatte kein
Heim mehr: der Feind war fortwährend da, der ihn
zwang, alles zu fürchten, alles einzuschließen. Kurz
nach einander wurden zwei Fläschchen des von ihm
fabrizirten Lebenselixirs in Scherben zerschlagen von
ihm aufgefunden, und er mußte sich in seinem Zimmer verbarrikadiren, wo man ihn ganze Tage lang
Gehirne zerstoßen hörte; selbst bei den Mahlzeiten
zeigte er sich nicht. Er nahm an seinen Besuchstagen
Clotilde nicht mehr mit, weil sie die Kranken durch
ihre herausfordernd ungläubige Haltung entmutigte.
Allein sobald er fortging, hatte er nur das eine Bestreben, so schnell wie möglich wieder heimzukehren, denn

er fürchtete, bei seiner Rückkunft einmal die Schlösser
erbrochen und seine Schubladen ausgeraubt zu finden.
Er benützte das junge Mädchen auch nicht mehr dazu,
seine Notizen zu ordnen und abzuschreiben, seitdem
mehrere abhanden gekommen waren, als ob sie der
Wind davongetragen hätte. Er wagte es sogar nicht
mehr, ihr die Korrektur seiner Arbeiten zu übertragen,
da er festgestellt hatte, daß sie einmal in einem Ar=
tikel einen ganzen Abschnitt weggelassen, dessen Inhalt
ihren katholischen Glauben verletzte. Und so lebte
sie unthätig dahin, durch die Zimmer schleichend,
und ihre ganze Zeit darauf verwendend, eine Gelegen=
heit zu erspähen, die ihr den Schlüssel des großen
Wandschranks in die Hände spielen würde. Das
war ihr Traum, das war der Plan, der sie während
ihrer langen Muße beschäftigte, wobei ihre Augen
leuchteten und ihre Hände fieberhaft zitterten: den
Schlüssel zu erhalten, zu öffnen, alles zu nehmen, alles
zu vernichten in einem Autodafé, das Gott angenehm
sein würde. Ein paar Seiten eines Manuskripts, die
er auf dem Tische hatte liegen lassen, als er hinaus=
gegangen war, um sich die Hände zu waschen und seinen
Ueberrock anzuziehen, waren verschwunden, in dem
Kamin nichts zurücklassend als ein kleines Häufchen
Asche. Eines Abends, als er sich bei einem Kranken ver=
spätet, hatte ihn, wie er beim Dunkelwerden heim=
ging, in der Vorstadt ein wahnsinniger Schrecken
ergriffen beim Anblick einer dichten, schwarzen Rauch=
wolke, die in Wirbeln aufstieg und den fahlgrauen
Himmel schwarz färbte. War das nicht die Souleiade,

die ganz in Flammen stand, angezündet durch das
Freudenfeuer seiner Papiere? Eilenden Laufes kehrte
er heim und beruhigte sich nicht eher wieder, als bis
er sah, daß es ein Feuer von Wurzelwerk auf einem
nahe liegenden Felde war, aus dem der Rauch langsam emporwallte.

Und welch entsetzlicher Zustand war diese fortwährend Angst für den Gelehrten, der sich auf solche
Weise in seiner Intelligenz, in seiner Arbeit bedroht
sieht! Die Entdeckungen, die er gemacht hat, die
Manuskripte, die er zu hinterlassen gedenkt, sie sind sein
Stolz, sie sind Wesen von seinem Blut, seine Kinder,
und wer sie vernichtet, verbrennt, wird etwas von seinem
Fleische verbrennen. Am meisten gequält bei diesen
fortwährenden hinterlistigen Angriffen auf seine
Geistesarbeit wurde er von dem Gedanken, daß er
diese Feindin, die in seinem Hause wohnte, die sich
in sein Herz eingenistet hatte, nicht daraus vertreiben
konnte, und daß er sie trotz allem liebte. Er war
ganz ohne Waffen, ohne jede mögliche Verteidigung;
er wollte nichts thun, er hatte auch kein anderes
Mittel als unablässig auf seiner Hut zu sein. Die
Schlinge zog sich immer mehr zusammen: er glaubte
überall die kleinen diebischen Hände zu fühlen, die
in seine Taschen glitten; er hatte keine Ruhe mehr,
da er selbst bei verschlossenen Thüren fürchtete, daß
man ihn durch die Spalten ausplünderte.

„Aber, unglückliches Kind," rief er eines Tages,
„ich liebe auf der Welt nur Dich, und Du bist es,
die mich tötet! Du liebst mich aber dennoch, Du

thust das alles, weil Du mich liebst, und das ist
entseßlich; es wäre besser, sofort ein Ende zu
machen, indem wir uns ins Wasser stürzen mit einem
Stein am Halse."

Sie antwortete nicht, nur ihre ehrlichen Augen
redeten eine heiße Sprache und sagten ihm deutlich,
daß sie gern in dieser Stunde sterben würde, wenn
es mit ihm wäre.

„Und wenn ich nun heute nacht plötzlich sterben
würde, was würde dann morgen geschehen? Würdest
Du den Schrank ausräumen, würdest Du die Schub=
laden leeren, würdest Du einen großen Haufen von
allen meinen Werken machen und sie verbrennen? Ja,
nicht wahr? Weißt Du aber, daß das ein wirklicher
Mord wäre, wie wenn Du jemand erschlügest? Und
welche abscheuliche Niederträchtigkeit, die Gedanken zu
töten!"

„Nein!" sagte sie mit dumpfer Stimme, „das
Schlechte töten, es verhindern, sich auszubreiten und
sich zu vermehren!"

Alle ihre Auseinandersetzungen brachten sie beide
nur noch mehr in Wut. Und es gab schreckliche
Scenen. Eines Abends, als die alte Frau Rougon
gerade zu einem solchen Streite gekommen war, blieb
diese allein mit Pascal, nachdem sich Clotilde in ihr
Zimmer geflüchtet hatte. Eine Zeit lang herrschte
tiefes Schweigen.

Trotz der betrübten Miene, die sie angenommen
hatte, leuchtete doch in der Tiefe ihrer funkelnden
Augen eine geheime Freude.

„Aber euer armes Haus ist ja eine Hölle!" rief
sie endlich.

Der Doktor suchte durch eine Handbewegung einer
Antwort auszuweichen. Er hatte immer gefühlt, daß
seine Mutter hinter dem jungen Mädchen stand, daß
sie in Clotilde den Glaubenseifer immer mehr auf=
stachelte und daß sie diesen Gärungsstoff benützte,
um in seinem Hause Unfrieden zu stiften. Er gab
sich in dieser Beziehung keinen Illusionen hin, er
wußte ganz genau, daß sich die beiden Frauen wäh=
rend des Tages gesehen hatten, und daß er dieser
Zusammenkunft, bei der jedenfalls auf schlaue Weise
das Gift dem jungen Mädchen eingeimpft worden war,
die furchtbare Scene verdankte, unter deren Nach=
wirkung er noch zitterte. Ohne Zweifel war seine
Mutter nur gekommen, um den Schaden festzustellen
und nachzusehen, ob man noch nicht bald an die
Lösung käme.

„Das kann nicht mehr so fortgehen," begann sie
von neuem. „Warum trennt ihr euch denn nicht, da
ihr euch nicht mehr versteht? Du solltest sie zu ihrem
Bruder Maxime schicken, der mir in den letzten Tagen
geschrieben und sie dringend für sich gefordert hat."

Er hatte sich wieder gefaßt und seine gewöhnliche
Energie wieder erlangt, wenn er auch noch sehr blaß
aussah.

„Uns in Unfrieden trennen! Ach, nein, nein!
Das würde uns für immer Gewissensbisse verursachen,
das wäre eine unheilbare Wunde! Wenn sie eines
Tages fort muß, so will ich, daß wir uns auch weit

von einander getrennt lieben . . . Aber warum fortgehen? Wir beklagen uns ja nicht, weder der eine
noch der andere."

Felicité fühlte, daß sie sich etwas übereilt hatte.

„Ohne Zweifel hat niemand, wenn es euch gefällt, euch zu zanken, etwas hineinzureden . . . Allein,
mein armer Freund, erlaube mir, in diesem Falle
Dir zu sagen, daß ich Clotilden ein wenig recht gebe.
Du zwingst mich, Dir zu gestehen, daß ich sie vorhin
gesehen habe; ja, es ist besser, daß Du es weißt, troß-
dem daß ich versprochen habe, es zu verschweigen. Nun
also, sie ist nicht glücklich, sie beklagt sich sehr, und Du
kannst Dir denken, daß ich sie ausgescholten, daß ich
ihr vollen Gehorsam gepredigt habe . . . Das hindert
mich jedoch nicht, Dir zu sagen, daß ich Dich ganz
und   gar   nicht verstehe, und der Ansicht bin,
daß Du alles thust, um nicht glücklich zu sein."

Sie hatte sich in einer Ecke des Saales niedergelassen und ihn dadurch gezwungen, sich auch zu setzen;
sie schien sehr froh darüber zu sein, ihn endlich einmal allein zu haben, ganz in ihrer Gewalt. Schon
mehreremale hatte sie auf diese Weise versucht, ihn
zu einer Unterredung zu zwingen, der er auswich.
Obgleich sie ihn schon seit Jahren quälte und obgleich
er sie durch und durch kannte, blieb er doch der ehrerbietige Sohn; er hatte sich geschworen, niemals aus
dieser respektvollen Haltung herauszugehen. Und seitdem sie immer auf gewisse Dinge zu sprechen kam,
hüllte er sich auch in vollständiges Stillschweigen.

„Ich begreife ja vollkommen," fuhr sie fort, „daß

Du Clotilden nicht nachgeben willst, aber mir? Wenn ich Dich nun flehentlich bitte, mir diese fürchterlichen Akten zu opfern, die dort in jenem Schranke sind! Nimm nur einmal an, Du würdest plötzlich sterben und diese Papiere fielen in fremde Hände: wir wären ja alle entehrt ... Und das wirst Du doch gewiß nicht wünschen, nicht wahr? Was ist also Deine Absicht? Warum hältst Du so eigensinnig an einem so gefährlichen Spiele fest? Versprich mir, sie zu verbrennen!"

Er schwieg eine Zeit lang, endlich aber antwortete er:

„Liebe Mutter, ich habe Sie schon oft darum gebeten, niemals darüber zu sprechen ... Ich kann Sie nicht zufrieden stellen."

„Aber so gib mir doch endlich einen vernünftigen Grund an!" rief sie. „Man könnte ja wahrhaftig sagen, daß Dir unsere Familie ebenso gleichgiltig ist wie die Rinderherde, die dort unten vorüberzieht. Und Du gehörst doch dazu. O, ich weiß, Du thust alles, um nicht dazu zu gehören. Ich selbst wundere mich zuweilen und frage mich, wie Du darüber so ruhig sein kannst. Und es ist um so häßlicher von Dir, daß Du Dich dazu hergibst, unseren Namen zu beflecken, weil Du nicht einmal von dem Gedanken an den Kummer, den Du mir, mir, Deiner Mutter, bereitest, davon zurückgehalten wirst ... Das ist einfach schlecht gehandelt."

Das empörte ihn, und er gab einen Augenblick dem Drange, sich zu verteidigen, nach, trotz seiner Absicht, zu schweigen.

„Sie sind hart, Sie haben unrecht . . . Ich habe
immer an die Notwendigkeit, an die absolute Wirk=
samkeit der Wahrheit geglaubt. Es ist wahr, ich
sage alles über mich und über die anderen; und das
thue ich, weil ich fest glaube, daß ich, indem ich alles
sage, das einzig Richtige thue . . . Ueberdies sind
diese Akten gar nicht für die Oeffentlichkeit bestimmt;
sie bestehen nur aus privaten Aufzeichnungen, von
denen es mir Schmerz verursachen würde, mich zu
trennen. Und dann weiß ich sehr wohl, daß es
nicht diese Notizen allein sind, die Sie verbrennen
wollen: alle meine anderen Arbeiten würden ebenfalls
ins Feuer geworfen, nicht wahr? Und das will ich
nicht, hören Sie, das will ich nicht, hören Sie! Nie=
mals, so lange ich lebe, wird man hier auch nur eine
einzige Zeile Geschriebenes vernichten!"

Aber er bedauerte schon, so viel gesprochen zu
haben, denn er sah, wie sie ihm wieder zusetzte,
wie sie ihn drängte und zu der grausamen Er=
klärung brachte.

„So komm jetzt endlich zum Ziele und sage mir,
was Du uns vorwirfst . . . Ja, mir zum Beispiel,
was wirfst Du mir vor? Dazu habe ich euch doch
nicht mit so viel Mühe aufgezogen! Ach, es hat
lange gedauert, bis wir das Glück erobert haben!
Wenn wir jetzt ein wenig Glück genießen, so haben
wir es hart erkämpft. Da Du alles gesehen hast
und da Du alles in Deine Papierwische dort ein=
trägst, so wirst Du bezeugen können, daß die Familie
anderen mehr Dienste geleistet hat, als ihr geleistet

worden sind. Ohne uns hätte Plassans schon zweimal in der Patsche gesessen. Und es ist ganz natürlich, daß heute, da wir nur Undank und Neid ge-
erntet haben, die ganze Stadt über einen Skandal
entzückt wäre, der uns mit Kot bespritzen würde
... Du kannst dies nicht wollen, und ich bin gewiß,
daß Du meiner würdigen Haltung seit dem Sturze
des Kaiserreiches und seit den Unglücksfällen, von
denen sich Frankreich ohne Zweifel niemals wieder
erholen wird, Gerechtigkeit widerfahren lässest!"

„Lassen Sie doch Frankreich in Ruhe, liebe
Mutter!" sagte er; sie hatte damit wieder einen der
Punkte berührt, in denen er, wie sie wußte, sehr
empfindlich war. „Frankreich hat ein schweres Dasein, und ich finde, daß es im besten Zuge ist, die
Welt in Erstaunen zu setzen durch die Schnelligkeit
seiner Wiedergenesung. Gewiß, es gibt viel faule
Elemente. Ich habe sie nicht verhüllt, ja, ich habe
sie vielleicht zu sehr ans Licht gezogen. Aber Sie
verstehen mich nicht, wenn Sie sich einbilden, daß ich
an den schließlichen Zusammenbruch glaube, wenn ich
die Wunden und Schäden zeige. Ich glaube an das
Leben, welches ohne Aufhören die schädlichen Elemente
ausscheidet, welches neues Fleisch schafft, um die Wunden zu schließen, welches trotz allem zur Gesundheit
und zur ununterbrochenen Erneuerung durch Schmutz
und Tod hindurch fortschreitet."

Er war in heftige Erregung geraten, er war sich
dessen bewußt, machte eine zornige Bewegung und
sprach kein Wort mehr. Seine Mutter hatte zu

Thränen ihre Zuflucht genommen, kleinen, kurzen,
mühsam herausgepreßten Thränen, die sofort trock=
neten. Und sie kam auf die Befürchtungen zurück,
mit denen sie sich ihr Alter verbitteite, und auch sie
bat ihn flehentlich, seinen Frieden mit Gott zu
machen, wenigstens aus Rücksicht für die Familie.
Gäbe sie denn nicht ein Beispiel von Mut? Ganz
Plassans, das Viertel von Saint=Marc, das alte
Viertel und die neue Stadt, zollten sie nicht ihrer
edlen Haltung alle Ehre? Sie beanspruchte einzig
und allein unterstützt zu werden, sie forderte von
ihren Kindern nur die gleichen Bemühungen, denen
sie sich unterzog. Sie führte auch das Beispiel von
Eugen an, des bedeutenden Mannes, der, von seiner
Höhe herabgestürzt, sich damit begnügte, ein einfacher
Deputirter zu sein, bis zu seinem letzten Atemzuge
das entschwundene Regime verteidigend, dessen Ruhm
er stets hochgehalten hatte. Sie war auch des Lobes
voll für Aristide, der niemals verzweifelte, der sich
unter dem neuen Regime eine ganz schöne Stellung
wiedererobert hatte trotz der ungerechten Katastrophe,
die ihn einen Augenblick unter den Trümmern der
Union universelle begraben. Und er, Pascal, er
wollte allein zurückbleiben, er wollte nichts thun, da=
mit sie in Frieden sterben könnte, in der Freude des
schließlichen Triumphes der Rougons? Er, der so
klug, so zartfühlend, so gut wäre! Nein, das wäre
unmöglich! Er sollte nächsten Sonntag in die Messe
gehen und jene elenden Papiere verbrennen; schon
der bloße Gedanke an diese mache sie krank! Sie

bat ihn, sie befahl, sie drohte. Aber er antwortete
gar nicht mehr, er blieb ruhig, unbesiegbar in seiner
sehr unterwürfigen Haltung. Er wollte keinen Streit,
er kannte sie zu gut, um hoffen zu können, sie zu
überzeugen, und um wagen zu können, die Ver=
gangenheit mit ihr zu erörtern.

„Ach!" rief sie, als sie merkte, daß er uner=
schütterlich war. „Du gehörst nicht zu uns, ich habe
es immer gesagt. Du entehrst uns!"

Er verneigte sich.

„Liebe Mutter, Sie werden sich noch besinnen,
Sie werden mir verzeihen."

An diesem Tage ging Felicité ganz außer sich
fort; und als sie Martine an der Hausthüre traf
vor den Platanen, erleichterte sie ihr Herz, ohne zu
wissen, daß Pascal, der gerade in sein Zimmer ge=
gangen war, dessen Fenster offen standen, alles mit
anhörte. Sie machte ihrem Grolle Luft und schwor,
daß sie trotz allem wiederkommen würde, um sich der
Papiere zu bemächtigen und sie zu vernichten, da er
sie nicht selbst zum Opfer bringen wollte. Was den
Doktor aber geradezu erstarren machte, das war die
Art und Weise, wie Martine sie mit halblauter
Stimme zu beruhigen suchte. Sie war augenschein=
lich eine Mitverschworene; sie wiederholte, daß man
ruhig abwarten müsse, daß man nichts übereilen
dürfe, daß das Fräulein und sie geschworen hätten,
mit dem Doktor fertig zu werden, indem sie ihm
keine ruhige Stunde mehr ließen. Dazu hätten sie
sich eidlich verpflichtet, man würde ihn mit dem lieben

Gott versöhnen, da es ganz unmöglich wäre, daß
solch ein heiliger Mann wie der Herr Doktor ohne
Religion bliebe. Und die Stimmen der beiden
Frauen wurden immer leiser und waren bald nichts
als ein unverständliches Flüstern, ein ersticktes Ge=
murmel von Klatscherei und Verschwörung, von dem
er nur noch vereinzelte Worte auffing, gegebene Be=
fehle, getroffene Maßregeln, alles zur Beschränkung
seiner persönlichen Freiheit.

Als seine Mutter endlich fortging, sah er ihr
nach, wie sich ihre zarte, mädchenhafte Gestalt mit
leichten Schritten, innerlich sehr befriedigt, entfernte.

Das war für ihn eine Stunde der Mutlosigkeit,
der vollständigsten Verzweiflung. Pascal hatte sich
auf einen Stuhl niederfallen lassen und fragte sich,
zu welchem Zwecke er denn stritte, da ja die ein=
zigen, die er liebte, sich gegen ihn verbunden hatten.
Diese Martine, die für ihn durchs Feuer gegangen
wäre auf ein Wort von seiner Seite hin und die
ihn jetzt verriet zu seinem Besten! Und Clotilde, die
im Bunde mit der Haushälterin an allen Ecken Ver=
schwörungen anstiftete und sich von ihr helfen ließ,
ihm Schlingen zu legen! Jetzt war er ganz allein,
er hatte um sich nur Verräterinnen, man vergiftete
ihm sogar die Luft, die er atmete. Diese beiden,
die ihn liebten, würde er vielleicht schließlich noch
mürbe gemacht haben; aber seitdem er wußte, daß
seine Mutter hinter ihnen stand, erklärte er sich ihre
Erbitterung und hoffte nicht mehr darauf, sie für
sich wieder zu gewinnen. In seiner Schüchternheit

als Mann, der nur dem Studium gelebt hatte, fern
von den Frauen trotz seiner Leidenschaftlichkeit, entmutigte ihn der Gedanke, daß sie gleich zu dreien
ihn ihrem Willen unterthan machen wollten. Es
war ihm immer, als ob eine von ihnen hinter ihm
stünde; wenn er sich in sein Zimmer einschloß, so
glaubte er sie an der andern Seite der Wand, und
sie kamen oft zu ihm und hielten ihn dadurch in der
fortwährenden Furcht, seiner Gedanken beraubt zu
werden, wenn er sie in sein Gehirn sehen ließe,
selbst noch bevor er diese Gedanken formulirt hatte.

Das war entschieden die Epoche seines Lebens,
wo sich der Doktor Pascal am unglücklichsten fühlte.
Der fortwährende Verteidigungszustand, in dem er
leben mußte, erschöpfte ihn vollständig, und es schien
ihm immer, als ob der Boden seines Hauses unter
seinen Tritten schwankte. Er bedauerte dann aufrichtig,
nicht verheiratet zu sein und keine Kinder zu haben.
Hatte er selbst etwa Furcht vor dem Leben gehabt?
War er nicht bestraft für seinen Egoismus? Das Bedauern, kein Kind zu haben, quälte ihn zuweilen; er
hatte manchmal von Thränen feuchte Augen, wenn
er auf der Straße kleine Mädchen traf, die ihn mit
hellen Augen anlachten. Clotilde war zwar da,
aber das war doch eine ganz andere Liebe, die jetzt
gerade von Stürmen erschüttert war, das war keine
so ruhige Liebe, keine so unendlich zarte wie die
Kindesliebe, in der sein zerrissenes Herz hätte ausruhen können. Dann wäre das da, was er wollte,
wenn er das Ende seines Seins kommen fühlte, das

Kind, das ihn fortgesetzt hätte. Je mehr er litt, um
so mehr würde er bei seinem Glauben an das Leben
Trost darin gefunden haben, das Leiden zu vererben.
Er fühlte sich frei von den physiologischen Fehlern
der Familie; aber selbst der Gedanke, daß die Ver=
erbung oftmals eine Generation übersprang und daß
bei einem von ihm erzeugten Sohne die Fehler der
Großeltern sich wieder zeigen könnten, schreckten ihn
nicht zurück, und diesen noch unbekannten Sohn
wünschte er sich an gewissen Tagen trotz des alten
angefaulten Stammes, trotz der langen Reihe scheuß=
licher Eltern, wie man sich einen unverhofften
Gewinn, einen so selten eintretenden Glücksfall wünscht,
der für immer tröstet und bereichert. Bei der Er=
schütterung seiner anderen Gefühle blutete sein Herz,
da es zu spät war.

In der dumpfen Schwüle der Septembernacht
konnte Pascal keinen Schlaf finden. Er öffnete
eines der Fenster seines Zimmers; der Himmel war
schwarz, in der Ferne mußte ein Gewitter vorüber=
ziehen, denn man hörte ununterbrochenes Donner=
rollen. Er unterschied kaum die dunkle Masse der
Platanen, welche auf Augenblicke in der Dunkelheit
durch fahlgrüne Streiflichter erhellt wurden. Seine
Seele war erfüllt von einer furchtbaren Traurigkeit; er
durchlebte noch einmal die letzten schlimmen Tage, alle
die Klagen, die Qualen des Verrats und Argwohns,
die immer größer wurden, als mit einemmale ein
schrecklicher Gedanke ihn jäh erzittern ließ. In der
Angst, beraubt zu werden, hatte er immer den

Schlüssel des großen Schrankes bei sich getragen. An diesem Nachmittag hatte er aber wegen der großen Hitze seine Weste ausgezogen, und er erinnerte sich jetzt, gesehen zu haben, wie Clotilde die Weste von dem Nagel in dem Saale herunternahm. Das war der Schrecken, der ihn jäh durchfuhr. Wenn sie den Schlüssel in der Tasche gefühlt hatte, hatte sie ihn auch geraubt. Er stürzte nach der Weste hin und durchsuchte sie, nachdem er sie auf einem Stuhle ausgebreitet hatte. Der Schlüssel war nicht mehr da. Und gerade in demselben Momente, wo er die Entdeckung machte, beraubte man ihn. Es schlug zwei Uhr morgens; er zog sich nicht erst wieder an, er blieb einfach in den Hosen, die bloßen Füße in den Pantoffeln, die Brust nackt unter dem nachlässig übergeworfenen Nachthemd, und heftig stieß er die Thür auf und sprang in den Saal, den Leuchter in der Hand.

„Ach, ich wußte es!" rief er. „Räuberin! Mörderin!"

Und es war richtig. Clotilde war da, gekleidet wie er, die Füße nackt in den Hausschuhen, die Beine nackt, die Arme nackt, die Schultern nackt, kaum bedeckt von einem kurzen Jäckchen und ihrem Hemd. Aus Klugheit hatte sie kein Licht mitgebracht, sie hatte sich damit begnügt, die Läden eines Fensters aufzuschlagen; und das Unwetter, welches in der gegenüberliegenden Himmelsrichtung, im Süden, vorüberzog an dem dunklen Firmamente, die fortwährenden Blitze, die die Gegenstände in einem bläu-

lichen Lichte badeten, genügten ihr. Der alte Schrank
mit den breiten Seitenwänden war weit geöffnet.
Schon hatte sie das oberste Fach geleert; die Akten=
stücke mit beiden Händen herunternehmend, warf sie
sie auf den in der Mitte stehenden Tisch, wo sie
sich in buntem Durcheinander aufhäuften. Und in
fieberhafter Aufregung, aus Furcht, sie möchte nicht
die Zeit haben, alles zu verbrennen, war sie gerade
dabei, Pakete aus den Aktenstücken zu machen, in der
Absicht, sie zu verbergen um sie später ihrer Groß=
mutter zu schicken, als der plötzliche Lichtschein sie voll
beleuchtete und in ihrer erstaunten und kampfbereiten
Stellung unbeweglich verharren ließ.

„Du beraubst mich und Du tötest mich!" wieder=
holte Pascal wütend.

In ihren nackten Armen hielt sie noch eines der
Aktenbündel. Er wollte es ihr entreißen. Aber sie
umklammerte es mit allen ihren Kräften, in ihrem
Zerstörungswerk hartnäckig, ohne Verlegenheit, ohne
Reue, wie eine Kämpfende, die das gute Recht für
sich hat.

Da stürzte er sich in blinder Wut, einer ruhigen
Ueberlegung beraubt, auf sie, und sie rangen mit
einander. Er hatte sie in ihrer Nacktheit umfaßt, er
mißhandelte sie.

„Töte mich doch," stammelte sie. „Töte mich,
oder ich zerreiße alles!"

Aber er hielt sie fest an sich gedrückt in einer so
rohen Umschlingung, daß sie nicht mehr atmen konnte.

„Wenn ein Kind stiehlt, so züchtigt man es!"

Einige Blutstropfen waren an ihrer runden Schulter bei der Achselhöhle, wo eine Quetschung ihre seidenweiche Haut geritzt hatte, sichtbar geworden. Einen Augenblick fühlte er, wie sie, die einer Göttin glich, mit ihrem wundervollen jungfräulichen Körper, ihren schlanken Beinen, ihren biegsamen Armen, ihrer zarten Brust und dem feinen und festen Halse, schmerzlich aufseufzte, so daß er sie etwas freiließ. Mit einer letzten Kraftanstrengung entriß er ihr dann das Aktenbündel.

„Und Du wirst mir helfen, sie wieder dort hinaufzulegen, Donnerwetter! Komm hierher! Du fängst sofort an, sie auf dem Tische zu ordnen ... Du mußt mir gehorchen, hörst Du?"

„Ja, Meister!"

Sie trat an den Tisch heran, sie half ihm, gezähmt, gebrochen durch diese Umarmung eines Mannes, die ihr wie in das Fleisch gedrungen war. Das Licht, das mit einer hohen Flamme in der schwülen Nacht brannte, beleuchtete sie beide; und das ferne Rollen des Donners ließ nicht nach, das offene Fenster schien bei dem Unwetter wie im Feuer zu stehen.

Fünftes Kapitel.

————

Eine Zeit lang betrachtete Pascal die Aktenbündel, deren Menge riesig groß schien, wie sie so
auf gut Glück auf den langen Tisch hingeworfen da
lagen, in der Mitte des Arbeitssaales. In dem
bunten Durcheinander hatten sich mehrere von den
Umschlägen aus starkem blauem Papier geöffnet, und
die Dokumente waren herausgefallen, Briefe, Zeitungsausschnitte, Schriftstücke auf Stempelpapier, hand-
schriftliche Aufzeichnungen.

Schon suchte er, um die Pakete wieder zu ordnen,
die mit großen Buchstaben auf die Umschläge geschriebenen Namen, als er mit einer heftigen Geberde
die düstere, nachdenkliche Stimmung, in die er versunken war, von sich abschüttelte und, zu Clotilden
gewendet, die in steifer Haltung stumm und bleich
wartend da stand, sagte:

„Höre, ich habe Dir immer verboten, diese Papiere zu lesen, und ich weiß, daß Du mir gehorcht
hast ... Ja, ich trug Bedenken, nicht etwa, weil Du
wie die anderen ein unwissendes Mädchen bist, denn
ich habe Dich alles vom Manne und vom Weibe

lernen laſſen, und das iſt gewiß nur für ſchlechte
Naturen gefährlich ... Allein zu welchem Zwecke
Dich zu früh in dieſe ſchreckliche menſchliche Wahrheit
einweihen? Ich habe Dich daher mit der Geſchichte
unſerer Familie, die die Geſchichte aller, die Geſchichte
des ganzen Menſchengeſchlechtes iſt, bisher verſchont.
Sie enthält viel Gutes und viel Schlechtes."

Er hielt inne und ſchien ſich in ſeinem Ent=
ſchluſſe zu beſtärken, vollkommen beruhigt und von
einer gebietenden Energie.

„Du biſt fünfundzwanzig Jahre alt, Du ſollſt
ſie erfahren ... Und dann iſt auch unſer bisheriges
Leben nicht mehr möglich, Du lebſt und Du läßt
mich leben in einem böſen, quälenden Traum, in
dem Banne Deines Traumes. Ich will lieber, daß
die Wirklichkeit, ſo abſcheulich ſie auch immer ſein
mag, ſich vor uns entfaltet. Vielleicht wird der
Schlag, den ſie Dir verſetzen wird, aus Dir die
Frau machen, die Du ſein ſollſt ... Wir wollen ge=
meinſchaftlich jene Akten dort wieder ordnen und ſie
durchblättern und leſen, eine ſchreckliche Lektion des
Lebens!"

Dann fügte er hinzu, da ſie ſich immer noch
nicht rührte:

„Wir müſſen aber ordentlich ſehen können! Zünde
noch die beiden anderen Lichter an, die dort ſtehen!"

Ein Verlangen nach großer Helligkeit hatte ihn
ergriffen, er hätte am liebſten das blendende Sonnen=
licht haben wollen; und er glaubte, daß auch dieſe
drei Lichter noch nicht hell genug machten, und ging

daher in sein Zimmer, um die zweiarmigen Leuchter zu holen, die dort standen. Die sieben Lichter brannten, und sie beide in ihrer mangelhaften Kleidung, er mit entblößter Brust, sie mit nacktem Halse und nackten Armen, die linke Schulter von Blut befleckt, sahen sich selbst nicht. Es hatte zwei Uhr geschlagen, aber weder der eine noch die andere war sich der Stunde bewußt, sie verbrachten die Nacht in diesem leidenschaftlichen Wissensdrange, ohne Verlangen nach Schlaf und vollständig entrückt ob Raum und Zeit. Das Gewitter, das am Horizonte gegenüber vor dem offenstehenden Fenster fortdauerte, wütete stärker.

Niemals hatte Clotilde bei Pascal solche fieberhaft brennende Augen gesehen. Er strengte sich seit einigen Wochen übermäßig an, seine moralischen Qualen und Aengste machten ihn zuweilen schroff trotz seiner so verträglichen Güte. Aber es schien, als ob eine unendliche Zärtlichkeit, gepaart mit brüderlichem Mitleid in seinem Innern lebendig würde in dem Augenblicke, wo er hinabtauchen wollte in die schmerzlichen Wahrheiten des Lebens; und es war etwas unendlich Nachsichtiges und Großes, daß er vor dem jungen Mädchen das entsetzliche Chaos der Thatsachen als etwas Unschuldiges hinstellen wollte. Er hatte den festen Willen dazu, er wollte alles sagen, da er alles sagen mußte, um alles zu heilen. War es denn nicht die verhängnisvolle Entwicklung, der beste Beweis, die Geschichte der Wesen, die sie so nahe berührten? Das Leben war nun einmal so, und man mußte es leben. Ohne

Zweifel würde sie daraus gestählt, erfüllt von Duldsamkeit und Mut, hervorgehen.

„Man hetzt Dich gegen mich auf," begann er
von neuem, „man veranlaßt Dich, Schandthaten zu
begehen, und es ist Dein Gewissen, das ich Dir
wiedergeben will. Wenn Du wissen wirst, dann
wirst Du urteilen und handeln. Komm näher heran
und lies mit mir!"

Sie gehorchte. Dennoch erschreckten sie diese
Akten, von denen ihre Großmutter mit so viel Zorn
sprach, ein wenig, während zu gleicher Zeit die Neu-
gier rege wurde und immer wuchs. Uebrigens beherrschte sie sich, nachdem sie durch die männliche
Ueberlegenheit bezwungen worden war, die sie soeben
umschlungen und fast zerdrückt hatte. Konnte sie es
denn nicht hören, konnte sie nicht mit ihm lesen?
Blieb ihr dann nicht immer noch das Recht, sich ab-
lehnend zu verhalten oder sich zu ergeben? Sie
wartete es ab.

„Also, willst Du?"

„Ja, Meister, ich will!"

Zuerst war es der Stammbaum der Rougon-
Macquarts, den er ihr zeigte. Er schloß ihn
für gewöhnlich nicht in den Schrank ein, sondern
bewahrte ihn in dem Sekretär in seinem Zimmer
auf, von wo er ihn mitgebracht, als er die Kande-
laber geholt hatte. Seit mehr als zwanzig Jahren
hielt er ihn im Laufenden, indem er die Geburten
und Todesfälle aufzeichnete, und die Heiraten, die wich-
tigsten Familienereignisse und alle die einzelnen Fälle

mit kurzen Bemerkungen versah nach seiner Ver-
erbungstheorie. Es war ein großes Blatt von gelbem
Papier, durch den Gebrauch zerknittert, auf welchem
sich, mit kräftigen Strichen entworfen, ein symbolischer
Baum erhob, dessen abstehende, verzweigte Aeste fünf
Reihen von großen Blättern hatten; und jedes Blatt
trug einen Namen und enthielt in feiner Schrift eine
Biographie, einen Vererbungsfall.

Die Freude des Gelehrten erfüllte den Doktor
beim Anblicke dieses Werkes von zwanzig Jahren, in
dem sich so genau und so vollständig aufgezeichnet die
von ihm aufgestellten Gesetze der Vererbung vorfanden.

„Sieh Dir es doch an, Töchterchen! Du weißt
schon lange genug davon, Du hast genug von meinen
Aufzeichnungen abgeschrieben, um es zu verstehen ...
Ist es nicht schön, ein solches Ganze, ein so sicheres
und so vollständiges Dokument, in dem sich auch
nicht eine einzige Lücke befindet? Man könnte es ein
am Schreibtische des Gelehrten ausgeklügeltes Ex-
periment nennen, ein auf einer Tafel gestelltes und
gelöstes Problem ... Du siehst, hier unten ist der
Stamm, der gemeinsame Ursprung, Tante Dide.
Dann gehen davon drei Zweige aus, der legitime
Pierre Rougon, und die beiden Bastarde, Ursule
Macquart und Antoine Macquart. Dann wachsen
die neuen Zweige heraus und verästeln sich auf der
einen Seite in Maxime, Clotilde und Victor, die
drei Kinder von Saccard, und in Angélique, die
Tochter von Sidonie Rougon; auf der andern Seite
in Pauline, die Tochter von Lisa Macquart, und in

Claude, Jacques, Etienne und Anna, die Kinder von
deren Schwester Gervaise. Da steht am Schlusse
noch Jean, der Bruder der beiden. Und hier in der
Mitte bemerkst Du das, was ich den Knoten
nenne, wo sich der legitime und der illegitime Zweig
vereinigen in Marthe Rougon und ihrem Vetter,
François Mouret, um drei neue Zweige hervorsprießen zu lassen, Octave, Serge und Désirée
Mouret; außerdem sind noch die Sprößlinge Ursules
und des Hutmachers Mouret da, Silvère, dessen
tragisches Ende Du kennst, dann Hélène und ihre
Tochter Jeanne. Endlich ganz dort oben befinden sich
die letzten Reiser, unser armer Charles, der Sohn Deines
Bruders Maxime, und zwei andere kleine Verstorbene,
Jacques-Louis, der Sohn von Claude Lantier, und
Louiset, der Sohn von Anna Coupeau ... Im
Ganzen fünf Generationen, ein menschlicher Baum,
der schon in fünf Frühjahren, in fünf Lenzen der
Menschheit Aeste hat hervorsprießen lassen durch die
treibende Kraft des unvergänglichen Lebens!"

Er wurde immer lebhafter und begann mit dem
Finger die einzelnen Fälle zu zeigen auf dem alten
vergilbten Papier wie auf einer anatomischen Tafel.

„Und ich wiederhole Dir, was alles hier zu finden
ist ... Sieh also, wie sich in der direkten Vererbung
die Eigenschaften der Mutter übertragen bei Silvère,
Lisa, Désirée, Jacques, Louiset und Du bei Dir selbst;
die des Vaters bei Sidonie, François, Gervaise, Octave,
Jacques-Louis. Dann sind da drei Fälle von Vermischung: durch die Verschmelzung bei Ursule, Anna,

Victor; durch die Verteilung bei Maxime, Serge,
Etienne; durch den Zusammenfluß bei Antoine, Eugène,
Claude. Außerdem habe ich noch einen vierten Fall
annehmen müssen, die gleichmäßige Vermischung bei
Pierre und Pauline. Und dann bieten sich auch
Varietäten dar, zum Beispiel geht oft der Charakter
der Mutter Hand in Hand mit der äußeren Aehnlichkeit des Vaters, oder es findet auch das Gegenteil statt, ebenso wie bei der Vermischung das
physische und moralische Uebergewicht einem oder
dem andern Faktor angehört je nach den Umstän-
den ... Dann ist hier die indirekte Vererbung, die
von den Seitenverwandten; ich habe davon nur ein
einziges wohl begründetes Beispiel: die frappante
physische Aehnlichkeit von Octave Mouret mit seinem
Oheim Eugène Rougon. Ich habe auch nur ein
Beispiel von der Vererbung durch Beeinflussung:
Anna, die Tochter von Gervaise und Coupeau, glich
auffallend, namentlich in ihrer Kindheit, dem ersten
Geliebten ihrer Mutter, gleich als ob er diese für
immer gezeichnet hätte ... Aber worin ich reich
bin, das sind die Fälle der zurückgreifenden Vererbung; drei der schönsten und treffendsten Beispiele
habe ich da: Marthe, Jeanne und Charles gleichen
der Tante Dide, die Aehnlichkeit hat in diesen Fällen
eine, zwei, drei Generationen übersprungen. Dieser
merkwürdige Vorfall ist sicherlich ganz exzeptionell,
denn ich glaube nicht an den Atavismus; es scheint
mir, daß die neuen, durch die Ehegatten, die Zufälle
und die unendliche Mannigfaltigkeit der Mischungen

hinzugebrachten Elemente sehr rasch die Charaktere
verwischen, in der Art, daß sie das Individuum
wieder zu dem allgemeinen Typus zurückführen ...
Es bleibt nun noch übrig das Angeborensein, Hélène,
Jean und Angélique. Das ist die Kombination,
die chemische Mischung, wo sich die physischen und
moralischen Charaktere der Eltern vereinigen, ohne
daß sich etwas von ihnen in dem neuen Wesen vor-
zufinden scheint."

Es trat eine Pause ein. Clotilde hatte ihm mit
der gespanntesten Aufmerksamkeit zugehört, da sie ihn
verstehen wollte. Und er war jetzt ganz von der
Sache erfüllt, seine Augen waren fortwährend auf den
Stammbaum gerichtet in dem lebhaften Verlangen,
sein Werk gerecht zu beurteilen. Dann fuhr er langsam zu reden fort, gleich als ob er mit sich selber
spräche:

„Ja, das ist so wissenschaftlich wie nur möglich
... Ich habe da nur die Mitglieder der Familie
eingetragen, ich hätte eigentlich auch den Ehegatten,
den Vätern und Müttern, die von außen hinzu-
gekommen sind, deren Blut sich mit dem unserigen
vermischt hat und die es seitdem geändert haben, den
gleichen Platz einräumen sollen. Ich hatte einen mathe-
matischen Stammbaum entworfen, bei dem der Vater
und die Mutter sich zur Hälfte dem Kinde vererbten,
von Generation zu Generation, in der Art, daß zum
Beispiel bei Charles der Teil der Tante Dide nur
ein Zwölftel wäre; das war aber Unsinn, da die
Aehnlichkeit in diesem Falle eine vollständige ist.

Ich habe es deshalb für genügend gehalten, die von anderswo hinzugekommenen Elemente anzugeben, indem ich den Heiraten Rechnung trug und dem neuen Faktor, den sie jedesmal einführten ... Ja, diese beginnenden Wissenschaften, diese Wissenschaften, wo die Hypothese stammelt und wo die Einbildungskraft Herrin ist, sie sind ebensosehr die Domäne der Dichter wie der Gelehrten! Die Dichter marschiren als Bahnbrecher in der Vorhut, und oft entdecken sie jungfräuliches Land und zeigen die kommenden Lösungen an. Es gibt da ein Grenzgebiet, das ihnen gehört, zwischen der schon errungenen definitiven Wahrheit und dem Unbekannten, von wo aus man die Wahrheit von morgen erreichen wird ... Welch ungeheures Freskogemälde könnte man von der Vererbung malen, welche gewaltige menschliche Komödie und Tragödie könnte man von der Vererbung schreiben, von der Vererbung, welche die eigentliche Entstehungsgeschichte der Familien, der Gesellschaften, der Welt selbst ist!"

Seine Augen waren leer geworden, er schien seinen Gedanken nachzugehen und sich in die Ferne zu verlieren. Aber mit einer plötzlichen Bewegung kehrte er zu den Akten zurück, warf den Stammbaum beiseite und sagte:

„Wir werden ihn sogleich wieder vornehmen; denn damit Du jetzt alles begreifst, ist es notwendig, daß sich die Ereignisse vor Dir abspielen, und daß Du sie bei der Handlung siehst, alle diese Schauspieler, die hier mit kurzen, alles Wissenswerte ent-

haltenden Noten beschrieben sind ... Ich werde Dir
die Akten nennen, und Du wirst mir ein Bündel
nach dem andern geben; ich werde Dir sie zeigen,
ich werde Dir erzählen, was ein jedes von ihnen
enthält, bevor wir es wieder dort hinauf in das
Fach legen.   Ich werde mich nicht an die alpha-
betische Reihenfolge halten, sondern dem Gange der
Ereignisse folgen.   Schon seit langem will ich diese
Anordnung treffen ... Vorwärts, suche die Namen
auf den Umschlägen! Zuerst Tante Dide!"

    In diesem Augenblicke traf ein Streifen des Ge-
witters, das den Horizont in Flammen setzte, die
Souleiade und entlud sich in einem vorsintflutlichen
Regen. Aber sie schlossen selbst da nicht das Fenster.
Sie hörten weder die Donnerschläge noch das Rau-
schen der Wasserflut, die sich auf das Dach ergoß.
Sie hatte ihm das Aktenbündel übergeben, das den
Namen der Tante Dide in großen Buchstaben trug.
Er zog daraus Papiere von allen Sorten hervor,
alte Aufzeichnungen, von ihm selbst geschrieben, und
begann sie ihr vorzulesen.

    „Gib mir Pierre Rougon! — Gib mir Ursule
Macquart! — Gib mir Antoine Macquart!"

    Stumm gehorchte sie immer, das Herz von Furcht
beklommen bei allem, was sie vernahm. Und alle
die Aktenbündel kamen der Reihe nach daran, ent-
falteten ihre Dokumente und wanderten dann in den
großen Schrank zurück, wo sie aufgestapelt wurden.

    Da waren zuerst die Alme, Adelaide Fouque,
das große, verwirrte Mädchen, der erste Nerven-

schaden, welcher den legitimen Sprößling, Pierre Rougon, und die beiden Bastarde, Ursule und Antoine Macquart, geboren hatte. Man übersah jene ganze bürger-
liche und blutige Tragödie, wie bei dem Staatsstreich
im Dezember 1851 die Rougons, Pierre und Felicité
in Plassans die Ordnung aufrecht erhielten und ihr
beginnendes Glück mit dem Blute Silvères besudelten,
während die alt gewordene Adelaide, die elende Tante
Dide, in Les Tulettes eingeschlossen wird wie eine ge-
spenstische Figur der Sühne und der Erwartung.
Dann wird der ganze Schwarm der Begierden, das
gebieterische Verlangen nach Macht losgelassen, bei
Eugène Rougon, dem großen Mann, dem Adler der
Familie, der in seinem Stolze höhnisch den gemeinen
Interessen den Rücken wandte, der die Gewalt wegen
der Gewalt liebte, mit den Abenteurern des kommenden Kaiserreichs Paris in alten Stiefeln eroberte,
aus dem gesetzgebenden Körper in den Senat empor-
stieg, nach dem Präsidentenstuhle des Staatsrates
einen Ministerposten inne hatte, eine Kreatur seiner
Anhänger, einer ganz verlumpten Bande, die ihn hielt
und an ihm zehrte; eine Zeit lang wurde er von einer
Frau beherrscht, der schönen Clorinde, nach der er ein
thörichtes Verlangen trug, aber trotz allem wirklich
kraftvoll und so sehr von dem glühenden Wunsch beseelt, der Herr zu sein, daß er, dank einer Verleug-
nung seines ganzen Lebens, die Macht wieder gewann
und der triumphirenden Herrlichkeit eines Vice-
kaisers entgegenschritt. Bei Aristide Saccard stürzte
sich die Begierde auf niedere Genüsse, auf das

Geld, die Weiber und den Luxus, ein Heißhunger
packte ihn, der ihn hinaustrieb bei dem Regime der
wilden Jagd, bei dem Sturm der gewagtesten Speku-
lationen, der durch die Stadt dahingebraust war,
die an allen Ecken und Enden angebohrt und aufs
neue aufgebaut würde, bei der Hochflut unverschämt
großer Vermögen, die in sechs Monaten erworben,
vergeudet und wieder erworben wurden. Sein
Durst nach Gold, die sich immer steigernde Trunkenheit hatten ihn dahin gebracht, seinen Namen
zu verkaufen, als kaum der Körper seiner Frau
Angèle kalt geworden war, um die ersten unent-
behrlichen hunderttausend Franken zu bekommen,
indem er Renée heiratete; diese Trunkenheit bewog
ihn dann später, im Augenblick einer Geldkrisis
den Ehebruch zu dulden, seine Augen zu verschließen
in Betreff der verbrecherischen Liebe zwischen seinem
Sohn Maxime und seiner zweiten Frau in dem
Festjubel von Paris. Und es war auch Saccard,
der einige Jahre später die enorme Millionenpresse
der Banque Universelle in Schwung brachte, der nie
besiegte Saccard, der immer höher steigende Saccard,
der sich aufgeschwungen zu einem geist- und mutvollen
großen Finanzier, der die grausame und zivilisa-
torische Rolle des Geldes sehr gut begriff, der an
der Börse Schlachten lieferte, gewann und verlor,
wie Napoleon bei Austerlitz und Waterloo, der während des Unglücks eine ganze Welt bedauernswerter
Menschen vernichtete, der seinen natürlichen Sohn
Victor in das Unbekannte des Verbrechens trieb, als

er verschwunden war, in dem Dunkel der Nächte dahin-
fliehend, während er selbst unter dem gefühllosen
Schutze der ungerechten Natur von der anbetungswürdigen Frau Karoline geliebt wurde, ohne Zweifel
zur Belohnung für all das Schlechte, was er gethan.
Da gab es auch eine edle, unberührte Liebe auf diesem Düngerhaufen; Sidonie Rougon, die Kupplerin
ihres Bruders Saccard, die Unterhändlerin bei Hun-
derten von unsauberen Geschichten, gebar von einem Unbekannten die reine, engelgleiche Angélique, die kleine
Stickerin mit den Feenhänden, die in das Gold der
Meßgewänder ihren Traum von dem reizenden
Prinzen stickte, die so weltentrückt unter ihren Genossen, den Heiligen, lebte und so wenig für die rauhe
Wirklichkeit geschaffen war, daß ihr die Gnade zu
teil wurde, an der Liebe zu sterben an ihrem Hoch-
zeitstag unter dem ersten Kusse von Felicien de
Hautecoeur und dem Läuten der Glocken, die ihre
königliche Hochzeit verkündeten. Dann fand die
Verknüpfung der beiden Zweige, des legitimen und
des illegitimen, statt; Marthe Rougon heiratete ihren
Vetter François Mouret, es gab eine friedliche Ehe, die
aber langsam auseinanderging und bei der es schließlich zu schlimmen Katastrophen kam; sie war eine
sanfte, traurige Frau, mitgenommen, abgenutzt und
aufgerieben durch die langwierigen Kämpfe um die
Eroberung einer Stadt; ihre drei Kinder wurden
ihr entrissen, sie läßt sogar ihr Herz unter der
rohen Faust des Abbé Faujas, und die Rougons
retteten zum zweitenmale Plassans, während sie

im Sterben lag bei dem Scheine einer Feuersbrunst, in deren Flammen ihr Gatte, rasend vor
lange verhaltener Wut und Racheburst, umkam mit
dem Abbé. Von ihren drei Kindern war Octave
Mouret, der kühne Eroberer mit scharfem Verstande,
entschlossen, durch die Frauen die Herrschaft von
Paris zu erlangen, der mitten hinein in die verdorbene
Bourgeoisie geriet, dort eine schreckliche, verderbliche
Erziehung genoß und von der launenhaften Abweisung
der einen zur sanften Hingebung der andern tau-
melte. Bis auf die Hefe die Unannehmlichkeiten des Ehe-
bruches auskostend, blieb er aber dennoch glücklicherweise
immer ein thätiger Arbeiter und Kämpfer, allmälich
etwas abgenützt, trotz allem jedoch groß außerhalb
der niedern Sphäre dieser verkommenen Welt, deren
Krachen man vernahm. Und der siegreiche Octave
Mouret schuf eine vollständige Umwälzung des Groß-
handels, vernichtete die kleinen Geschäfte des alten
Gewerbes und errichtete mitten in dem fieberhaft er-
regten Paris den großen Palast der Versuchung, der
in Lichterglanz erstrahlte, überreich ausgestattet mit
Sammet, Seide und Spitzen; er gewann ein könig-
liches Vermögen durch Ausbeutung der Frauen und
lebte in der lächelnden Verachtung des Weibes bis zu
dem Tage, an dem ihm eine Rächerin in der kleinen,
sehr einfachen und sehr klugen Denise erstand, die ihn
zähmte und ihn zu ihren Füßen in verliebter Sehnsucht
schmachten ließ, so lange sie, die Arme, nicht die
Gnade hatte, ihn, der inmitten der Apotheose seines

Louvre unter dem Goldregen der Einnahmen stand,
zu heiraten. Es blieben noch die beiden anderen
Kinder übrig, Serge Mouret und Desirée Mouret,
diese unschuldig und gesund wie ein junges, glückliches Tier, er, aufgeklärt und mystisch, durch den
Zufall nervöser Veranlagung zum Priesterstande hin-
geleitet, wiederholte er die Geschichte Adams in dem
sagenhaften Paradou und wurde gleichsam wieder
geboren, um Albine zu lieben, sie zu besitzen und
zu verderben am Busen der großen, mitschuldigen
Natur; dann von der Kirche wieder angezogen,
der ewige Krieg mit dem Leben, kämpfte er für den
Tod seines Geschlechts und warf auf den Körper
der toten Albine als Priester die Handvoll Erde zur
nämlichen Stunde, da Desirée, die schwesterliche
Freundin der Tiere, vor Freude jubelte über die
reiche Fruchtbarkeit ihres Hühnerhofes. Dann weiter
eröffnete sich ein Ausblick auf ein friedliches und
tragisches Dasein: Hélène Mouret lebte friedlich
mit ihrer kleinen Tochter Jeanne auf den Höhen
von Passy, die Paris beherrschen, einen menschlichen
Ozean ohne Grenze und ohne Grund. Im Angesichte desselben spielte sich jene Liebestragödie ab,
das leidenschaftliche Entflammen Hélènens für einen
vorübergehend anwesenden Arzt, den der Zufall bei
Nacht an das Krankenbett ihrer Tochter führte;
krankhafte Eifersucht ergriff Jeanne, eine instinktive
Liebeseifersucht, die ihrer Mutter die Liebe streitig
machte und schon so von diesem Leiden zerstört war,
daß sie daran starb, der schreckliche Preis für eine

Stunde des Verlangens in einem ganzen vernünftigen
Leben! Die arme, liebe, kleine Verstorbene liegt
allein dort oben unter den Cypressen des schweig-
samen Friedhofs vor dem ewigen Paris. Mit Lisa
Macquart begann der illegitime Zweig, in ihr frisch
und kräftig, das Glück eines gesunden Körpers zei-
gend, wenn sie, in weißer Schürze, auf der Schwelle
ihres Fleischerladens stehend, zu den Zentralmarkt-
hallen hinüber lachte, wo ein hungerndes Volk murrte:
der hundertjährige Kampf der Fetten und der Ma-
geren; der magere Florent, ihr Schwager, wurde verwünscht und umzingelt von den dicken Fischweibern
und den anderen dicken Händlerinnen, und sie selbst,
die dicke Fleischersfrau, von einer unbeugsamen
Rechtlichkeit, aber mitleidslos, ließ ihn als bann-
brüchigen Republikaner festnehmen, überzeugt, daß
sie im Interesse aller ehrlichen Leute handelte. Von
dieser Mutter wurde das gesündeste und natür-
lichste aller Mädchen geboren, Pauline Quenu, die
maßvolle und kluge Jungfrau, die das Leben
kannte und es annahm, so, wie es war. In ihrer
Nächstenliebe ging sie sogar so weit, daß sie, trotz
des energischen Widerstrebens ihrer fruchtbaren Reife,
einer Freundin ihren Verlobten Lazare überließ,
später das Kind der getrennten Ehe rettete und
dessen wirkliche Mutter wurde. Sie hatte sich immer
aufgeopfert zu ihrem eigenen Schaden und war doch
glücklich und heiter in ihrer monotonen Abgeschieden-
heit, im Angesicht des erhabenen Meeres, inmitten
einer ganz kleinen Welt von Leidenden, die laut

über ihre Schmerzen jammerten und nicht sterben
wollten.

Dann kam Gervaise Macquart mit ihren
vier Kindern daran, die hinkende Gervaise, die
lustige Arbeiterin, die ihr Liebhaber Lantier einst
hinaus auf die Straße jagte, wo sie die Be-
kanntschaft des Zinngießers Coupeau machte, eines
guten Arbeiters, der kein Kneipbruder war und
den sie heiratete. In der ersten Zeit war sie
sehr glücklich; drei Arbeiterinnen beschäftigte sie in
ihrem Waschgeschäfte. Dann aber geriet sie mit
ihrem Manne zusammen auf eine schiefe Ebene, er,
indem er sich nach und nach dem Schnapstrinken
ergab, das ihn bis zum Delirium und zum Tode
führte; sie selbst, indem sie sittlich verkam, faul und
durch die Rückkehr Lantiers noch vollends zu Grunde
gerichtet wurde, inmitten der stillen Schande einer
Haushaltung zu dreien; sie wurde das beklagenswerte
Opfer des an ihrem Falle mitschuldigen Elends, das
sie endlich eines Abends tötete, da sie nichts zu essen
hatte. Ihr ältester Sohn hatte das verhängnisvolle
Genie eines großen, aus dem Gleichgewichte gekommenen Malers. Er verzehrte sich in ohnmächtiger
Wut darüber, daß seine ungehorsamen Finger das
Meisterwerk, welches er in sich fühlte, nicht ans
Tageslicht fördern konnten. Ein gewaltiger Streiter,
wurde er immer geschlagen, ein Märtyrer eines
Werkes, der das Weib anbetete und seine Frau
Christine, die ihn so liebte und die auch er eine
kurze Zeit liebte, der ungeschaffenen Frau opferte,

die er einer Göttin gleich vor sich sah und die sein
Pinsel doch nicht in ihrer gebieterischen Nacktheit fest=
halten konnte, erfüllt von der verzehrenden Leiden=
schaft, diesem Phantasiegebilde Gestalt zu geben, von
dem unersättlichen Verlangen, es zu schaffen. Und da
er diesen Drang nicht befriedigen konnte, packte ihn
eine so entsetzliche Schwermut, daß er sich schließlich
erhängte. Jacques brachte den Hang zum Verbrechen
als Erbfehler mit, der sich in einem unlöschlichen Durst
nach Blut zu erkennen gab, nach frischem, jungem
Blute aus der abgeschnittenen Kehle einer Frau, der
ersten besten, die auf der Straße vorüberging. Er
kämpfte gegen dieses fürchterliche Uebel, aber es er=
griff ihn wieder im Verlaufe seines Liebesverhältnisses
mit der weichen, sinnlichen Sévérine, die selbst in dem
unaufhörlichen Schauer einer tragischen Mordgeschichte
lebte. Und eines Abends erdolchte er sie, rasend gemacht
von dem Anblicke ihres weißen Busens, und es war,
als ob diese tierische Raserei zwischen den Eisenbahn=
zügen mit weiter eilte, die in großer Geschwindigkeit
dahinsausten unter dem Gepolter der Maschinen. Und
er stieg auf seine Lieblingsmaschine, die ihn eines
Tages zermalmte, als sie führerlos und wie rasend
dem unbekannten Verderben entgegenfuhr. Etienne
seinerseits, gehetzt, verdorben, kam in einer eisigen
Märznacht in das schwarze Land; er stieg hinab in die
gefräßige Grube, liebte die trauernde Katharine, die
ihm ein brutaler Mensch raubte, lebte mit den Gruben=
arbeitern ihr düsteres, erbärmliches Leben bis zu dem
Tage, an welchem der Hunger einen Aufstand wach=

rief und die heulende Masse der Elenden, die nach
Brot schrie, über das öde Gefilde dahinführte, einen
durch Feuer und Verwüstung gekennzeichneten Weg,
den drohenden Soldaten entgegen, deren Gewehre
gleichsam von selber losgingen. Es war eine schreck=
liche Erschütterung, eine entsetzliche Umwälzung, die
das Ende einer Welt anzeigte; das Blut der Maheu
fordert Rache, die ihr später werden sollte; Alzire
war vor Hunger gestorben, Maheu durch eine Kugel
getötet worden und Zacharias durch schlagende Wetter,
die Katharine im Schachte begruben; und nur allein
Maheus Frau kam mit dem Leben davon. Sie beweinte
ihre Toten und stieg wieder hinab in die Grube, um
ihre dreißig Sous zu verdienen, während Etienne, der
Anführer der geschlagenen Bande, heimgesucht von
Ahnungen einer zukünftigen Wiedervergeltung, an
einem lauen Aprilmorgen sich davonmachte, da er das
stumme Drängen der neuen Welt vernahm, deren Em=
porkeimen bald die Erde spalten würde. Dann kam
Nana; sie wurde die Rächerin, das in den Kot
der Straße gestoßene Mädchen, die Goldfliege, die
aufgeflogen war aus dem Schmutz der geduldeten und
verheimlichten Gemeinheit; auf den Schwingen ihrer
Flügel brachte sie mit sich den Keim der Vernich=
tung, indem sie sich aufschwang und die Aristokratie
in Fäulnis brachte, die Menschen vergiftete durch
nichts weiter, als daß sie sich auf sie setzte im
Innern der Paläste, in die sie durch die Fenster
eindrang, ein ganz unbewußtes Zerstörungs= und
Vernichtungswerk ausführend. Ihr Werk ist der

wahnwitzige Anfall von Vandeuvres, die Melancholie
Foucarmonts bei seiner Fahrt durch die chinesischen
Meere, das Unglück Steiners, der zu einem ehrbaren
Leben gezwungen zurückkehrte, die befriedigte Narrheit
von La Faloise und der tragische Untergang der
Muffat. Und als ihr Opfer lag da der weiße Leich-
nam von Georges, bewacht von Philipp, der tags
zuvor aus dem Gefängnis gekommen war; es lag
eine solche Ansteckung in der verpesteten Luft dieser
Zeit, daß sie selbst davon ergriffen wurde und an
den Kinderpocken starb, die sie sich am Totenbette
ihres Sohnes Louiset geholt hatte, während unter
ihren Fenstern Paris, trunken und von der Tollheit des Krieges ergriffen, lärmte und tobte und
dem allgemeinen Zusammenbruche zustürzte.   Da
war endlich Jean Macquart, der Arbeiter und der
wieder Bauer gewordene Soldat im Kampfe mit der
harten Erde, die sich jedes Getreidekorn mit einem
Tropfen Schweiß bezahlen ließ, vor allem aber im
Streite mit der Landbevölkerung, die eine rohe Gier,
die lange und schwierige Bearbeitung des Bodens
ohne Aufhören zu dem wütenden Verlangen nach
Besitz anreizte; die alten Fouans traten ihre Felder
ab, als gäben sie ihr eigenes Fleisch her; die verzweifelten Buteaus gingen bis zum Vatermorde,
um die Erbschaft eines Kleefeldes zu beschleunigen;
die eigensinnige Françoise kam durch einen heim-
tückischen Stoß ums Leben, ohne zu sprechen,
da sie nicht wollte, daß auch nur ein Erbkloß
der Familie entginge: jenes ganze Drama der

Einfachen und der Naturmenschen, die sich kaum
aus dem alten wilden Zustande herausgearbeitet
hatten, der ganze menschliche Schmutzflecken auf der
großen Erde, die allein die Unsterbliche bleibt, die
Mutter, von der man ausgeht und zu der man
zurückkehrt, sie, die man liebt bis zum Verbrechen, die
fortwährend das Leben für ihren unbekannten Zweck
erneuert, selbst unter dem Elend und der Schlechtig-
keit der Wesen. Und es war wiederum Jean, der, nachdem er Witwer geworden und sich bei den ersten
Kriegsgerüchten wieder hatte anwerben lassen, die
unerschöpflichen Hilfsmittel, den Fonds ewiger Ver-
jüngung, den die Erde aufbewahrt, mitbrachte — Jean,
der niedrigste, der standhafteste Soldat des großen
Zusammenbruchs, mit fortgerissen von der Grenze
bis nach Sedan von dem schrecklichen und verhäng-
nisvollen Sturm, der das Vaterland hinwegzu-
fegen drohte, indem er das Kaiserreich ins Schwanken
brachte; es war Jean, der, immer klug, besonnen und
unerschütterlich in seiner Hoffnung, mit brüderlicher
Zärtlichkeit seinen Kameraden Maurice liebte,
den verdorbenen Sohn der Bourgeoisie, das
zur Sühne bestimmte Opfer, der blutige Thränen
weinte, als das unerbittliche Geschick ihn dazu aus-
wählte, dieses untaugliche Glied zu vernichten;
der dann, nachdem alles zu Ende war, nach den fortwährend en Niederlagen, nach dem abscheulichen Bürger-
kriege, nachdem die Provinzen verloren und die Milliarden zu bezahlen waren, sich trotz alledem wieder
anschickte, zur Scholle zurückzukehren, die seiner

harrte, zu der großen und schweren Arbeit, ein
ganzes Frankreich wieder herzustellen. —

Pascal schwieg still. Clotilde hatte ihm alle
Aktenstücke, eins nach dem andern, gereicht, und er
hatte sie durchgeblättert, ihren Inhalt kurz angegeben,
sie dann wieder eingeordnet und in das Fach oben
in dem Schranke zurückgestellt; er war ganz außer
Atem und erschöpft von dem gewaltigen Zuge, der
durch diese lebende Menschheit hindurchging, während
das junge Mädchen sprachlos und bewegungslos in
dem betäubenden Tosen dieses die Ufer überschäumen-
den Lebensstromes immer zuhörte, unfähig einer Ueberlegung und eines Urteils. Das Unwetter fuhr fort,
das finstere Land mit seinem endlos herabströmenden,
vorsintflutlichen Regen zu peitschen. Ein Blitz- und
Donnerschlag zerschmetterte soeben einen Baum in
der Nachbarschaft mit einem fürchterlichen Krachen.
Die Kerzen flackerten ängstlich auf in dem durch
das offene Fenster hereinwehenden Windzuge.

„Ah!" begann er von neuem, indem er mit einer
Handbewegung auf die Aktenbündel zeigte, „das ist
eine Welt! Eine Gesellschaft und eine Zivilisation,
und das ganze Leben ist darin enthalten mit allen
seinen guten und schlechten Offenbarungen, wie in
dem Feuer und der Arbeit einer Schmiede, die
alles verarbeitet, das ganze Leben, das alles in
sich schließt . . . Ja, unsere Familie könnte
heute der Wissenschaft als Beispiel genügen, deren
Hoffnung es ist, eines Tages die Gesetze der
nervösen und sanguinischen Vorfälle festzustellen,

die in einem Geschlechte infolge einer ersten
organischen Beschädigung sich zeigen und die die
Empfindungen, die Wünsche, die Leidenschaften, alle
menschlichen Aeußerungen, die natürlichen und instinktiven, bei jedem einzelnen der Individuen dieses
Geschlechts bestimmen, deren Erzeugnisse die Namen
von Tugenden und Lastern annehmen. Und sie ist
auch ein geschichtliches Dokument, sie erzählt von dem
zweiten Kaiserreich, von dem Staatsstreich an bis
zur Katastrophe von Sedan, denn die Unsrigen sind
aus dem Volke hervorgegangen, sie haben sich ausgebreitet durch die ganze zeitgenössische Gesellschaft,
sie sind in alle Verhältnisse eingedrungen, in alle
Lagen gekommen, hingerissen von ihren überschäu-
menden Begierden, von jenem wesentlich modernen
Drange, jenem Peitschenschlage, der die niederen
Klassen zum Genusse treibt auf dem Wege durch die
Gesellschaft ... Die Anfänge, von denen ich Dir
erzählt habe, sind ausgegangen von Plassans; und
wir sind hier noch in Plassans, auf dem Ausgangs-
punkte."

Er schwieg von neuem, er versank in träumerisches
Nachsinnen, das ihn verstummen ließ.

Welch entsetzliche Masse war da aufgewühlt, welche
lustigen und welche schrecklichen Abenteuer, welche
Freuden, welche Leiden dem Papiere anvertraut in
dieser kolossalen Sammlung von Thatsachen ... Das
war reine Geschichte, das auf Blut gegründete Kaiser-
tum, welches zuerst mit Gewalt und List sich Ansehen
verschaffte und die aufrührerischen Städte eroberte,

dann aber einer langsamen Zerrüttung zuglitt und
im Blute unterging, in einem solchen Meer von
Blute, daß die ganze Nation davon überschwemmt
werden mußte ... Da gab es soziale Studien, den
Groß- und Kleinhandel, die Prostitution, das Verbrechen, die Erde, das Geld, die Bourgeoisie, das
Volk, dasjenige, das sich in der Kloake der Vorstädte
herumwälzte, und dasjenige, das in den großen in-
dustriellen Zentren revoltirte, jene gewaltige, wachsende Menge des souveränen Sozialismus, der Haupt-
teil der Kinder des neuen Jahrhunderts ... Da
waren einfache menschliche Studien, intime Seiten,
Liebesgeschichten, der Streit der Vernunft und der
Herzen gegen die ungerechte Natur, die Vernichtung
derjenigen, die unter ihrer zu schweren Arbeit auf-
schrieen, der Schrei der Gutherzigkeit, die sich auf-
opfert, siegend über den Schmerz. Es war da auch
Phantasie, die Einbildung, die über die Wirklichkeit
hinausflog, ungeheure Gärten, die zu jeder Jahres-
zeit in Blüte standen, Kathedralen, bis in die feinsten
Spitzen kostbar ausgearbeitet, wunderbare Märchen,
dem Paradiese entsprossen, ideale Liebe, die in einem
Kusse wieder zum Himmel aufstieg ... Es war von
allem da, von dem Ausgezeichneten und von dem
Schlechtesten, von dem Gemeinen und von dem Erhabenen, es waren die Blumen da, der Schmutz, das
Seufzen und das Lachen, selbst der ohne Ende dahin-
rauschende Strom des Lebens, die Menschlichkeit!

Und er nahm wieder den Stammbaum zur Hand,
der allein auf dem Tische liegen geblieben war,

breitete ihn aus und begann wieder, ihn mit dem
Finger zu durchlaufen, indem er jetzt die Glieder der
Familie aufzählte, die noch am Leben waren. Eugène
Rougon, die gefallene Größe, blieb in der Kammer
der Zeuge, der kaltblütige Verteidiger der alten Welt,
die der Zusammenbruch mit sich gerissen hatte. Aristide Saccard kam, nachdem er einen neuen Menschen
angezogen hatte, wieder auf seine republikanischen
Sprünge als Direktor eines großen Journals und
war im besten Zuge, neue Millionen zu gewinnen,
während sein natürlicher Sohn Viktor nicht wieder
zum Vorschein gekommen war; er lebte im Schatten
des Verbrechens, da er nicht im Bagno war, von
der Welt gehetzt, für die ihn erwartende Zukunft,
den Schrecken des Schaffots, ebenso wie ein wildes,
von erblichem Gifte schäumendes Tier, welches das
Uebel mit jedem seiner Bisse vergrößern muß. Sidonie Rougon, die lange Zeit verschwunden war,
stand jetzt, müde der schmutzigen Geschäfte, im Begriff, eine strenge, klösterliche Lebensweise zu führen
und sich in eine Art Kloster zurückzuziehen als Schaff-
nerin des „Oeuvre du Sacrement", um gefallenen
Mädchen zu einer Heirat zu verhelfen. Octave
Mouret, der Besitzer des großen Warenhauses „Au
Bonheur des Dames", dessen kolossales Vermögen
sich immer noch vergrößerte, hatte gegen Ende des
Winters ein zweites Kind von seiner Frau Denise
Baudu, die er anbetete, geschenkt bekommen, obgleich
er wieder anfing, ein wenig lieberlich zu werden.
Der Abbé Mouret, Pfarrer zu Saint-Europe, in

einer abgelegenen, sumpfigen Gebirgsschlucht, hatte
sich mit seiner Schwester Desirée ganz von der Welt
zurückgezogen in große Dürftigkeit; er schlug jede
ihm von seinem Bischofe zugedachte Beförderung aus,
erwartete den Tod als frommer Mann, der alle
Heilmittel zurückwies, obgleich er schon an der
Schwindsucht litt. Hélène Mouret lebte sehr glücklich
in tiefer Zurückgezogenheit mit ihrem zweiten Gatten,
Herrn Rambaud, auf dem kleinen Landgute, das
sie in der Nähe von Marseille am Strande des
Meeres besaßen. Sie hatte aus ihrer zweiten Ehe
keine Kinder. Pauline Quenu war immer in Bonne-
ville, am andern Ende von Frankreich, im Angesichte
des weiten Weltmeeres, für alle Zukunft allein mit
dem kleinen Paul seit dem Tode des Onkels Chan-
teau, fest entschlossen, sich nicht zu verheiraten, sich
ganz dem Sohne ihres Vetters Lazare zu widmen,
der Witwer geworden und nach Amerika gegangen
war, um sich ein Vermögen zu erwerben. Etienne
Lantier hatte sich seit seiner Rückkehr nach Paris
nach dem Streike in Montsou später bei dem Auf-
stande der Kommune, deren Ideen er mit Feuer verteidigte, kompromittirt. Man hatte ihn zum Tode
verurteilt und dann begnadigt und deportirt, so daß
er sich jetzt in Noumea befand; man erzählte sich
sogar, daß er sich dort sogleich verheiratet und schon
ein Kind hätte, ohne daß man genau dessen Geschlecht
angeben konnte. Endlich war Jean Macquart, nach
der blutigen Woche entlassen, zurückgekehrt, um sich
in der Nähe von Plassans niederzulassen, in Val-

queyras, wo er das Glück gehabt hatte, ein kräftiges Mädchen zur Frau zu bekommen, Melanie Vial, die einzige
Tochter eines wohlhabenden Bauern, dem er das Land
erträglich machte, und seine Frau, schwanger seit der
Hochzeitsnacht, war im Mai mit einem Knaben nieder-
gekommen und seit zwei Monaten schon wieder
schwanger, einer jener Fälle von überreicher Fruchtbarkeit, die den Müttern nicht Zeit läßt, ihre Kleinen
zu stillen.

„Gewiß, ja," begann er von neuem mit leiser
Stimme zu sprechen, „die Geschlechter entarten. Es
ist eine Entkräftung, eine schnelle Verschlechterung
eingetreten, als wenn die Unsrigen in ihrer wütenden
Genußsucht, in der gierigen Befriedigung ihrer Begierden zu rasch aufgezehrt worden wären. Louiset
starb in der Wiege, der halb blödsinnige Jacques-
Louis wurde von einer Nervenkrankheit dahingerafft;
Viktor ist in den wilden Zustand zurückgekehrt und
hält sich, wer weiß wo, verborgen; und unser armer
Charles ist so schön und so schwächlich: das sind die
letzten Zweige des Baumes, die letzten schwachen
Triebe, in die der kräftige Saft der dicken Aeste,
wie es scheint, nicht hat emporsteigen können. Der
Wurm war in dem Stamm, er sitzt jetzt in der Frucht
und frißt sie auf ... Aber man muß niemals ver-
zweifeln, die Familien sind das ewige Werden. Sie
verlieren sich über den gemeinschaftlichen Ahnherrn
hinaus in die unergründlichen Uranfänge der Geschlechter, die gelebt haben, bis hinab zu dem ersten
Menschen; und sie werden ohne Ende sich fortpflanzen,

sie werden sich ausbreiten, sie werden sich in das Unendliche verzweigen durch die kommenden Jahrhunderte hindurch ... Betrachte unsern Stammbaum! Er zählt nur fünf Generationen; er hat nicht einmal die Bedeutung eines Grashälmchens in dem kolossalen und dunklen menschlichen Walde, in welchem die Völker die großen, hundertjährigen Eichen sind. Denke nur an seine gewaltigen Wurzeln, die den ganzen Boden durchziehen, denke an das fortwährende Wachsen seiner großen Blätter, die sich mit anderen Blättern mischen, denke an das unaufhörlich unter dem urewigen, befruchtenden Wehen des Lebens auf- und abwogende Gipfelmeer ... Nun, die Hoffnung ist da, sie beruht auf der täglichen Wiederherstellung des Geschlechtes durch das neue Blut, das von außerhalb kommt. Jede Heirat bringt neue Urstoffe mit, gute und schlechte, die es trotz allem bewirken, daß die sicher eintretende und fortschreitende Entartung verhindert wird. Die Risse werden wieder ausgefüllt, die Flecken wieder ausgewischt; ein verhängnisvolles Gleichmaß stellt sich wieder her am Schlusse einiger Generationen, und das ist der Durchschnittsmensch, welcher schließlich immer herauskommt, die allgemeine menschliche Natur, hartnäckig bei ihrer mühereichen, geheimnisvollen Arbeit auf ihrem Wege nach ihrem unbekannten Ziele hin."

Er hielt inne und seufzte tief auf.

„Ah! Unsere Familie! Was wird sie werden, auf welche Wesen wird sie wohl endlich hinauskommen?"

Und er fuhr fort und kam jetzt, indem er nicht
mehr auf die Ueberlebenden, die er genannt hatte,
rechnete, nachdem er sie klassifizirt hatte und so genau
wußte, wessen sie fähig waren, mit lebhaftem Interesse auf die Kinder zu sprechen, die noch im zartesten Alter standen. Er hatte an einen Kollegen in
Noumea geschrieben, um genaue Auskunft über die
Frau zu erhalten, die Etienne geheiratet, und über
das Kind, das diese geboren haben sollte; aber er
erhielt keine Antwort und fürchtete daher sehr, daß
der Stammbaum nach dieser Seite hin unvollständig
bleiben würde. Mehr hatte er in Betreff der beiden
Kinder von Octave Mouret, mit dem er in Briefwechsel stand, in seinen Aufzeichnungen niedergelegt:
das kleine Mädchen war schwächlich und ein Sorgen-
kind, während der kleine Junge, der seiner Mutter
sehr ähnlich sah, ein schönes Gleichmaß und eine
kräftige Gesundheit hatte. Seine größte Hoffnung
setzte er übrigens in die Kinder von Jean, von denen
das erstgeborene ein prächtiger Knabe war, bei dem
man den ganzen jungen Lenz verspürte, all die frische
Lebenskraft der Geschlechter, die sich durch die Erde
stählen. Er begab sich zuweilen nach Valqueyras und
kehrte jedesmal glücklich von diesem fruchtbaren Erden-
winkel zurück, von dem ruhigen und vernünftigen Vater,
der immer bei seinem Pfluge war, und der heiteren und
einfachen Mutter mit den breiten Hüften, fähig, eine
Welt zu tragen. Wer wußte, wo hinaus noch dieser
gesunde Zweig treiben würde? Vielleicht entsproßten
da die erwarteten Weisen und Mächtigen. Das

Schlimmſte für die Schönheit ſeines Stammbaums war, daß dieſe Knaben und Mädchen noch ſo klein waren und daß er ſie deswegen noch nicht in be- ſtimmte Klaſſen einordnen konnte. Und ſeine Stimme wurde weich bei der Erwähnung dieſer Hoffnung für die Zukunft, bei der Erwähnung dieſer kleinen Blond- köpfe in dem uneingeſtandenen Bedauern ſeiner eigenen Eheloſigkeit.

Er betrachtete immer den vor ihm ausgebreiteten Stammbaum und rief:

„Und dennoch iſt er vollſtändig, iſt er entſchei- dend! Sieh ihn Dir nur genau an! Ich wiederhole Dir, daß alle Vererbungsfälle darin anzutreffen ſind. Ich habe meine Theorie nur, um ſie zu bekräftigen, auf der Geſamtheit der Thatſachen aufzubauen ge- habt ... Und was ſchließlich das Wunderbarſte iſt, iſt das, was man da mit dem Finger zeigen kann, wie die Weſen, die dem gleichen Geſchlecht ent- ſtammen, ſo von Grund aus verſchieden erſcheinen können, bloß dadurch, daß ſie die logiſchen Modifi- kationen der gemeinſchaftlichen Vorfahren ſind. Der Stamm erklärt die Zweige, die wiederum die Blätter erklären. Bei Deinem Vater Saccard wie bei Deinem Onkel Eugène Rougon, ſo entgegengeſetzt auch ihr Temperament und ihr Lebenswandel iſt, iſt es doch der gleiche Trieb, der die ausſchweifenden Be- gierden des einen und den ſouveränen Ehrgeiz des an- dern geſchaffen hat. Angélique, die reine Lilie, wird von der verdorbenen Sidonie geboren. Die drei Kinder der Mourets werden von dem nämlichen Zuge getrieben, der aus dem klugen Octave einen millionenreichen Modewarenhändler gemacht hat, aus dem gläubigen Serge einen armen Landpfarrer und aus der schwachsinnigen Desirée ein schönes, glückliches Mädchen. Aber das Beispiel ist noch viel treffender bei den Kindern der Gervaise: das Nervenleiden ist verschwunden, und Nana verkauft sich, Etienne revoltirt, Jacques mordet und Claude hat Talent, während Pauline, ihre leibliche Cousine, die sieghafte Ehrbarkeit selbst ist, die kämpft und sich opfert ... Das ist die Vererbung, das Leben selbst, welches Schwachsinnige, Narren, Verbrecher und bedeutende Menschen richtig verteilt. Zellen verkümmern, andere nehmen ihren Platz ein, und man hat einen Schurken oder einen tobsüchtigen Narren an Stelle eines talentvollen oder eines einfachen, ehrbaren Menschen. Und die Menschheit rollt weiter, alles mit sich führend."

Dann fuhr er, von einem neuen Gedanken ergriffen, fort:

„Und die Tierwelt, das Tier, welches leidet und liebt, das wie ein schwacher Abklatsch des Menschen ist, jene ganze brüderliche Tierwelt, die von unserem Leben lebt! Ja, ich hätte gewünscht, ich hätte die Tierwelt in die Arche setzen können, ich hätte ihr ihren Platz unter unserer Familie anweisen können und hätte sie zeigen können in ununterbrochener Verbindung mit uns, unser Dasein vervollständigend. Ich habe Katzen gekannt, deren Anwesenheit den geheimnisvollen Zauber des Hauses bildete, Hunde, die man anbetete, deren Tod beweint wurde

und im Herzen eine unstillbare Trauer zurückließ.
Ich habe Ziegen, Kühe, Esel gekannt von einer außerordentlichen Wichtigkeit, die eine solche Rolle gespielt
haben, daß man ihre Geschichte schreiben sollte ...
Und denke nur daran, was uns unser Bonhomme
ist, unser armes altes Pferd, das uns während eines
Vierteljahrhunderts gedient hat! Glaubst Du nicht,
daß sich seinem Blute von dem unserigen etwas mitgeteilt hat und daß er für die Zukunft zur Familie
gehört? Wir haben ihn modifiziert, ebenso wie auch
er ein wenig auf uns eingewirkt hat; wir sind ja
schließlich nach demselben Bilde gemacht; und das
ist so wahr, daß ich ihn, wenn ich ihn jetzt halb blind,
mit blödem Auge, mit seinen vom Rheumatismus
gekrümmten Beinen sehe, umarme und küsse wie einen
armen alten Verwandten, der meiner Pflege anheim-
gefallen ist ... Ah! die Tierwelt, alles, was sich
mühsam dahinschleppt und sich beklagt, unterhalb des
Menschen, welche Stellung müßte man, durchdrungen
von unendlichem Mitgefühl, ihm in der Geschichte
des Lebens einräumen!"

Das war der letzte Ausruf, in dem Pascal den begeisterten Ausdruck seiner zärtlichen Liebe für das Sein
kund gab. Er war nach und nach in heftige Erregung
geraten und dabei zu seinem Glaubensbekenntnis gekommen, zu der stetigen und siegreichen Arbeit der
lebenden Natur. Und Clotilde, die bis dahin gar nichts
gesprochen hatte und totenbleich geworden war bei
der erschreckenden Menge der auf sie einstürmenden
Thatsachen, öffnete endlich die Lippen, um zu fragen:

„Nun, Meister, was steht denn von mir da
drinnen?"

Sie hatte einen ihrer schlanken Finger auf das
Blatt des Stammbaums gelegt, in dem sie ihren
Namen eingeschrieben sah. Er hatte dieses Blatt
immer übergangen. Sie bestand jedoch darauf, es zu
erfahren.

„Ja, ich, was bin ich denn? Warum hast Du
mir die mich betreffenden Akten nicht vorgelesen?"

Einen Augenblick blieb er stumm, als wäre er
überrascht von dieser Frage.

„Warum? Wegen gar nichts ... Es ist wahr,
ich brauche Dir nichts zu verheimlichen ... Du siehst,
was hier geschrieben steht: ‚Clotilde, geboren im Jahre
1847. Wahl der Mutter. Zurückgreifende Vererbung
mit dem moralischen und physischen Vorwiegen ihres
Großvaters mütterlicherseits ... Nichts ist klarer.
Deine Mutter hat ihn in Dich übertragen. Du hast
ihren guten Appetit und Du hast viel von ihrer
Koketterie, manchmal auch von ihrer Indolenz, von
ihrem Gehorsam. Ja, Du bist wie sie in hohem
Grade Weib, ohne daß Du selbst zu viel davon
merkst; ich will Dir auch sagen, daß Du es sehr liebst,
geliebt zu werden. Außerdem war Deine Mutter
eine eifrige Romanleserin, eine Träumerin, die es
liebte, ganze Tage lang im Bette liegen zu bleiben,
um über ein Buch nachzugrübeln; sie war ganz ver-
narrt in Ammenmärchen, sie ließ sich die Karten legen
und fragte Somnambulen um Rat; und ich habe
immer gedacht, daß Deine Hinneigung zum Mysti-

schen, Deine Besorgnis um das Unbekannte daher stammten ... Was aber noch hinzukam, um Dich fertig auszugestalten, indem es in Dir eine bestimmte Qualität schuf, das ist der Einfluß Deines Groß=vaters, des Kommandanten Sicardot. Ich habe ihn gekannt, er war kein Adler, er besaß aber wenigstens viel Redlichkeit und Energie. Ohne ihn, glaube ich, ganz offen gestanden, daß Du nicht besonders viel wert wärest, denn die anderen Einflüsse sind durchaus keine guten. Er hat Dir das beste Deines Wesens gegeben, den Kampfesmut, den Stolz und die Frei=mütigkeit."

Sie hatte ihm mit Aufmerksamkeit zugehört, sie machte ein kleines Zeichen mit dem Kopfe, um aus=zudrücken, daß dies so richtig wäre, und daß sie sich nicht beleidigt fühlte, trotz des fast unmerklichen schmerzlichen Zitterns, das ihre Lippen bewegt hatte bei diesen ihr neuen Einzelheiten über die Ihrigen, über ihre Mutter.

„Nun," begann sie wieder, „und Du, Meister?"

Diesmal zögerte er keinen Augenblick, sondern rief sofort:

„O, ich! Was hätte es für einen Zweck, über mich zu reden? Ich bin nicht dabei, ich gehöre nicht zur Familie! Sieh her, was hier geschrieben steht: ‚Pascal, geboren 1813. Angeborensein. Kombination, bei der sich die physischen und moralischen Charaktere der Eltern vermischen, ohne daß etwas von ihnen sich in dem neuen Wesen wiederzufinden scheint.' Meine Mutter hat es mir oft genug wiederholt, daß ich nicht zu der Familie gehöre, daß sie gar nicht wüßte, woher ich eigentlich wohl kommen könnte!"

Und das war bei ihm wie ein Ausruf der Erleichterung, eine Art unfreiwilliger Freude.

„Geh doch! Das Volk täuscht sich darin nicht. Hast Du mich jemals in der Stadt Pascal Rougon nennen hören? Nein! Die Welt hat immer ganz kurz gesagt: der Doktor Pascal. Und das geschieht, weil ich etwas Besonderes bin ... Und es ist vielleicht durchaus nicht hübsch, aber ich bin darüber entzückt, denn es gibt wahrhaftig allzu schwere Erbschaften zu tragen. Ich habe gut sie alle lieben, mein Herz schlägt deswegen nicht weniger laut und freudig, wenn ich mich anders, verschieden, außer jeder Gemeinschaft fühle, wenn ich nicht dazu gehöre. Nicht dazu zu gehören, mein Gott! Das ist ein frischer Luftzug, das ist es, was mir den Mut gibt, sie alle dort zu haben, sie in jenen Aktenstößen in ihrer ureigenen Beschaffenheit zu schildern, und noch den Mut zu haben, zu leben!"

Er schwieg endlich, und es trat eine tiefe Stille ein. Der Regen hatte aufgehört, und das Gewitter war fortgezogen, man hörte nur noch immer entfernter und entfernter das Rollen des Donners, während durch das offene Fenster ein köstlicher, von dem noch finstern, erfrischten Lande aufsteigender feuchter Erdgeruch hereindrang. In der Luft, die sich wieder beruhigt hatte, brannten die Kerzen in einer hohen, ruhigen Flamme vollends zu Ende.

„Ah!" sagte Clotilde einfach in tief gedrücktem
Tone. „Was soll nun werden?"

Sie hatte es selbst schon erklärt in jener Nacht
auf dem großen freien Platze: Das Leben war entsetzlich, wie konnte man es friedlich und glücklich verleben? Es war eine schreckliche Klarheit, die die
Wissenschaft über die Welt verbreitete; die Analyse
tauchte in alle menschlichen Wunden, um daraus den
Schrecken ans Tageslicht zu ziehen. Und jetzt hatte
er noch viel schonungsloser gesprochen und den Ekel,
den sie so schon vor den Menschen und den Dingen
hatte, noch vergrößert, indem er seine Familie selbst
ganz unverhüllt auf den Tisch des Sezirsaales legte;
und das Schlimmste an seinen Enthüllungen war
die ungeschminkte und schreckliche Wahrheit über die
Ihrigen, die ihr teuren Wesen, die sie lieben sollte:
ihr Vater, der groß geworden war in den Verbrechen
des Geldes, ihr blutschänderischer Bruder, ihre ge-
wissenlose Großmutter, befleckt mit dem Blute der
Gerechten, und die anderen fast alle anrüchig, Säufer,
Wüstlinge, Mörder, die ungeheuerliche Blüte des
menschlichen Baumes. Der Schlag war so furchtbar, daß sie sich zuerst gar nicht wiederfinden konnte
in der schmerzlichen Betroffenheit über das Leben,
das sie mit einemmal auf diese Weise kennen gelernt
hatte. Indessen wurde diese Lektion selbst trotz ihrer
verletzenden Schärfe gleichsam gemildert durch etwas
Großes und Gutes, durch einen Hauch unergründ-
licher Menschlichkeit, der sie von einem Ende zum
andern getragen hatte. Nichts Schlechtes war ihr

dabei nahe getreten; sie fühlte sich von einem
scharfen Seewind umweht, einem Gewittersturme,
aus dem man mit gesunder und geweiteter Brust
hervorgeht. Er hatte alles gesagt, er hatte selbst von
seiner Mutter ganz freimütig gesprochen, wenn er
auch fortfuhr, ihr gegenüber die ergebene Haltung
des Gelehrten zu bewahren, der über die Thatsachen
nicht richtet. Alles sagen, um alles zu verstehen und
alles zu heilen, war das nicht der Ausspruch, den er
gethan hatte in jener schönen Sommernacht?
Und selbst unter dem Uebermaß dessen, was er ihr
soeben mitgeteilt hatte, war sie zunächst in Verwirrung geraten, geblendet von dem zu lebhaften
Lichte; schließlich aber verstand sie ihn und gestand,
daß er da ein ungeheures Werk versuchte. Trotz
allem war es die Stimme der Gesundheit, der Hoffnung für die Zukunft. Er sprach als Wohlthäter, der
von dem Augenblicke an, wo die Erblichkeit die Welt
bildete, deren Gesetze feststellen wollte, um über sie
zu verfügen und eine glückliche Welt wieder herzustellen.

Und dann, gab es denn in diesem seine Ufer
überflutenden Flusse, dessen Schleusen er aufzog, nur
Schlamm? Wie viel Gold floß mit vorüber, vermischt mit dem Gras und den Blumen des Ufers!
Hunderte von Wesen eilten schon vor ihr vorüber,
und doch traten ihr immer von neuem die reizenden,
freundlichen Gestalten, die zarten, jungen Mädchen-
gesichter, die reinen Frauenschönheiten vor die
Augen. Die ganze Leidenschaft blutete da, das
ganze Herz öffnete sich da in zärtlichem Ueber-

fließen. Sie waren zahlreich die Frauen wie
Jeanne, wie Angélique, wie Pauline, wie Marthe,
wie Gervaise und wie Hélène. Von ihnen und den
anderen Frauen, selbst von den weniger guten, selbst
von den schrecklichen Männern, den Schlimmsten der
Gesellschaft, stieg eine brüderliche Menschlichkeit auf.
Und das war gerade jener Hauch, den sie gefühlt
hatte an sich vorüberwehen, jener breite Strom der
Sympathie, während ihrer gründlichen Gelehrten-
lektion. Und er schien durchaus nicht gerührt zu
sein, er bewahrte vollkommen die unpersönliche Haltung des Lehrers; aber in seinem Innern, welche
opferfreudige Güte lebte da, welch ein Uebermaß von
Hingebung, welche Aufopferung seines Ichs für das
Glück anderer! Sein ganzes, so mathematisch genau
angelegtes Werk floß über von dieser schmerzensreichen
Brüderlichkeit, selbst in seinen schärfsten Spöttereien.
Hatte er nicht soeben von den Tieren gesprochen wie
ein älterer Bruder aller elenden Lebewesen, die leiden?
Das Leiden brachte ihn ganz außer sich, es war nur
der Zorn über seinen zu hohen Traum, es war nur
ein erkünstelter, er wurde nur brutal in seinem erkünstelten und vorübergehenden Grolle, wenn er
träumte, nicht nur für die gebildete Gesellschaft
eines Augenblicks, sondern für die gesamte Menschheit in allen schweren Stunden ihrer Geschichte zu
arbeiten. Vielleicht war es sogar jene Auflehnung
gegen die banale Gewohnheit, die ihn dazu gebracht
hatte, sich den Theorien und der Gedankenarbeit
zu widmen. Und das Werk blieb menschlich, über-

fließend von dem ungeheuren Schluchzen der Wesen und Sachen.

War das übrigens nicht das Leben? Es gibt nichts absolut Schlechtes. Niemals ist ein Mensch für die ganze Welt schlecht, er bildet immer das Glück für irgend jemand, so daß man, wenn man sich nicht auf einen einzigen Standpunkt stellt, sich schließlich Rechenschaft von der Brauchbarkeit eines jeden Wesens ablegen kann.

In diesem Augenblicke glaubte er, daß sie sich ihm weinend an den Hals werfen würde. Eine plötzliche Begeisterung schien sie zu ergreifen. Aber da wurden sie sich ihres halbnackten Zustandes bewußt. Sie, die es bis jetzt gar nicht inne geworden war, merkte mit einemmale, daß sie nur im Unterrocke war, daß ihre Arme nackt, daß ihre Schultern nackt und kaum von dem Lockengewirr ihrer offenen Haare bedeckt waren; und da, in der Nähe der linken Achsel= höhle fand sie, als sie ihre Blicke senkte, auch die paar Blutstropfen wieder, die Quetschung, die er ihr zugefügt hatte bei dem Streite, um sie zu bezwingen durch eine brutale Umschlingung. Da überkam sie eine grenzenlose Verwirrung, die Gewißheit, daß sie auch jetzt überwunden werden würde, wie er durch jene Umschlingung ihrer Meister geworden war, in allem und für immer. Ihre Verwirrung wurde da= durch nur noch gesteigert; sie wurde gegen ihren Willen mit fortgerissen, ergriffen von dem unwider= stehlichen Drange, sich zu ergeben.

Plötzlich richtete sich Clotilde auf, sie wollte über=

legen. Ihre nackten Arme hatte sie über ihrer nackten
Brust verschlungen. Alles Blut schien aus ihren
Adern in ihre Haut gedrungen zu sein und übergoß
sie mit dunkler Schamröte. Sie schickte sich an, die
Flucht zu ergreifen, es kam Leben in ihre göttergleiche,
schlanke Gestalt.

„Meister, Meister, laß mich . . . Ich werde
sehen . . .“

Mit jugendlicher Gewandtheit und in jungfräu-
licher Angst hatte sie sich, wie schon früher einmal,
in ihr Zimmer geflüchtet. Er hörte sie lebhaft die
Thüre schließen und den Schlüssel zweimal herum-
drehen. Er blieb allein zurück, er fragte sich, plötzlich
von einer unendlichen Mutlosigkeit und Traurigkeit
ergriffen, ob er recht gehandelt hätte, daß er alles
gesagt, ob die Wahrheit in diesem teuren, angebeteten
Wesen aufkeimen und eines Tages zu einer segens-
reichen Ernte emporwachsen würde?

Sechstes Kapitel.

Die Tage flossen dahin. Der Oktober war anfangs herrlich, ein heißer Herbst, eine glühende
Sommerleidenschaft in reicher Reife, ohne eine Wolke
am Himmel; dann aber wurde das Wetter schlecht,
schreckliche Stürme tobten, ein letztes Gewitter ver-
heerte durch Gießbäche die terrassenförmig sich hinab-
ziehenden Gartenanlagen. Und in dem düsteren
Hause auf der Souleiade schien das Nahen des
Winters eine unendliche Traurigkeit heraufbeschworen
zu haben.

Es war von neuem eine Hölle. Zwischen Pascal
und Clotilde gab es keine lebhaften Streitereien mehr.
Die Thüren wurden nicht mehr zugeschlagen, kein
lauter Wortwechsel zwang Martine mehr, alle Stunden die Treppe hinaufzusteigen. Sie sprachen jetzt
kaum noch mit einander; und mit keinem Worte
wurde jener Vorgang in der Nacht berührt. Er
wollte infolge eines unerklärlichen Bedenkens, einer
eigentümlichen Scham, über die er sich keine Rechenschaft ablegen konnte, das Gespräch nicht wieder be-

ginnen; er wollte die erwartete Antwort, ein Wort
des Glaubens an ihn, ein Wort der Unterwerfung
nicht erzwingen. Sie überlegte noch nach dem schrecklichen moralischen Schlag, der sie vollständig um-
wandelte, sie zögerte, sie war uneins mit sich selbst,
indem sie der Lösung auswich in einer instinktiven
Auflehnung, um sich nicht ergeben zu müssen. Und
das Zerwürfnis dauerte fort in der bedrückenden
Stille und Einsamkeit des düsteren Hauses, in dem
das Glück nicht mehr wohnte.

Das war für Pascal eine der Epochen, wo er,
ohne sich zu beklagen, entsetzlich litt. Dieser scheinbare Friede brachte ihm seine Ruhe nicht wieder, es
hatte sich seiner im Gegenteil ein solch tiefes Mißtrauen bemächtigt, daß er sich immer einbildete,
die Verschwörungen hinter seinem Rücken dauerten
fort. Wenn man sich auch jetzt den Anschein gäbe,
als ob man ihn in Ruhe lassen wollte, so geschähe
dies nur deswegen, um im Geheimen die schwär-
zesten Komplotte anzuzetteln. Seine Besorgnisse
waren aufs höchste gestiegen, er erwartete jeden Tag
eine Katastrophe, wobei seine Papiere von einem sich
plötzlich aufthuenden Abgrund verschlungen, die ganze
Souleiade, in kleine Teile zerstückelt, davongetragen,
hinweggefegt würde. Dieser fortwährende Ansturm
gegen seine Gedanken, sein moralisches und intellek-
tuelles Leben, wobei man sich so verstellte, machte ihn
ganz nervös und wurde ihm fast unerträglich, daß
er sich jeden Abend mit Fieber ins Bett legte. Zuweilen überfiel ihn eine plötzliche Angst; er stand

wieder auf, da er glaubte, einen Feind hinter seinem
Rücken bei der Arbeit überraschen zu können, um
irgend etwas Böses auszuführen.   Aber es war
niemand außer seiner eigenen zitternden Gestalt im
Dunkeln.   Ein anderesmal blieb er, von plötzlichem
Argwohn erfaßt, stundenlang auf der Lauer, hinter
seinen Vorhängen versteckt oder in einem Gange verborgen, aber nichts rührte sich, er vernahm nur das
heftige Klopfen seiner Schläfen. Er erschrak aber
selbst darüber und legte sich nicht ins Bett, ohne
vorher jedes Zimmer durchsucht zu haben; er schlief
fast gar nicht mehr, denn das geringste Geräusch
weckte ihn wieder auf; schwer atmend lag er da,
immer bereit, sich zu verteidigen.

Und das, was die Leiden Pascals noch verschlimmerte, war der fortwährende Gedanke, daß ihm
diese Wunde von dem einzigen Wesen, das er auf
der Welt liebte, geschlagen wurde, von seiner angebeteten Clotilde, die er seit zwanzig Jahren in Schönheit und Anmut hatte heranwachsen sehen, deren
Leben sich bis jetzt entfaltet hatte wie ein reicher
Blumenflor, der das seine mit seinem Dufte ver-
schönte.   Mein Gott, sie war es, die sein Herz so
ganz mit Liebe erfüllte, daß er sich seinen Zustand
gar nicht ordentlich klar machte! Sie, die seine
Freude geworden war, sein Mut, seine Hoffnung, ja,
eine ganze neue Jugend, in der er sich selbst wieder
aufleben fühlte! Wenn sie an ihm vorüberging mit
ihrer feinen, runden und frischen Gestalt, wurde er
ganz erquickt und von Gesundheit und Frohsinn

durchdrungen wie bei der Wiederkehr des Frühlings.
Uebrigens bewies sein ganzes Leben deutlich diese Besitz=
ergreifung, dieses Eindringen in sein Wesen durch das
junge Mädchen, das sich als kleines Kind in seine Liebe
eingeschmeichelt, und dann, als sie größer wurde, den
ganzen Raum in seinem Herzen eingenommen hatte.
Seit seiner definitiven Niederlassung in Plassans
führte er das Leben eines Benediktiners, in seine
Bücher vergraben, fern von dem Umgang mit Frauen.
Man wußte nur von seiner Leidenschaft für jene
Dame, die gestorben war, ohne daß er jemals ihr
die Fingerspitzen geküßt hatte. Allerdings machte er
zuweilen einen kleinen Abstecher nach Marseille und
blieb die Nacht dort, aber das waren nur vorüber=
gehende Abenteuer mit der ersten besten, ohne ein
Morgen. Er hatte in dieser Hinsicht das Leben noch
gar nicht genossen, er hatte sich noch seine ganze
Manneskraft bewahrt, deren Wünsche jetzt bei der
drohenden Nähe des Alters grollend nach Befrie=
digung verlangten. Und er würde sich für ein Tier
leidenschaftlich begeistert haben, für einen draußen
aufgelesenen Hund, der ihm die Hände geleckt hätte;
und das war jene Clotilde, die er liebte, das kleine
Mädchen, das mit einem Schlage ein begehrenswertes
Weib geworden war, das ihn jetzt vollständig in
Besitz genommen hatte und ihn quälte dadurch, daß
sie sich ihm so feindlich gegenüberstellte!

Der sonst so heitere und gutmütige Pascal ver=
fiel damals in düstere Stimmung und wurde uner=
träglich rauh. Ueber das geringste Wort geriet er

in Zorn, er zankte mit der alten Martine, die verwundert
und demütig die Augen zu ihm aufschlug wie ein ge=
züchtigter Hund. Vom Morgen bis zum Abend führte
er seine üble Laune durch das düstere Haus spazieren
mit einem so bösen Gesicht, daß niemand an ihn das
Wort zu richten wagte. Er nahm niemals mehr
Clotilde mit, er machte seine Krankenbesuche allein.
Von einem solchen Ausgange kam er eines Nach=
mittags ganz bestürzt von einem unglücklichen Vor=
falle wieder heim, durch den er den Tod eines
Menschen als zu kühn experimentirender Arzt auf
dem Gewissen hatte. Er war zum Schenkwirt La=
fouasse gegangen, um ihm Einspritzungen zu machen,
dessen Ataxie so weit fortgeschritten war, daß er ihn
für verloren hielt. Aber er blieb eigensinnig dabei,
dagegen ankämpfen zu wollen, und fuhr mit seinen
Heilversuchen fort; und das Unglück hatte gewollt,
daß an diesem Tage die Spritze ein kleines, unreines
Teilchen, das durch den Filter geschlüpft war, auf
dem Boden des Glasfläschchens aufsaugte. Und ge=
rade heute hatte sich ein Tropfen Blut gezeigt, gerade
heute hatte er, um das Unglück voll zu machen, in
eine Ader gestochen. Sofort hatte ihn eine große
Unruhe erfaßt, als er sah, wie der Schenkwirt bleich
wurde, wie er Erstickungsanfälle bekam und wie ihm
große, kalte Schweißtropfen auf die Stirne traten.
Und als dann der Tod wie ein Blitzschlag eingetreten
war, da hatte er gewußt, warum die Lippen blau
und das Gesicht schwarz war. Es war eine Embolie
eingetreten, er konnte nur der Unvollkommenheit seiner

Präparate, seiner ganzen, noch unfertigen Methode die
Schuld geben. Lafouasse war ohne Zweifel verloren, er
hätte vielleicht noch sechs Monate unter fürchterlichen
Schmerzen gelebt. Aber die gräßliche Thatsache blieb
nichtsdestoweniger bestehen, dieser entsetzliche Tod;
und wie groß war sein Schmerz und seine Verzweiflung darüber, wie groß die Erschütterung seines
Glaubens und sein Zorn gegen die ohnmächtige
mörderische Wissenschaft! Er war totenbleich heimge-
kommen und hatte sich erst am nächsten Tage wieder
sehen lassen, nachdem er sechzehn Stunden lang in
seinem Zimmer eingeschlossen geblieben war und vollständig angekleidet, ohne sich zu rühren, auf seinem
Bette ausgestreckt gelegen hatte.

An diesem Tage wagte es Clotilde, die in den
Nachmittagsstunden bei ihm im Saale saß und nähte,
das drückende Stillschweigen zu brechen. Sie hatte
die Augen von der Arbeit erhoben und sah ihm zu,
wie er in nervöser Aufregung ein Buch durchblätterte,
um eine Notiz zu suchen, die er nicht finden konnte.

„Meister, bist Du krank? Warum sagst Du es
mir nicht? Ich würde Dich pflegen.“

Er erhob das Gesicht nicht von seinem Buche,
sondern murmelte mit dumpfer Stimme:

„Krank? Was macht Dir das? Ich habe niemand nötig.“

Besänftigend entgegnete sie:

„Wenn Du Sorgen hast und wenn Du sie mir
nennen könntest, würde es Dir vielleicht Erleichterung
verschaffen ... Gestern bist Du so traurig nach

Hause gekommen. Man darf Dich nicht so mutlos werden lassen. Ich habe eine sehr unruhige Nacht verbracht, ich bin dreimal an Deine Thüre geschlichen, um zu horchen, von dem Gedanken gepeinigt, daß Du littest."

So sanft sie auch gesprochen hatte, ihre Stimme traf ihn dennoch wie ein Peitschenschlag. In seiner krankhaften Schwäche ließ ihn ein plötzliches Auf= wallen des Zornes das Buch zurückstoßen und sich zitternd erheben.

„Also Du spionirst mir nach? Ich kann mich also nicht einmal mehr in mein Zimmer zurückziehen, ohne daß man sofort kommt und das Ohr an die Wände legt ... Ja, man horcht sogar auf das Klopfen meines Herzens, man lauert auf meinen Tod, um hier alles zu plündern, alles zu verbren= nen ..."

Und seine Stimme schwoll immer mehr an, und all sein ungerechtes Leiden machte sich in lauten Klagen und Drohungen Luft.

„Ich verbiete Dir, Dich mit mir zu beschäftigen ... Hast Du mir etwas anderes zu sagen? Hast Du Dich besonnen? Kannst Du Deine Hand in die meine legen und mir ehrlich und aufrichtig sagen, daß wir in Uebereinstimmung sind?"

Sie antwortete nicht, sie fuhr nur fort, ihn mit ihren großen, klaren Augen zu betrachten, fest ent= schlossen, sich ihre Freiheit noch zu wahren, während er noch erbitterter über diese Haltung wurde und seine Selbstbeherrschung vollständig verlor.

Er stotterte vor Wut und wies nach der Thüre.

„Geh fort! Geh fort! Ich will nicht, daß Du bei mir bleibst! Ich will nicht, daß Feinde von mir in meiner Nähe weilen! Ich will nicht, daß man bei mir bleibt, um mich wahnsinnig zu machen."

Sie hatte sich totenbleich erhoben. Stolz aufgerichtet ging sie, ihre Arbeit mitnehmend, hinaus, ohne sich noch einmal umzuwenden.

Während des Monats, der nun folgte, versuchte Pascal, zu einer Arbeit seine Zuflucht zu nehmen, die seine ganze Zeit beanspruchte. Er blieb jetzt eigensinnig ganze Tage lang allein in dem Arbeitssaal und verbrachte selbst die Nächte damit, alte Aufzeichnungen wieder vorzunehmen und alle Arbeiten über die Vererbung noch einmal umzuarbeiten. Man hätte sagen können, daß eine wahre Wut ihn ergriffen hatte, sich von der Richtigkeit seiner Hoffnungen zu überzeugen, die Wissenschaft zu zwingen, ihm die Gewißheit zu verschaffen, daß die ganze Menschheit könnte erneuert werden, daß sie endlich glücklich und auf eine höhere Stufe könnte emporgehoben werden. Er ging gar nicht mehr aus, er gab seine Krankenbesuche auf, er lebte nur noch in seinen Papieren, ohne frische Luft zu schöpfen und ohne sich Bewegung zu machen. Und am Ende eines Monats dieser unvernünftigen Lebensweise, die ihn furchtbar mitnahm, ohne seine Qualen zu mildern, verfiel er in eine so nervöse Erschöpfung, daß die Krankheit, die schon seit einiger Zeit im Keime in ihm geruht hatte, mit einer beunruhigenden Heftigkeit zum Ausbruch kam.

Pascal fühlte sich jetzt, wenn er morgens aufstand, ganz zerschlagen vor Müdigkeit, viel matter
und träger, als am vorhergehenden Abend beim Zu-
bettgehen. Es lag auch in seinem ganzen Wesen eine
fortwährende Niedergedrücktheit, seine Beine versagten
schon den Dienst, wenn er fünf Minuten lang gegangen war, der Körper brach bei der geringsten
Anstrengung zusammen, und er konnte schließlich gar
keine Bewegung mehr machen, ohne daß er davon
nicht beängstigende Schmerzen bekam. Manchmal
war es ihm, als ob der Boden unter seinen Füßen
plötzlich ins Schwanken geriete. Fortwährendes
Ohrensausen machte ihn ganz taub, Flimmern vor
den Augen ließ ihn die Lider schließen wie vor dem
drohenden Nahen eines Funkenstromes. Dabei hatte er
einen wahren Abscheu vor Wein, er aß nichts mehr und
verdaute schlecht. Dann zeigten sich in der Apathie
dieser zunehmenden Schlaffheit plötzlich heftige Zornes-
ausbrüche oder eine ganz fruchtlose fieberhafte Thätigkeit. Er hatte sein früheres schönes Gleichgewicht ganz
verloren, seine reizbare Schwäche verfiel von einem
Extrem in das andere ohne jeden Grund. Bei der geringsten Erregung füllten sich seine Augen mit
Thränen. Schließlich kam es so weit, daß er sich
bei solchen Verzweiflungsausbrüchen einschloß. Er
weinte und schluchzte dann stundenlang herzzerbre-
chend, ohne daß ihm etwas direkt Kummer verursacht
hätte, nur einzig und allein unter dem Drucke seiner
unendlichen Traurigkeit.

Sein Leiden verschlimmerte sich besonders nach

einem seiner Ausflüge nach Marseille, einer jener
kleinen Vergnügungstouren des alten Junggesellen,
die er zuweilen unternahm. Vielleicht hatte er eine
starke Zerstreuung, eine Erleichterung von einer
Ausschweifung erhofft. Er blieb nur zwei Tage weg
und kehrte wie zerschlagen und verstört heim mit dem
Aussehen eines Menschen, der seine ganze Mannes=
kraft verloren hat. Es war eine Scham, die er nicht
bekennen mochte, es war die Furcht, die diese Raserei
der Versuche in Gewißheit verwandelt hatte nnd
nur das wilde Verlangen des ängstlichen Lieb=
habers vergrößern konnte. Niemals hatte er dieser
Sache irgend welche Wichtigkeit beigelegt. Von jetzt
an beherrschte sie ihn gänzlich, sie brachte ihn voll=
ständig aus aller Fassung und versetzte ihn in einen
solch elenden Zustand, daß er sogar an Selbstmord
dachte. Er hätte sich sagen können, daß dies ohne
Zweifel vorübergehend sein würde, daß der Keim einer
Krankheit in seinem Innern ruhen müßte: das Ge=
fühl seiner Schwäche bedrückte ihn deswegen nicht
weniger, und er war den Frauen gegenüber wie die
zu jungen Burschen, die in ein verlegenes Stammeln
und Stottern geraten.

In den ersten Tagen des Dezembers wurde
Pascal von unerträglichen Nervenschmerzen gepeinigt.
Das Klopfen in den Schädelknochen machte ihn glauben,
daß sein Kopf jeden Augenblick zerspringen könnte.

Von seinem Zustande benachrichtigt, entschloß sich
die alte Frau Rougon eines Tages, persönlich Nach=
richten über das Befinden ihres Sohnes einzuziehen.

Sie ging jedoch zunächst in die Küche, da sie erst mit der alten Martine sprechen wollte. Diese erzählte ihr mit bestürzter und trostloser Miene, daß der Herr Doktor sicherlich verrückt sein müsse, und sie sprach von seinem sonderbaren Benehmen, von dem ununter= brochenen Hin= und Herwandern in seinem Zimmer, daß er alle Schubladen sorgfältig verschlossen habe, von den Umgängen, die er von oben bis unten durch das Haus machte bis um zwei Uhr morgens. Sie hatte dabei Thränen in den Augen und sprach am Schluß die Meinung aus, es wäre vielleicht ein Teufel in den Körper des Herrn Doktors gefahren, und man thäte gut daran, wenn man den Pfarrer von Saint=Saturnin davon benachrichtigen würde.

„Ein so guter Mensch," wiederholte sie, „für den man sich würde in Stücke zerhacken lassen! Ist es nicht traurig, daß man ihn nicht in die Kirche bringen kann? Das würde ihn gewiß sofort heilen."

Da trat Clotilde ein, die die Stimme ihrer Groß= mutter Felicité gehört hatte. Auch sie irrte durch die leeren Räume und hielt sich dann am meisten im verlassenen Saale im Erdgeschoß auf. Sie sprach übrigens nicht, sondern hörte nur ruhig zu mit einer nachdenklichen und aufmerksamen Miene.

„Ah, Du bist es, Liebling! Guten Tag! Martine erzählt mir eben, daß Pascal von einem Teufel be= sessen sei, der in seinen Körper gefahren. Das ist auch meine Ansicht. Aber dieser Teufel nennt sich: Hochmut. Er glaubt, daß er alles weiß, er ist zu gleicher Zeit der Papst und der Kaiser, und da

bringt es ihn natürlicherweise auf, wenn man nicht wie
er spricht."

Sie zuckte mit den Achseln, sie war ganz erfüllt
von einer unendlichen Geringschätzung.

„Ich würde über die ganze Geschichte lachen,
wenn sie nicht so traurig wäre ... Er ist ein Mensch,
der reinweg gar nichts weiß, der nicht gelebt, der
einfältigerweise immer in seine Bücher vergraben ge=
wesen ist. Stellt ihn in einen Salon, er ist un=
erfahren wie ein neugeborenes Kind. Und die Frauen,
er kennt sie nicht nur nicht ..."

Sie hatte ganz vergessen, vor wem sie sprach, vor
einem jungen Mädchen und einer Dienerin. Sie
dämpfte jetzt ihre Stimme und fuhr in vertraulichem
Tone fort:

„Ja, bei Gott! Es bezahlt sich auch, zu klug zu
sein! Weder Frau noch Maitresse, rein gar nichts!
Das ist es, was ihm schließlich den Verstand ver=
dreht hat!"

Clotilde rührte sich nicht. Ihre Lider senkten
sich langsam über ihre großen, nachdenklichen Augen
nieder, dann hob sie sie wieder und blieb in ihrer
stummen, verschlossenen Haltung wie jemand, der
nicht weiß, was in ihm vorgeht. Sie befand sich in
vollständiger Verwirrung, in großer Erregung, in
der sie ohne Zweifel nicht mehr klar sehen konnte.

„Er ist oben, nicht wahr?" fragte Felicité weiter.
„Ich bin hergekommen, um mit ihm zu reden, denn
das muß ein Ende nehmen, das ist doch zu toll!"

Sie ging hinauf, während sich die alte Martine

wieder an ihre Töpfe machte und Clotilde von neuem durch das Haus umher irrte.

Oben in dem Saale saß Pascal, das Gesicht über ein offenes Buch geneigt und starrte wie geistesabwesend hinein. Er konnte nicht mehr lesen, die Worte tanzten vor seinen Augen hin und her, sie verschwanden ganz und verloren vollständig jeden Sinn. Aber er widersetzte sich dem hartnäckig und kämpfte so lange mutig dagegen an, bis er seine Arbeitskraft, die bisher so mächtig gewesen war, gänzlich verloren hatte.

Und seine Mutter zankte ihn sogleich aus, nahm ihm das Buch fort, das sie weit weg auf einen Tisch warf, und sagte, er wäre krank, er müsse sich pflegen. Er hatte sich mit einer zornigen Bewegung von seinem Platze erhoben, bereit, sie fortzujagen, wie er Clotilden fortgejagt hatte. Dann wurde er mit einer letzten Aufbietung seiner Willenskraft wieder der ehrerbietige Sohn.

„Liebe Mutter, Sie wissen genau, daß ich niemals mit Ihnen habe streiten wollen ... Lassen Sie mich in Ruhe, ich bitte Sie darum."

Sie aber ließ nicht nach, sie packte ihn bei seinem fortwährenden Mißtrauen. Er wäre es selbst, der sich die quälende Unruhe bereite dadurch, daß er immer glaube, Feinde stellten ihm Fallen, lauerten ihm auf, um ihn zu berauben. Wäre es denn möglich, daß ein Mensch mit gesundem Verstande sich einbildete, man verfolge ihn auf diese Weise? Andererseits machte sie ihm den Vorwurf, er habe sich

mit seiner neuen Entdeckung, seinem wunderbaren
Mittel, mit dem er alle Krankheiten heilen wolle,
den Kopf verdreht. Das wäre gar nichts wert,
daß er sich für den lieben Gott hielte. Um
so grausamer seien dann die Enttäuschungen. Dann
machte sie eine Anspielung auf Lafouasse, jenen
Mann, den er getötet hätte; sie sehe natürlich ein,
daß ihm das nicht angenehm gewesen sein könnte,
und deswegen müsse er sich jetzt ins Bett legen.

Pascal, der immer an sich gehalten hatte, begnügte sich auch jetzt noch damit zu wiederholen,
während seine Augen zur Erde gesenkt blieben:

„Liebe Mutter, ich bitte Sie nochmals, lassen
Sie mich in Ruhe!"

„Nein, nein, ich will Dich nicht in Ruhe lassen,"
rief sie mit ihrer gewöhnlichen Heftigkeit trotz ihres
hohen Alters. „Gerade deswegen bin ich hierher
gekommen, um Dich etwas aufzurütteln, um Dich
den krankhaften Ideen zu entreißen, mit denen Du
Dich abquälst ... Nein, das kann nicht länger so
fortgehen; ich will nicht, daß wegen Deiner Geschichten
die ganze Stadt sich von uns Fabeldinge erzählt ...
Ich will, daß Du Dich jetzt pflegst."

Er zuckte die Achseln und sagte mit leiser Stimme,
wie zu sich selbst, in einem Tone unruhiger Be-
stimmtheit:

„Ich bin nicht krank."

Aber sofort sprang Felicité auf und rief ganz
außer sich:

„Wie, nicht krank! Wie, nicht krank! Man braucht

wahrhaftig kein Arzt zu sein, um das selbst zu sehen!
Ja, mein armer Junge, allen denjenigen, die in
Deine Nähe kommen, wird das sofort klar. Du
wirst noch ganz verrückt vor Hochmut und Furcht!"

Diesmal hob Pascal lebhaft den Kopf in die
Höhe und sah ihr gerade in die Augen, während sie
zu sprechen fortfuhr:

„Das ist es, was ich Dir zu sagen hatte, da es
sonst niemand übernehmen wollte. Nicht wahr, Du
stehst doch jetzt in einem Alter, um zu wissen, was
Du thun mußt ... Man wehrt sich dagegen, man
denkt an etwas anderes, man läßt sich nicht von einer
fixen Idee beherrschen, zumal wenn man zu einer
Familie wie die unsrige gehört ... Du kennst sie.
Nimm Dich in acht und schone Dich!"

Er war blaß geworden; er sah sie immer noch
fest an, als ob er sie untersuchen wollte, um zu
wissen, was von ihr in ihm vorhanden wäre. Und
er begnügte sich zu antworten:

„Sie haben recht, liebe Mutter ... Ich danke
Ihnen."

Als er dann wieder allein war, sank er von neuem
in seinen Stuhl vor dem Tische zurück und wollte
die Lektüre seines Buches von frischem aufnehmen.
Aber er kam nicht mehr wie vorher dazu, seine Auf=
merksamkeit ganz zu konzentriren, um die Worte zu
verstehen, deren Buchstaben vor seinen Augen hin=
und hertanzten. Die von seiner Mutter gesprochenen
Worte summten in seinen Ohren; das Angstgefühl,
das schon seit einiger Zeit in ihm aufgestiegen war,

wurde größer, befestigte sich und spiegelte ihm eine
unmittelbare, genau bestimmte Gefahr vor. Er, der
sich noch vor zwei Monaten triumphirend gerühmt
hatte, nicht zu der Familie zu gehören, sollte er jetzt auf
das schrecklichste Lügen gestraft werden? Sollte er
jetzt den Schmerz erfahren, zu sehen, wie in seinem
Mark der Schaden von neuem erstünde; sollte er dem
Entsetzlichen entgegeneilen, sich von den Klauen des
Ungeheuers der Vererbung ergriffen zu fühlen? Seine
Mutter hatte es ihm gesagt: er wäre verrückt vor
Hochmut und Furcht. Die leitende Idee, die begeisterte Gewißheit, daß er das Leiden hatte aus der
Welt schaffen, daß er den Menschen Willenskraft
hatte geben und eine gesunde und höher stehende
Menschheit hatte wieder bilden wollen, das war
sicher nur der Anfang des Größenwahns. Und in
seiner Furcht vor einem Hinterhalte, in dem Verlangen, den Feinden aufzulauern, die, wie er fühlte,
an seinem Verderben arbeiteten, erkannte er leicht
die Symptome des Verfolgungswahnsinns. Seither
liefen alle Vorkommnisse in der Familie auf dieses
schreckliche Ende hinaus: den Wahnsinn für kurze Zeit,
dann allgemeine Paralyse und schließlich den Tod.

Seit diesem Tage war Pascal nicht mehr Herr
über sich. Der zerrüttete Zustand seiner Nerven,
den die Ueberanstrengung und der Kummer herbei-
geführt hatten, überlieferten ihn widerstandslos jener
fortwährenden Heimsuchung durch Wahnsinns- und
Todesgedanken. Alle diese Krankheitsäußerungen,
die sich bei ihm zeigten, die ungeheure Müdigkeit

morgens beim Aufstehen, das Sausen in den Ohren
und das Flimmern vor den Augen bis zu seiner
schlechten Verdauung und bis zu den Weinkrämpfen,
reihten sich eine an die andere, als sichere Beweise für die
nahe bevorstehende Störung, von der er sich bedroht
glaubte. Er hatte in Bezug auf sich selbst die feine
Diagnose des beobachtenden Arztes verloren; und
wenn er fortfuhr, Schlüsse zu ziehen, so hatte es nur
den Erfolg, daß er alles verwirrte und alles ver=
drehte unter der moralischen und physischen De=
pression, in der er sich dahinschleppte. Er war nicht
mehr Herr über sich selbst, er war wie wahnsinnig
und überzeugte sich Stunde für Stunde in seinem
Wahn davon, daß er es werden mußte.

Die Tage dieses grauen Dezembermonats wurden
von ihm vollständig dazu verwandt, sich immer mehr und
mehr in seine Leiden hineinzusteigern. Jeden Morgen
wollte er sich der Heimsuchung durch seine finsteren
Gedanken entziehen; aber er kam doch immer wieder
dazu, sich in dem Arbeitszimmer einzuschließen,
wo er dann den verwirrten Knäuel vom vorher=
gehenden Abend wieder vornahm. Das lange Stu=
dium, das er der Vererbung gewidmet hatte, seine
bedeutenden Untersuchungen und Arbeiten vergifteten
ihn vollends noch ganz und waren die Ursache zu
immer neuer Aufregung. Für die Frage, die er sich
fortwährend in Betreff seines Vererbungsfalles stellte,
waren die Aktenstücke da, die für alle möglichen Kom=
binationen Antwort gaben. Sie boten sich ihm so
zahlreich dar, daß er sich jetzt ganz darin verlor.

Wenn er sich nun getäuscht hätte, wenn er sich nicht als einen bemerkenswerten Fall von Angeborensein betrachten konnte, mußte er sich dann zu den Fällen von rückgreifender Vererbung rechnen, die eine, zwei, ja sogar drei Generationen überspringt? Oder war sein Fall nicht vielmehr einfach ein Beispiel von versteckter Vererbung, was einen neuen Beweis für seine Theorie von dem keimbildenden Plasma gegeben hätte? Oder sollte er darin nur eine Besonderheit unter den aufeinander folgenden Aehnlichkeiten sehen, das plötzliche Erscheinen eines unbekannten Vorfahren beim Niedergange seines Lebens? Von diesem Augenblicke an hatte er keine Ruhe mehr, er beschäftigte sich nur noch mit der Ausfindigmachung seines Falles, indem er seine Aufzeichnungen durchblätterte und seine Bücher wieder durchlas. Und er zergliederte sich, er beobachtete genau die geringste seiner Empfindungen, um daraus Schlüsse zu ziehen, auf Grund derer er sich ein Urteil über sich selbst bilden konnte. An den Tagen, an denen sein Denkvermögen träger war, wo er glaubte, besondere Erscheinungen darzubieten, neigte er zu dem Vorwiegen eines ursprünglichen nervösen Schadens hin, während er sonst, wenn er an den Beinen litt und die Füße ihm schwer waren und ihn schmerzten, sich einbildete, unter dem Einfluß irgend eines von außen in die Familie gekommenen Vorfahren zu stehen. Aber alles verwickelte sich, er kam nicht mehr dazu, sich selbst zu erkennen unter den störenden Einbildungen, die seinen geschwächten Organismus erschütterten.

Und an jedem Abende war der Schluß derselben, an
jedem Abend tönte in seinem Gehirn die gleiche
Totenglocke: die Vererbung, die schreckliche Vererbung,
die Angst, wahnsinnig zu werden.

In den ersten Tagen des Januar wohnte Clotilde, ohne daß sie es wollte, einer Scene bei, die
ihr das Herz zerriß. Sie saß an einem der Fenster
des Arbeitssaales und las, verdeckt von der hohen
Rücklehne ihres Fauteuils, als sie Pascal eintreten
sah, der seit dem vorhergehenden Abend sich in sein
Zimmer eingeschlossen hatte und daher unsichtbar
geblieben war. Er hielt mit beiden Händen ein großes
Blatt von gelbem Papier offen vor sein Gesicht, in dem
sie den Stammbaum wiedererkannte. Er war darin so
vertieft und seine Augen waren so starr darauf gerichtet, daß sie aus ihrem Verstecke hätte heraustreten
können, ohne daß er sie bemerkt hätte. Er breitete
den Stammbaum auf dem Tische aus, er fuhr fort,
ihn lange aufmerksam zu betrachten mit einer ängstlich fragenden Miene, die nach und nach ganz zer-
knirscht und demütig wurde, und mit thränenfeuchten
Wangen. Mein Gott! Warum wollte denn der Stammbaum ihm keine Antwort geben? Warum wollte er
ihm denn nicht sagen, von welchem Vorfahren er ab-
hinge, damit er seinen Fall auf das für ihn bestimmte
Blatt eintragen könnte wie bei den anderen? Wenn
er wahnsinnig werden mußte, warum sagte es ihm der
Stammbaum nicht direkt? Das hätte ihn beruhigt,
denn er glaubte nur durch die Ungewißheit zu leiden.
Aber die Thränen verschleierten ihm den Blick, und

dennoch betrachtete er das Blatt immer weiter; er rieb
sich ordentlich auf in dem Verlangen, zu erfahren, wo
seine Vernunft schließlich straucheln würde. Plötzlich
mußte sich Clotilde bücken, da sie sah, daß er auf
den großen Schrank zuschritt und dessen beide Thüren
weit öffnete. Er nahm die Aktenstücke heraus, warf
sie auf den Tisch und durchblätterte sie mit fieber=
hafter Ungeduld. Es war die Scene in jener schreck=
lichen Gewitternacht, die sich jetzt wiederholte, ein
rasch dahineilender, böser Traum, in dem alle jene
wachgerufenen Gespenster, die aus der Masse der
alten Papiere emportauchten, an ihm vorüberzogen.
Und wie sie so vorbeihuschten, richtete er an jedes
von ihnen eine Frage, eine heiße, flehentliche Bitte,
in der er Aufklärung über den Ursprung seines Lei=
dens forderte, in der Hoffnung auf ein Wort, ein
Murmeln, das ihm Gewißheit geben sollte. Zuerst
waren seine Worte nur ein undeutliches Stammeln,
dann aber nahmen sie Gestalt an und bildeten kurze
abgebrochene Sätze:

„Bist Du es? — Bist Du es? — Bist Du es?
— O alte Mutter, die Du die Mutter von uns
allen bist, bist Du es, die Du mir Deine Narrheit
geben sollst? — Bist Du es, Onkel, Du alter Lump,
der Du dem Alkohol ergeben bist, bist Du es, dessen
veraltetes Uebel, das Saufen, ich bezahlen soll? —
Bist Du es, galanter Neffe, oder Du, frommer Neffe,
oder auch Du, blödsinnige Nichte, die ihr mir die
Wahrheit bringt, indem ihr mir eine der Formen
der Verletzung zeigt, an der ich leide? — Oder bist

Du es vielleicht, Großneffe, der Du Dich erhängt
hast, oder Du, Großneffe, der Du Dich getötet hast,
oder Du, Großnichte, die Du Dein Ende durch Ver-
faulen gefunden hast, deren tragische Todesarten mir
die meine verkünden, das Dahinsiechen in einer
Irrenzelle, die gräßliche Zersetzung der Kräfte?"

Und das schnelle Vorbeiziehen dauerte fort, sie
tauchten alle empor, die Gestalten und eilten im
Sturmschritt vorüber. Die Aktenbündel belebten sich,
sie wurden Menschen, sie drängten und stießen sich
hin und her in diesem Gewühle leidender Menschheit.

„Ah, wer wird es mir sagen, wer wird es mir sagen,
wer wird es mir sagen? Ist es derjenige, der
im Wahnsinn gestorben ist, oder diejenige, die die
Schwindsucht dahingerafft hat, oder der, dem die
Lähmung das Ende bereitet hat, oder diejenige, die
ihr physiologisches Elend schon in frühester Jugend
getötet hat? — Von wem ist das Gift, an dem ich
sterben soll? Und welcher Art ist es, Hysterie, Alkoholismus, Tuberkulose, Skrofeln? Und was wird
es aus mir machen, einen Epileptiker, einen an Ataxie
Leidenden oder einen Narren? Einen Narren! Wer
ist es, der gesagt hat: einen Narren? Sie sagen es
alle, einen Narren, einen Narren, einen Narren!"

Thränen erstickten seine Stimme. Er ließ seinen
Kopf zitternd auf den Tisch hinabsinken mitten unter
die Akten, er weinte ohne Aufhören, vom Schauder
durchschüttelt. Und Clotilde, ergriffen von einer Art
heiligen Schreckens, indem sie das Verhängnis vor-
überziehen fühlte, das die Geschlechter beherrscht,

ging leise fort, den Atem anhaltend, denn sie begriff
vollständig, daß es für ihn sehr beschämend gewesen
sein würde, wenn er eine Ahnung von ihrer Anwesenheit gehabt hätte.

Große Mattigkeit folgte. Der Januar war sehr
kalt. Aber der Himmel war von einer wunderbaren
Klarheit, die Sonne strahlte immer aus einem lichten
Blau herab, und auf der Souleiade bildeten die nach
Mittag hinausgehenden Fenster ein Gewächshaus
und gaben dem Saale eine köstliche, warme Tempe-
ratur. Man machte sogar nicht einmal Feuer, denn
die Sonne verließ das Zimmer nicht und warf ein
mattgoldenes Strahlennetz hinein, in welchem die
Fliegen, die der Winter verschont hatte, langsam hin
und her flogen. Kein anderer Laut war zu vernehmen, als das Summen ihrer Flügel. Es herrschte
eine einschläfernde, abgeschlossene Wärme, als ob ein
Stück des Frühlings in dem alten Hause erhalten
geblieben wäre.

Dort war es, wo Pascal eines Morgens das
Ende eines Gesprächs mit anhörte, das sein Leiden
noch verschlimmerte. Er verließ vor dem Frühstück
sein Zimmer gar nicht mehr, und Clotilde hatte soeben den Doktor Ramond in dem Saale empfangen,
wo sie sich neben einander niedergelassen hatten und
leise mit einander sprachen im hellen Sonnenschein.

Schon zum drittenmale seit acht Tagen hatte
Ramond vorgesprochen. Persönliche Verhältnisse,
vor allem die Notwendigkeit, eine endgiltige Entscheidung über seine Niederlassung als Arzt in Plassans

zu treffen, zwangen ihn, seine Verheiratung nicht länger
mehr hinauszuschieben; er wollte jetzt von Clotilde eine
bestimmte Antwort haben. Zu dreien hatten sie schon
zweimal hier gesessen, aber gerade das hatte ihn ab=
gehalten zu sprechen. Da er die Antwort von ihr
selbst erhalten wollte, so war er entschlossen, sich in
einem freimütigen Gespräch mit ihr darüber zu ver=
ständigen. Ihre Kameradschaft, ihr vernünftiger Sinn
und ihre gegenseitige Offenheit ermächtigten ihn zu
diesem Schritte. Und er schloß lächelnd, seine Augen
fest in den ihrigen, mit den Worten:

„Ich versichere Sie, Clotilde, daß dies die klügste
Lösung ist ... Sie wissen, daß ich Sie schon lange
liebe. Ich hege für Sie eine innige Zuneigung und
hohe Achtung ... Aber das würde vielleicht noch
nicht ganz genügen: es ist nötig, daß wir uns
vollständig verstehen, und dann bin ich fest davon
überzeugt, daß wir zusammen sehr glücklich sein
werden."

Sie hatte den Blick nicht gesenkt, sie sah ihm
offen ins Gesicht, ebenfalls mit einem freundschaft=
lichen Lächeln. Er war wirklich ein sehr schöner Mann
in der vollen Jugendkraft.

„Warum heiraten Sie denn nicht Fräulein Lé=
vêque, die Tochter des Rechtsanwalts?" fragte sie ihn.
„Sie ist sehr hübsch und reicher als ich, und ich weiß,
daß sie so glücklich sein würde ... Mein lieber
Freund, ich habe Angst, daß Sie eine Dummheit
machen, indem Sie mich wählen."

Er wurde nicht ungeduldig, seine Miene drückte

immer die feste Ueberzeugung von der Klugheit seines Entschlusses aus.

„Aber ich liebe ja Fräulein Lévêque nicht, ich liebe Sie ... Uebrigens habe ich mir das alles genau überlegt; ich wiederhole Ihnen, daß ich sehr gut weiß, was ich thue. Sagen Sie ‚Ja‘, Sie können gar keinen besseren Entschluß fassen!“

Da wurde sie ernst, und ein Schatten flog über ihr Gesicht, der Schatten jener Ueberlegungen, jener inneren, fast unbewußten Kämpfe, die sie seit langen Tagen stumm machten.

„Mein lieber Freund, da die Sache eine sehr ernste ist, so erlauben Sie mir, daß ich Ihnen heute nicht antworte. Bewilligen Sie mir noch einige Wochen ... Der Meister ist wirklich sehr krank, ich fühle mich selbst sehr angegriffen, und Sie werden mich gewiß keiner Ueberrumpelung verdanken wollen ... Ich versichere Sie, daß ich meinerseits viel Zuneigung für Sie empfinde. Aber es wäre schlecht von mir gehandelt, wollte ich mich in diesem Augenblick ent= scheiden; das Haus ist zu unglücklich. Nicht wahr, Sie sehen das ein? Ich würde Sie sonst gewiß nicht so lange hinhalten.“

Und um das Gespräch zu ändern, fügte sie hinzu:

„Ja, der Meister macht mir Sorge. Ich wollte Sie schon aufsuchen, um mit Ihnen darüber zu sprechen. Gestern habe ich ihn überrascht, wie er heiße Thränen weinte, und es steht für mich fest, daß ihn die Furcht verfolgt, er würde wahnsinnig werden ... Vorgestern, als Sie mit ihm sprachen, habe ich gesehen, daß Sie

ihn prüften. Sagen Sie mir jetzt offen, was denken
Sie über seinen Zustand? Ist er in Gefahr?"

Doktor Ramond erhob dagegen lebhaft Einspruch.

„Aber keineswegs! Er hat sich nur überanstrengt,
und seine Nerven sind überreizt, das ist alles! Wie kann
sich nur ein Mann von seiner Bedeutung, der sich
so viel mit Nervenkrankheiten beschäftigt hat, in
diesem Punkte täuschen? Es ist betrübend, wenn
die klarsten und gesündesten Köpfe auf solche Abwege
geraten! In seinem Falle wäre seine Erfindung der
Einspritzungen unter die Haut ein unfehlbares Mittel
Warum macht er sich denn keine Einspritzungen?"

Und als das junge Mädchen in verzweifelten
Worten ihm mitteilte, daß Pascal nicht auf sie hörte,
daß sie sogar nicht einmal mehr das Wort an ihn
richten dürfte, fügte er hinzu:

„Gut, dann werde ich mit ihm reden!"

Gerade in diesem Augenblick trat Pascal aus
seinem Zimmer, angelockt von dem Klange der Stimmen. Aber als er sie so nahe bei einander erblickte,
so lebhaft, so jung und so schön, in dem hellen
Glanze der Sonne, wie umwoben von ihren lichten,
freundlichen Strahlen, blieb er auf der Schwelle
stehen. Und seine Augen erweiterten sich, sein bleiches
Gesicht verzerrte sich.

Ramond hatte Clotildens Hand ergriffen, da er
sie noch einen Augenblick zurückhalten wollte.

„Nicht wahr, ich habe Ihr Versprechen? Ich
möchte, daß die Heirat noch in diesem Sommer

stattfände ... Sie wissen, wie sehr ich Sie liebe,
und ich erwarte voll Sehnsucht Ihre Antwort."

„Gewiß," antwortete sie, „noch bevor ein Monat
vergangen ist, wird alles geregelt sein."

Ein plötzlicher Schwindelanfall machte Pascal
wanken. Da drang gerade jetzt dieser junge Bursche,
ein Freund, ein Schüler, in sein Haus ein, um ihm
sein Gut zu rauben! Er hätte eigentlich auf diese
Lösung vorbereitet sein können, und nun überraschte
ihn doch die plötzliche Kunde von einer möglichen
Verheiratung Clotildens und schmetterte ihn nieder,
wie eine unvorhergesehene Katastrophe, jetzt, da sein
Leben sich dem Ende zuneigte. Dieses Wesen, das
er gemacht hatte, das an ihn glaubte, würde nun
ohne Bedauern von ihm gehen, sie würde ihn also
allein in seinem Winkel den Todeskampf auskämpfen
lassen! Am vorhergehenden Abende noch hatte sie ihm
wieder so schweres Leid zugefügt, daß er sich gefragt hatte,
ob er sich nicht von ihr trennen, ob er sie nicht zu
ihrem Bruder schicken sollte, der sie immer für sich
forderte. Einen Augenblick war er gar zu dieser
Trennung fest entschlossen gewesen, zu ihrer beider
Besten. Und jetzt sie hier so unerwartet mit diesem
Manne anzutreffen, zu hören, wie sie ihm eine Ant=
wort zu geben versprach, daran zu denken, daß sie
sich verheiraten und ihn dann bald verlassen würde,
das gab ihm einen Stich ins Herz.

Schwerfällig ging er weiter, die beiden jungen
Leute drehten sich um und waren etwas betreten.

„Sieh da, Meister! Wir sprachen gerade von

Ihnen," sagte Ramond endlich in heiterem Tone.
„Ja, wir haben sogar ein Komplott geschmiedet, ich
muß es ihnen sagen, um Ihnen nichts zu verheimlichen ... Warum pflegen Sie sich denn eigentlich
nicht? Ihnen fehlt ja durchaus nichts Ernstliches,
schon in vierzehn Tagen würden Sie wieder auf den
Beinen sein."

Pascal, der sich in einen Stuhl hatte fallen lassen,
fuhr fort, sie stumm zu betrachten. Er besaß die
Kraft, sich zu bezwingen; keine Spur zeigte sich auf
seinem Gesichte von der Wunde, die er soeben erhalten
hatte. Er würde sicherlich daran sterben, und niemand auf der Welt würde etwas von dem Leiden
ahnen, an dem er zu Grunde gegangen war. Aber
das war für ihn eine Erleichterung, daß er jemand
damit ärgern konnte, daß er hartnäckig und leidenschaftlich sich weigerte, auch nur einen Tropfen Arznei
zu nehmen.

„Mich pflegen? Ja, warum denn? Etwa vielleicht, damit es noch nicht zu Ende gehen soll mit
meinem alten Körper?"

Ramond ließ sich jedoch nicht abschrecken, sondern
entgegnete mit dem überlegenen Lächeln eines ruhigen,
ernsten Mannes:

„Sie sind viel gesünder als wir alle. Das ist
nur eine zufällige, vorübergehende Verstimmung, und
Sie besitzen ja selbst das Heilmittel dafür ...
Machen Sie sich doch Einspritzungen ..."

Er konnte nicht weiter fortfahren, denn das Maß
war zum Ueberlaufen voll. Pascal geriet ganz

außer sich. Er fragte, ob man wollte, daß er sich
tötete, sowie er Lafouasse getötet hätte. Seine Einspritzungen! Eine nette Erfindung, auf die er allen
Grund hätte, stolz zu sein! Er verwünschte die ganze
medizinische Wissenschaft, er schwor, niemals wieder
einen Kranken anzurühren. Wenn man zu nichts
mehr nütze wäre, dann sollte man ruhig sterben,
und das würde für jedermann mehr wert sein.
Und das wäre es übrigens, was er jetzt sich beeile
zu thun, damit die ganze Geschichte doch endlich ein
Ende nähme.

„Ach was!“ sagte Ramond, der beschlossen hatte,
sich zu verabschieden, aus Furcht, ihn noch mehr
aufzuregen. „Ich überlasse Sie Clotildens sorglichen
Händen und bin deswegen ganz ruhig ... Clotilde
wird schon alles in Ordnung bringen.“

Aber Pascal hatte an diesem Morgen den schwer-
sten Schlag erhalten. Er legte sich gegen Abend ins
Bett und blieb bis zum folgenden Abend liegen,
ohne die Thüre seines Zimmers zu öffnen. Schließlich fing Clotilde doch an, sich zu beunruhigen; sie
pochte heftig mit der Faust gegen die Thüre; aber
es war alles vergebens, sie erhielt keine Antwort.
Auch die alte Martine kam herbei und bat flehentlich den Herrn Doktor durch das Schlüsselloch, ihr
doch wenigstens nur zu sagen, ob er nichts nötig
habe. Es blieb aber alles totenstill, es schien,
als ob das Zimmer leer wäre. Dann, am
Morgen des zweiten Tages, als das junge Mädchen zufällig einmal auf die Klinke drückte, öffnete

sich die Thüre; sie war vielleicht schon seit Stunden
nicht mehr verschlossen gewesen. Und sie konnte un=
gehindert in das Zimmer eintreten, in das sie noch
niemals ihren Fuß gesetzt hatte. Es war ein großer
Raum, den seine Lage nach Norden hinaus recht kalt
machte, in dem sie nur ein kleines eisernes Bett ohne
Vorhänge, in der Ecke einen Waschapparat und eine
lange Tafel aus schwarzem Holze bemerkte, und auf
dieser Tafel und auf Regalen, die sich an den
Wänden entlang zogen, stand ein ganzes Laborato=
rium, Retorten, Mörser, Bestecke und andere Gegen=
stände. Pascal war aufgestanden und saß voll=
ständig angekleidet auf dem Rande seines Bettes, das
er sogar selbst mit vieler Mühe wieder in Ordnung
gebracht hatte.

„Du willst also nicht, daß ich Dich pflege?“
fragte sie ängstlich und bewegt, ohne daß sie wagte,
näher zu treten.

Er machte eine müde Bewegung mit der Hand.

„O, Du kannst ruhig hereinkommen; ich werde
Dich nicht schlagen, ich habe nicht mehr die Kraft
dazu.“

Und seit diesem Tage duldete er sie um sich; er
erlaubte ihr, ihn zu bedienen. Aber er hatte immer
noch seine Launen. So wollte er nicht, daß sie
hereinkam, wenn er im Bette lag, von einer krank=
haften Scham ergriffen; und er zwang sie, ihm die
alte Martine zu schicken. Uebrigens blieb er selten
im Bette liegen; er schleppte sich von Stuhl zu Stuhl
in seiner Unfähigkeit, irgend etwas zu arbeiten. Das

Uebel hatte sich noch verschlimmert; er war dadurch
zu einer vollständigen Verzweiflung gekommen, er
wurde von Migräneanfällen und Magenkrämpfen ge=
plagt, ohne die Kraft zu besitzen, wie er sagte, einen Fuß
vor den andern zu setzen, und war jeden Morgen fest
überzeugt, daß er sich am Abend in Les Tulettes ins
Bett legen würde als Wahnsinniger. Er magerte ab, er
hatte ein schmerzverzogenes Gesicht von tragischer
Schönheit unter der Flut seiner weißen Haare, die er
in einem letzten Anflug von Koketterie sorgfältig zu
kämmen fortfuhr. Und wenn er es jetzt auch duldete,
daß man sich mit ihm beschäftigte, so wies er doch
jede Medizin heftig zurück infolge der Bedenken, die
ihm in Betreff der Medizin gekommen waren.

Clotilde kannte damals keine andere Beschäftigung
als nur mit ihm. Sie machte sich von allem übrigen
frei; anfangs war sie noch in die stille Messe ge=
gangen, dann aber hatte sie es ganz aufgegeben, die
Kirche zu besuchen. In ihrer ungeduldigen Er=
wartung einer Gewißheit und des Glückes fing sie
an, sich mit dieser Verwendung all ihrer Zeit zu=
frieden zu geben, mit der Pflege eines teuren Wesens,
das sie gern wieder froh und heiter gesehen hätte. Es
war eine vollständige Hingabe ihrer Person, ein gänz=
liches Vergessen ihrer selbst, das zwingende Verlangen,
ihr Glück durch das Glück eines andern zu machen,
und zwar unbewußt, nur unter dem Drange ihres
Frauenherzens, inmitten jener Krisis, die sie durch=
machte und durch die sie von Grund aus umge=
wandelt wurde, ohne daß sie darüber nachdachte. Sie

schwieg gänzlich über den Streit, der sie entzweit hatte;
sie kam noch nicht auf den Gedanken, sich ihm an den
Hals zu werfen und ihm zuzurufen, daß sie ihm gehöre,
daß er wieder aufleben könne, da sie sich ihm ergäbe.
In ihren Gedanken war sie nur eine zärtliche Tochter,
die ihn pflegte, wie ihn auch eine andere Verwandte
gepflegt haben würde. Und das war sehr rein, sehr
keusch, das war eine zarte Sorgfalt, eine fortwährende
Mühewaltung, eine solche Aufopferung ihres Lebens,
daß die Tage jetzt rasch vergingen, daß sie ganz frei
waren von der Qual um das Jenseits und ganz erfüllt von dem alleinigen Wunsch, ihn wieder gesund
zu machen.

Einen harten Kampf aber hatte sie noch zu bestehen, ehe sie ihn dazu bestimmen konnte, sich Einspritzungen zu machen. Er geriet in heftige Erregung, verwünschte seine Erfindung und nannte sich
einen Schwachkopf. Sie wurde auch ganz aufgeregt.
Jetzt war sie es, die Glauben an die Wissenschaft
hatte, die sich empörte, wie sie sah, daß er an seinem
Genie zweifelte. Lange Zeit widerstand er; dann
gab er der Herrschaft, die sie über ihn ausübte, in
seinem geschwächten Zustande nach, da er einfach dem
kleinen Streite aus dem Wege gehen wollte, den sie
an jedem Morgen mit ihm suchte. Seit den ersten
Einspritzungen verspürte er eine große Erleichterung,
obwohl er es durchaus nicht eingestehen wollte. Der
Kopf wurde frei, die Kräfte kehrten nach und nach
zurück. Auch sie triumphirte, erfüllt für ihn von
lebhaftem Stolze und überschwenglicher Freude über

seine Heilmethode, zugleich aber auch empört darüber,
daß er nicht sich selbst bewunderte als ein Beispiel
der Wunder, die er vollbringen konnte. Er lächelte,
er fing jetzt an, in seinen Zustand genau hineinzu-
sehen. Ramond hatte die Wahrheit gesagt, es konnte
damals nichts anderes als nur eine starke Erschütterung
seiner Nerven gewesen sein. Vielleicht würde er sich
ebenso gut wieder erholen.

„Ja, Du bist es, die mich geheilt hat, mein liebes
Kind," sagte er, ohne seine Hoffnung eingestehen zu
wollen. „Bei den Heilmitteln, siehst Du, da kommt
es nur auf die Hand an, die sie uns reicht."

Die Besserung hielt an und dauerte den ganzen
Monat Februar hindurch. Das Wetter blieb hell
und kalt; nicht einen einzigen Tag unterließ es die
Sonne, den Saal durch die Flut ihrer bleichen Strahlen
zu erwärmen. Und dennoch gab es Rückfälle in
seine düstere Traurigkeit, Stunden, in denen der
Kranke wieder seinen Schreckbildern anheimfiel; dann
mußte sich seine trostlose Pflegerin an dem andern
Ende des Zimmers ruhig niedersetzen, um ihn nicht
noch mehr aufzuregen. Von neuem zweifelte er an
seiner Heilung. Er wurde bitter, und seine beißende
Ironie zeigte sich bei jeder Gelegenheit.

Es war an einem der schlechten Tage, als Pascal,
der an ein Fenster herangetreten war, seinen Nachbar, Herrn Bellombre, bemerkte, den pensionirten
Professor, wie er gerade dabei war, die Runde bei
seinen Bäumen zu machen, um nachzusehen, ob sie
viel Blütenknospen angesetzt hätten. Der Anblick

dieses sorgfältig und peinlich gekleideten Greises mit der schönen Ruhe des Egoismus, auf den das Krank= sein niemals von Einfluß gewesen zu sein schien, brachte ihn plötzlich wieder ganz außer sich.

„Ah!" rief er in grollendem Tone, „das ist auch einer, der sich niemals überanstrengen wird, der nie= mals seine Haut zu Markte tragen wird, um sich Kummer zu bereiten."

Und daran anknüpfend, begann er ein ironisches Loblied des Egoismus zu singen. Ganz allein auf der Welt zu sein, nicht einen einzigen Freund zu haben, nicht Weib, nicht Kind, welch eine Glückselig= keit! Dieser hartherzige Geizhals, der seit vierzig Jahren nichts weiter gethan hatte, als die Kinder anderer Leute zu beohrfeigen, der sich ins Privatleben zurück= gezogen hatte und nun ganz allein für sich lebte, der nicht einmal einen Hund bei sich hatte, sondern nur mit einem tauben und stummen Gärtner, der noch älter als er war, zusammen hauste, repräsentirte der nicht die größte Summe des möglichen Glückes auf Erden? Kein Amt, keine Pflicht, keine andere Be= schäftigung außer der Pflege seiner teuren Gesund= heit! Das war ein Weiser, der würde hundert Jahre leben!

„Ah, die Furcht vor dem Leben! Entschieden, es gibt keine größere Feigheit ... Und ich muß sagen, daß ich zuweilen sogar ein aufrichtiges Bedauern dar= über empfinde, daß ich keine Kinder habe! Aber hat man das Recht, Unglückliche in die Welt zu setzen? Man muß die schlimme Vererbung töten, das Leben töten ... Wirklich der einzige ehrbare Mensch, das ist dieser feige Alte dort!"

Herr Bellombre fuhr indessen ruhig fort, in der Märzsonne die Runde bei seinen Birnbäumen zu machen. Er wagte keine allzu lebhafte Bewegung, er ging sehr haushälterisch mit seinem frischen Greisen= alter um. Wenn er auf dem Wege einen Stein fand, entfernte er ihn mit der Spitze seines Spazier= stockes. Dann setzte er seinen Spaziergang ohne Uebereilung fort.

„Sieh ihn Dir nur an! Hat er sich nicht gut konservirt? Ist er nicht schön? Vereinigt er nicht in seiner Person alle Segnungen des Himmels? Ich kenne keinen glücklicheren Menschen!"

Clotilde, die beharrlich schwieg, litt schwer unter dieser Ironie Pascals, die, wie sie richtig ahnte, ihm selbst Schmerz verursachte. Obgleich sie wie gewöhn= lich Herrn Bellombre verteidigte, fühlte sie doch, wie in ihrer Seele der Widerspruch gegen ihre Worte sich erhob. Thränen traten ihr in die Augen, und sie antwortete einfach mit leiser Stimme:

„Ja, aber er wird nicht geliebt."

Diese Antwort machte mit einem Schlage der peinlichen Scene ein Ende. Pascal wendete sich, als ob er einen Schlag erhalten hätte, rasch um und sah sie an. Eine plötzliche Rührung ließ auch seine Augen feucht werden, und er entfernte sich schnell, um nicht zu weinen.

Mancher Tag ging noch dahin in diesem Wechsel guter und schlechter Stunden. Die Kräfte kehrten

nur sehr langsam zurück, und es brachte ihn ganz in
Verzweiflung, daß er seine Arbeiten nicht vornehmen
konnte, ohne daß sich bei ihm eine unnatürliche
Transspiration einstellte. Wenn er diesem Symp-
tom hartnäckig Trotz geboten hätte, so wäre er
sicherlich ohnmächtig geworden. So lange er nicht
arbeiten würde, so lange würde auch, das fühlte er,
seine Besserung anhalten. Indessen fing er von
neuem an, sich für seine gewohnten Arbeiten zu interessiren; er las die letzten Seiten, die er geschrieben
hatte, wieder durch, und mit diesem Wiedererwachen
des Gelehrten in ihm stellten sich auch bei ihm die
Beunruhigungen von früher wieder ein. Einen
Augenblick hatte sich eine solche Niedergeschlagenheit
seiner bemächtigt, daß ihm das ganze Haus wie verschwunden war; man hätte ihn berauben können,
man hätte alles nehmen, alles zerstören können, er
wäre sich nicht einmal des Unglücks bewußt geworden.
Jetzt legte er sich wieder auf die Lauer, jetzt befühlte
er wieder seine Tasche, um sich zu vergewissern, daß sich
auch der Schlüssel des großen Schrankes darin befand.

Eines Morgens aber, als er sich verschlafen hatte
und erst gegen elf Uhr aus seinem Zimmer kam,
traf er Clotilde im Saale an, still beschäftigt mit
der Vollendung eines Pastellgemäldes, das sehr
naturgetreu den blühenden Zweig eines Mandel-
baums darstellte. Sie hob lächelnd ihren Kopf;
dann nahm sie einen Schlüssel, der neben ihr auf
ihrem Pulte lag, und wollte ihn Pascal geben.

„Hier, Meister!"

Erstaunt und ohne zu ahnen, was es war, betrach=
tete er den Gegenstand genau, den sie ihm hinreichte.

„Was ist es denn?"

„Es ist der Schlüssel zu Deinem großen Akten=
schrank, den Du gestern mußt aus Deiner Tasche
haben fallen lassen; ich habe ihn heute morgen hier
aufgehoben."

Darauf nahm ihn Pascal in heftiger Aufregung
ihr aus der Hand. Er sah den Schlüssel an, er sah
das junge Mädchen an. Es war also jetzt zu Ende?
Sie verfolgte ihn nun nicht mehr, sie wollte also nicht
mehr alles rauben, alles verbrennen? Und wie er
sie immer noch lächeln sah, wie er sah, daß auch sie
sehr bewegt war, da fühlte er in seinem Herzen eine
unendliche Freude darüber.

Er nahm sie und schloß sie in seine Arme.

„O, Kind, Kind! Wir können nicht zu unglück=
lich sein!"

Seitdem fand er seine Kräfte wieder, die Bes=
serung schritt rascher vorwärts. Rückfälle waren zwar
immer noch möglich, denn er blieb sehr angegriffen.
Aber er konnte doch schreiben, und die Tage gingen
nicht mehr so träge dahin. Die Sonne schien jetzt
ebenfalls freundlicher, und die Hitze wurde schon so
groß, daß man in dem Saale die Läden zuweilen
halb schließen mußte. Besuche zu empfangen, wei=
gerte er sich noch entschieden, kaum die alte Martine
duldete er um sich. Seiner Mutter ließ er sagen,
daß er schliefe, wenn sie hier und da kam, um sich
nach seinem Befinden zu erkundigen. Und er war

nur in dieser köstlichen Einsamkeit zufrieden, gepflegt von dieser Rebellin, der Feindin von gestern, der ergebenen Schülerin von heute. Oft herrschte lange Zeit tiefes Schweigen zwischen ihnen, ohne daß sie sich bedrückt fühlten; sie dachten dann nach, sie schwebten dann in unendlich süßen Träumen.

Dennoch erschien Pascal eines Tages in sehr ernster Stimmung. Er hatte jetzt die feste Ueberzeugung, daß die Ursache seines Leidens nur eine zufällige war, und daß die Frage der Vererbung dabei gar keine Rolle spielte. Das erfüllte ihn aber keineswegs mit mehr Demut.

„Mein Gott!" murmelte er leise vor sich hin. „Was sind wir doch für ein Nichts! Was bin ich, der ich mich für so kräftig hielt, der ich so stolz auf meinen gesunden Verstand war! Und dabei hätte mich beinahe etwas Kummer und etwas Anstrengung verrückt gemacht!"

Er schwieg und dachte weiter nach. Seine Augen erglänzten; er hatte sich endlich ganz selbst über- wunden. Dann entschloß er sich, in einem Augen- blicke der Klugheit und des Mutes zu sprechen.

„Wenn es mir wieder besser geht, so macht es mir besonders Deinetwegen Vergnügen."

Clotilde hob, da sie ihn nicht verstand, fragend ihren Kopf empor.

„Wieso?"

„Nun, da ist doch gar kein Zweifel möglich, natür- lich wegen Deiner Heirat ... Wir können jetzt das Datum festsetzen."

Sie war überrascht.

„Ah, es ist wahr! Meine Heirat!"

„Ist es Dir recht, wenn wir die zweite Woche im Juni wählen?"

„Ja, die zweite Juniwoche, das wird sehr gut passen."

Sie sprachen nicht weiter miteinander; sie hatte die Augen wieder auf die Näharbeit gesenkt, mit der sie gerade beschäftigt war, während er, die Blicke in die Ferne gerichtet, mit ernstem Gesichte regungslos dasaß.

Siebentes Kapitel.

————

Als an diesem Tage die alte Frau Rougon auf die Souleiade kam, bemerkte sie die alte Martine in dem Gemüsegarten, die gerade damit beschäftigt war, Lauch zu pflanzen; sie nahm diese günstige Gelegenheit sofort wahr und ging auf die Haushälterin zu, um mit ihr zu schwatzen und sie auszuhorchen, bevor sie das Haus betrat.

Die Zeit verging, und die alte Dame war ganz untröstlich über die Desertion Clotildens, wie sie zu sagen pflegte. Sie fühlte genau, daß sie die Alten niemals durch das junge Mädchen erhalten würde. Diese Kleine war auf bedenkliche Abwege geraten; sie näherte sich Pascal wieder, seitdem sie ihn gepflegt hatte, und verirrte sich dabei so weit, daß sie sie seitdem nie wieder in der Kirche gesehen hatte. Sie war daher auf ihre frühere Idee zurückgekommen, sie zu entfernen und dann ihren Sohn zu gewinnen, wenn er allein sein würde und durch die Einsamkeit mürbe geworden wäre. Da sie Clotilden nicht dazu hatte bestimmen können, ihrem Bruder Maxime nach

Paris zu folgen, so begeisterte sie sich für die Heirat; sie hätte sie gar zu gern schon am vorhergehenden Tage dem Doktor Ramond in die Arme werfen wollen, unzufrieden mit den fortwährenden Verzögerungen. Und nun kam sie heute nachmittag herbeigeeilt in dem fieberhaften Verlangen, die Sache so viel als möglich zu beschleunigen.

„Guten Tag, Martine . . . Nun, wie geht es denn hier?"

Die alte Haushälterin, die am Boden kniete und die Hände voller Erde hatte, hob ihr blasses Gesicht empor, das sie durch ein um die Haare gebundenes Tuch gegen die Sonnenstrahlen schützte.

„Wie immer, Frau Rougon, still und ruhig."

Und nun plauderten sie. Felicité behandelte die Alte heute als Vertraute, die der Familie ganz ergeben war und mit der man über alles reden konnte! Sie begann sie auszufragen, sie wollte wissen, ob Doktor Ramond nicht heute morgen da gewesen wäre. Ja, er wäre dagewesen, aber man hätte ganz gewiß nur über gleichgiltige Dinge gesprochen. Felicité war ganz außer sich, denn sie hatte Doktor Ramond am vorhergehenden Abend gesprochen, und er hatte sich ihr anvertraut und ihr sein Leid geklagt, daß er noch immer keine definitive Antwort erhalten hätte; es läge ihm viel daran, jetzt wenigstens das Jawort von Clotilde zu bekommen. Das konnte nicht länger so fortgehen; man mußte das junge Mädchen zwingen, sich zu verloben.

„Er ist zu zartfühlend," rief sie ärgerlich, „ich

habe es ihm auch gesagt. Ich wußte es im voraus,
daß er auch heute morgen nicht wagen würde, sie zu
einer Erklärung zu zwingen ... Aber jetzt werde ich
mich hineinmischen. Wir wollen doch sehen, ob ich
sie nicht dahin bringe, daß sie einen Entschluß faßt."

Dann fuhr sie ruhiger fort:

"Mein Sohn ist jetzt wieder gesund, er braucht
sie also nicht mehr."

Die alte Martine, die sich wieder daran gemacht
hatte, ihren Lauch zu pflanzen, richtete sich aus ihrer
gebückten Stellung lebhaft auf.

"Ja, das ist richtig!"

Und auf ihrem in dreißigjähriger Dienstbarkeit
alt gewordenen Gesicht erglänzte wieder ein freudiger
Schimmer. Seitdem ihr Herr sie fast gar nicht mehr
bei sich duldete, blutete in ihrem Inneren eine
schmerzliche Wunde. Während seiner ganzen Krank=
heit hatte er sie von sich entfernt gehalten, indem er
immer weniger und weniger ihre Dienste in Anspruch
nahm und endlich die Thüre seines Zimmers ganz
vor ihr verschloß. Sie hatte eine unbestimmte Ah=
nung von dem, was vor sich ging, und bei ihrer
Verehrung für Doktor Pascal, bei dem sie während
einer so langen Reihe von Jahren etwas gegolten hatte,
quälte sie eine instinktive Eifersucht.

"Wir haben das Fräulein ganz bestimmt nicht
mehr nötig ... Ich bin vollständig genug für den
Herrn Doktor."

Dann sprach sie ganz bescheiden von ihren
Gartenarbeiten, sagte, daß sie noch Zeit genug

fände, ihr Gemüse zu besorgen, damit sie wenigstens
einige Tage in der Woche keinen Arbeitsmann
brauche. Das Haus wäre ja gewiß groß; aber wer
sich nicht vor der Arbeit fürchtete, der würde auch
damit zu Ende kommen. Und wenn das Fräulein
sie verlassen würde, wäre ja auch eine Person weniger
zu bedienen. Und ihre Augen leuchteten unbewußt
bei dem Gedanken an die große Einsamkeit, an den
glücklichen Frieden, in dem man nach der Abreise
Clotildens hier leben würde.

Sie senkte ihre Stimme.

„Für mich wird es jedenfalls recht schwer werden,
da der Herr Doktor sehr an dem Fräulein hängt.
Niemals hätte ich geglaubt, daß ich diese Trennung
wünschen würde. Allein ich denke wie Sie, Frau
Rougon, daß sie notwendig ist, denn ich hege die
große Befürchtung, daß das Fräulein hier noch ganz
verdorben und daß aus ihr eine für den lieben Gott
verlorene Seele wird. Ach, es ist wirklich traurig, und
mir ist das Herz oft so schwer davon, daß es aufschreit!"

„Sie sind alle beide oben, nicht wahr?" fragte
Felicité. „Ich werde jetzt hinaufgehen und mit
ihnen reden; ich will mich bemühen, sie dahin zu
bringen, daß sie der Sache endlich ein Ende machen."

Als sie eine Stunde später wieder herunterkam,
fand sie die alte Martine immer noch auf den Knieen
in der weichen Erde liegend und ihre Anpflanzungen
beendigend.

Oben habe ihr Pascal nach den ersten Worten,
als sie erzählt hätte, daß sie mit Doktor Ramond

gesprochen habe und daß er sich sehr ungeduldig
zeige, sein Schicksal kennen zu lernen, entschieden bei=
gestimmt; er wäre sehr ernst gewesen und habe mit
dem Kopfe genickt, wie um anzudeuten, daß diese
Ungeduld ihm sehr natürlich erscheine. Clotilde selbst
habe aufgehört zu lächeln, und es habe ganz den
Anschein gehabt, als ob sie ihr willfährig zuhöre.
Aber dann habe sie doch große Verwunderung ge=
zeigt. Warum man sie denn dränge? Der Meister
habe die Heirat auf die zweite Juniwoche festgesetzt,
sie habe also noch zwei lange Monate vor sich. In
den nächsten Tagen würde sie mit Ramond darüber
sprechen. Die Heirat wäre etwas so Ernstes, daß
man ihr doch wohl Zeit zur Ueberlegung lassen
könnte. Erst in der letzten Minute würde sie sich
verloben. Ueberdies hätte sie dies alles mit ihrer
klugen Miene gesagt wie eine Person, die entschlossen
sei, ihren Standpunkt zu wahren.

Felicité hatte sich damit zufrieden gegeben,
daß die beiden oben augenscheinlich auch den Wunsch
hegten, die Sache möchte auf diese Weise die vernünf=
tigste Lösung finden.

„Ich glaube wirklich, daß alles jetzt in Ord=
nung ist," schloß sie. „Er scheint kein Hindernis in
den Weg zu legen und sie will nur die Sache nicht
übereilen; sie ist eines von den Mädchen, die sich
erst in ihrem Herzen fragen wollen, ehe sie sich für
das Leben binden . . . Ich will ihr daher auch noch
acht Tage zum Ueberlegen lassen."

Martine hatte sich auf ihre Hacken gesetzt und

betrachtete mit starren Blicken die Erde, während ein trüber Schatten sich über ihr Gesicht breitete.

„Ja, ja!" murmelte sie mit leiser Stimme vor sich hin. „Das Fräulein denkt seit einiger Zeit sehr viel nach... Ich finde sie in allen Ecken träumend sitzen. Spricht man sie an, so erhält man gar keine Antwort von ihr. Sie ist ganz wie die Leute, die den Keim einer Krankheit in sich tragen und deren Augen nach innen gerichtet sind ... Es geht da etwas vor, sie ist nicht mehr dieselbe, gar nicht mehr dieselbe ..."

Dann nahm sie ihr Steckholz wieder zur Hand und grub in ihrem unermüdlichen Arbeitseifer ihre Lauchpflänzchen weiter ein, während die alte Frau Rougon etwas beruhigt fortging, da, wie sie sagte, die Heirat jetzt sicher sei.

Pascal schien in der That Clotildens Heirat als etwas fest Beschlossenes, Unvermeidliches anzusehen. Er hatte mit ihr nicht wieder darüber gesprochen; die seltenen Anspielungen, die sie unter sich darauf machten in ihren stündlichen Gesprächen, ließen sie ganz ruhig. Es war gerade, als ob die beiden Monate, die sie noch mit einander zu verleben hatten, ohne Ende sein müßten, eine Ewigkeit, deren Aufhören sie gar nicht erleben könnten. Sie vor allem sah ihn immer lächelnd an, verscheuchte alle Sorgen, verschob alle Beschlußfassung auf eine spätere Zeit mit einer lustigen, unbekümmerten Miene, die sich ganz auf das wohl- thätige Leben verließ. Er, geheilt, fand seine Kräfte mit jedem Tage mehr und mehr wieder und war nur betrübt, wenn er am Abende, nachdem sie sich

zur Ruhe begeben hatte, in die Einsamkeit seines
Zimmers zurückkehrte. Dann überlief es ihn kalt;
ein Schauer durchrieselte ihn bei dem Gedanken, daß
nun bald eine Zeit kommen sollte, wo er immer
allein sein würde. War es denn das beginnende
Greisenalter, das ihn so zittern machte? Das erschien
ihm von weitem wie eine in tiefes Dunkel gehüllte
Gegend, in der er jetzt schon seine ganze Energie sich
auflösen fühlte. Und dann erfüllten ihn auch der
schmerzliche Gedanke an die Frau, an das Kind, die
ihm fehlten, mit Unwillen und quälte ihn mit un=
erträglicher Bangigkeit.

Ach, daß er nicht gelebt hatte! In mancher
Nacht ging er sogar so weit, die Wissenschaft zu ver=
fluchen, die er beschuldigte, ihm den besten Teil seiner
Männlichkeit genommen zu haben. Er hatte sich
von der Arbeit ganz aufzehren lassen, sie hatte ihm
das Gehirn zernagt, sie hatte ihm das Herz zernagt,
sie hatte ihm die Muskeln zernagt.

Außer jener einzigen großen Leidenschaft war er
nur für die Bücher geboren, nur für beschriebenes
Papier, das der Wind ohne Zweifel davontragen
würde, deren kalte, leblose Blätter ihm die Hände
erstarren ließen, wenn er sie öffnete. Und er hatte
keine lebenswarme Frauenbrust an die seine zu
drücken, keine weichen Kinderhaare zu küssen! Er
hatte nur in der kalten Hülle eines egoistischen Ge=
lehrten gelebt, und darin würde er auch sterben.
Sollte er denn wirklich so sterben? Sollte er denn
nicht auch das Glück genießen wie die einfachen Pack=

träger und Fuhrleute, deren Peitschen unter seinen
Fenstern knallten? Aber dann hätte er sich schon
beeilen müssen, denn ohne Zweifel würde bald keine
Zeit mehr dazu sein. Seine ganze ungenossene
Jugend, alle seine zurückgedrängten und aufgespeicherten
Wünsche stiegen ihm in einem aufbrausenden Strom
in die Adern. Es war das leidenschaftliche Ver=
langen nach Liebe, es war der heiße Wunsch, noch
einmal aufzuleben, um die Leidenschaften erschöpfend
zu genießen, die er noch nicht gekostet hatte, sich an
allem zu berauschen, bevor er ein Greis würde. Er
würde an die Thüren klopfen, er würde die Vorüber=
gehenden anhalten, er würde das Land und die
Stadt durchsuchen. Dann am folgenden Morgen, wenn
er sich mit kaltem Wasser gewaschen hatte und sein
Zimmer verließ, legte sich seine fieberhafte Aufregung
wieder, die glühenden Bilder verschwanden, und er
fiel wieder zurück in seine natürliche Schüchternheit.
In der folgenden Nacht aber brachte ihm die Furcht
vor dem Alleinsein die gleiche Schlaflosigkeit wieder,
sein Blut wurde rebellisch, und die gleichen ver=
zweifelten Zustände traten ein, die gleiche Erregtheit,
das gleiche Verlangen, nicht zu sterben, ohne das
Weib erkannt zu haben.

Während dieser fieberheißen Nächte träumte er
bei offenen Augen immer den nämlichen Traum.
Eine Straßendirne ging vorüber, ein wunderbar
schönes Mädchen von zwanzig Jahren, sie trat bei ihm
ein und ließ sich vor ihm auf die Kniee nieder in be=
mütiger Verehrung, und er heiratete sie. Es war

eine jener Liebespilgerinnen, wie man sie in den
alten Geschichten findet, die einem Sterne gefolgt
war und kam, um einem alten, sehr mächtigen und
ruhmbedeckten König die Gesundheit und die Kraft
wieder zu verleihen. Er war der alte König und
sie betete ihn an; sie bewirkte mit ihren zwanzig
Jahren das Wunder, ihm seine Jugend wieder zu
verschaffen. Er ging triumphirend aus ihren Armen
hervor, er hatte den Glauben, den Mut zum Leben
wieder gefunden. In einer Bibel aus dem fünf=
zehnten Jahrhundert, die er besaß und die mit naiven
Holzschnitten geschmückt war, interessirte ihn vor allem
ein Bild: Der alte König David, in sein Zimmer
zurückkehrend, die Hand gelegt auf die nackte Schulter
der Abisaig, der jungen Sunemitin. Und er las
den Text auf der gegenüberliegenden Seite: „Als
der König David alt geworden war, konnte er sich
gar nicht erwärmen, obgleich man ihn fest zu=
deckte. Da sagten seine Diener zu ihm: ‚Wir werden
ein junges Mädchen, eine Jungfrau, für den König,
unsern Herrn, suchen, damit sie immer in der Nähe
des Königs bleibt, damit sie ihn unterhalten kann
und damit sie, bei ihm schlafend, den König, unseren
Herrn, erwärmt.‘ Sie suchten also in allen Landen
Israels ein Mädchen, das jung und schön war; sie
fanden Abisaig, die Sunemitin, und führten sie zu
ihm; sie war ein junges Mädchen von großer Schön=
heit, sie schlief bei dem König und sie diente ihm…“
War das Frieren des alten Königs nicht dasselbe,
was ihn jetzt durchkältete, wenn er allein in seinem

Bette lag unter dem düstern Plafond seines Zim=
mers? Und die Straßendirne, die Liebespilgerin,
die sein Traum ihm zuführte, war das nicht die
unterwürfige und gelehrige Abisaig, die aus Liebe
Dienende, die sich ganz ihrem Herrn hingab, einzig
und allein zu seinem Besten? Er sah sie immer
vor sich als Sklavin, die glücklich war, sich ihm ganz
widmen zu dürfen, gewärtig des leisesten Winkes,
von einer so auffallenden Schönheit, daß sie ihm
fortwährend zur Freude gereichte, und von einer
solch liebenswürdigen Sanftmut, daß er sich wie
überströmt von süß duftenden Essenzen fühlte. Dann
zogen, wenn er so zuweilen die alte Bibel durch=
blätterte, noch andere Bilder an ihm vorüber, und
seine Phantasie verlor sich in jene entschwundene
Welt der Patriarchen und Könige. Welcher Glaube
an die lange Lebensdauer des Mannes, an seine
Zeugungskraft, an seine Allmacht über die Frauen lebte
damals, als jene außerordentlichen Männer der Ge=
schichte noch im Alter von hundert Jahren ihre
Gattinnen schwängerten, ihre Sklavinnen in ihr Bett
aufnahmen und auch sonst noch junge Witwen und
Jungfrauen, die ihnen begegneten! Da war der hundert=
jährige Abraham, der Vater von Ismael und Isaak,
der Gemahl seiner Schwester Sarah und der gehor=
same Herr seiner Sklavin Hagar! Da war die köst=
liche Idylle von Ruth und Boas; sie kam als junge
Witwe nach Bethlehem während der Erntezeit und
legte sich in einer lauwarmen Nacht zu den Füßen
ihres Herrn schlafen, der das Recht, das sie forderte,

verstand und sie heiratete als eine Verwandte durch
Verschwägerung, nach dem Gesetze. Das war jener
freie Trieb eines starken und lebenskräftigen Volkes,
dessen Werke die Welt erobern mußten, jene Männer
mit ihrer niemals erlöschenden Manneskraft, jene
immer fruchtbaren Frauen, jene ununterbrochene, kräftige Fortpflanzung des Geschlechtes durch Verbrechen,
Ehebruch, Blutschande und Liebe, die kein Alter und
keine Vernunft kannte, hindurch! Und sein Traum
nahm endlich vor diesen alten naiven Holzschnitten
für ihn eine wirkliche Gestalt an. Abisaig trat in sein
düsteres Zimmer, das sie erhellte und mit süßem
Duft erfüllte; sie öffnete ihre nackten Arme, ihre
nackten Schenkel, sie zeigte ihre ganze göttergleiche
Nacktheit, um ihm ihre königliche Jugend zum Ge-
schenke zu geben. .

Ah, die Jugend! Er hatte nach ihr einen wahren
Heißhunger! Beim Niedergange seines Lebens war
dieses leidenschaftliche Verlangen nach der Jugend
die Auflehnung gegen das drohende Greisenalter, ein
verzweifeltes Streben nach einem Rückschreiten in die
Vergangenheit, nach einem Wiederanfangen. Und
bei diesem Wunsch, noch einmal mit dem Leben anfangen zu dürfen, empfand er nicht nur das Bedauern um das versäumte erste Glück, den unschätz-
baren Wert der vergangenen Stunden, denen die
Erinnerung den Reiz verleiht, sondern er hatte auch
den festen Willen, diesesmal seine Gesundheit und
seine Kraft zu genießen, nichts von den Liebesfreuden
zu verlieren. Ah, die Jugend, wie würde er sich

darin festgebissen haben mit der ganzen Kraft seiner
Zähne, wie würde er sie noch einmal genossen und
durchkostet haben, bevor er alt wurde! Eine schmerz=
liche Erregung packte ihn, als er sich noch einmal
als Jüngling von zwanzig Jahren sah mit schlanker
Gestalt und der gesunden Kraft einer jungen Eiche,
mit glänzend weißen Zähnen und üppigen schwarzen
Haaren. Mit welcher Begeisterung würde er sie
feiern, diese damals verachteten Gaben, wenn ein
Wunder sie ihm wieder verliehen hätte! Und die
Jugend bei der Frau, ein junges Mädchen, das an
ihm vorüberging, beunruhigte ihn, versetzte ihn in
tiefe Rührung. Und dies brachte sogar oft, ganz
abgesehen von der Person, allein nur das Bild der
Jugend hervor, der reine Duft und Glanz, der von
ihr ausging, die hellen Augen, die gesunden Lippen,
die frischen Wangen, vor allem der zarte, atlasweiche,
runde Hals, beschattet von den widerspenstigen Löck=
chen im Nacken; und die Jugend erschien ihm immer
schön und groß, einer Göttin gleich in ihrer ruhigen
Nacktheit. Seine Blicke folgten der Erscheinung, sein
Herz versank in ein unendliches Verlangen. Nur
die Jugend war gut und begehrenswert, sie war die
Blume der Welt, die einzige Schönheit, die einzige
Freude, das einzige wahre Gut neben der Gesund=
heit, welches die Natur dem Sein verleihen konnte.
Ach, noch einmal wieder anfangen, noch einmal
wieder jung sein, für sich in heißer Umarmung ein
junges Weib ganz haben zu können!

Pascal und Clotilde hatten jetzt, seitdem die

schönen Apriltage die Obstbäume zum Blühen gebracht hatten, ihre Morgenpromenaden durch die
Souleiade wieder aufgenommen. Er machte seine
ersten Rekonvaleszentenspaziergänge, sie führte ihn auf
den großen freien Platz, wo es schon sehr heiß war,
sie geleitete ihn durch die Alleen des Fichtenwaldes
und brachte ihn zurück auf die Terrasse, die nur die
Schattenstreifen der beiden hundertjährigen Cypressen
durchschnitten. Die Sonne brannte schon heiß auf
die alten Steinplatten, unendlich breitete sich der Horizont aus unter dem strahlenden Himmelszelte.

Und eines Morgens, als Clotilde rasch gegangen
war, kehrte sie sehr erregt, sich schüttelnd vor Lachen,
in lustiger Stimmung zurück, daß sie gleich in den
Saal hinaufstieg, ohne vorher den Gartenhut und
das leichte Spitzentuch, das sie um den Hals ge-
schlungen hatte, abgelegt zu haben.

„Ach!" rief sie, „wie ist mir heiß! Und wie
dumm bin ich, daß ich unten nicht erst abgelegt habe!
Ich will gleich wieder hinuntergehen!"

Sie hatte beim Hereinkommen das Spitzentuch
auf einen Fauteuil geworfen. Aber ihre Hände
wurden ungeduldig, als sie die Bindbänder ihres
großen Strohhutes lösen wollte.

„Das ist ja sehr schön! Da habe ich einen
Knoten gemacht! Damit werde ich nicht allein fertig
werden! Du mußt mir zu Hilfe kommen!"

Pascal war auch angeregt von dem Spaziergange
und freute sich, wie er sie so schön und glücklich vor sich
sah. Er trat näher und mußte sich ganz an sie anlegen.

„Paß auf, hebe das Kinn in die Höhe! Ach, Du bewegst Dich ja immer! Wie glaubst Du wohl, daß ich mich damit zurecht finden soll?"

Sie lachte noch lauter; er sah dieses Lachen, das in einer sonoren Tonwelle ihrer Kehle entströmte. Seine Finger verwirrten sich unter dem Kinn, an jenem köstlichen Teile des Halses, dessen seidenweiche Haut er unwillkürlich immer berührte. Sie hatte ein sehr weit ausgeschnittenes Kleid an; er genoß ihre ganze Schönheit durch diese Oeffnung, aus der der ganze lebenswarme Duft der Frau aufstieg, die reine Blüte ihrer Jugend, erhitzt von der glühenden Sonne. Da erfaßte ihn mit einemmale ein Schwindel, er glaubte in Ohnmacht zu fallen.

„Nein, nein, ich kann es nicht, wenn Du nicht ruhig bleibst!"

Eine Blutwelle hämmerte in seinen Schläfen, seine Finger wurden nervös, während sie sich immer unruhiger hin und her bewegte, wobei ihre Jungfräulichkeit, ohne daß sie es wußte, ihn in arge Versuchung führte. Sie war eine Erscheinung von stolzer Jugend mit ihren hellen Augen, ihren gesunden Lippen, ihren frischen Wangen und dem zarten, seidenweichen, runden Halse unter dem Lockengewirr am Nacken. Und er fühlte ihren eleganten, schlanken Wuchs, ihre zarte Brust in ihrer aufblühenden, göttlichen Schönheit.

„Da, jetzt ist es geschehen!"

Ohne zu wissen, wie, hatte er die Bänder gelöst. Die Wände drehten sich mit ihm, aber er sah sie

noch, jetzt ohne Hut, mit ihrem Sternenangesicht,
wie sie lachend ihre blonden Haarwogen schüttelte.
Da erfaßte ihn die Angst, er könnte sie in seine
Arme nehmen und wahnsinnig küssen auf alle Stellen,
wo sie etwas von ihrer Nacktheit zeigte. Aber er
entzog sich der Gefahr, indem er ihren Strohhut,
den er in der Hand hielt, forttrug, wobei er stotternd
sagte:

„Ich will ihn unten im Vestibül aufhängen . . .
Warte hier auf mich, ich muß mit Martine sprechen.“

Unten flüchtete er sich in den verlassenen Salon
und verschloß die Thüre doppelt, aus Angst, sie möchte
ungeduldig werden und herunterkommen, um ihn zu
suchen. Er war ganz außer sich und verstört, gleich
als ob er ein Verbrechen begangen hätte. Er sprach
ganz laut mit sich selbst und erzitterte heftig bei dem
ersten Laut, der von seinen Lippen kam: „Ich habe
sie immer geliebt und heiß ersehnt!“ Ja, seitdem sie
zum Weibe herangewachsen war, betete er sie an.
Und er sah plötzlich klar, er sah in ihr nur das reife
Weib, das sie geworden war, nachdem sie sich aus
einem Gassenjungen ohne Geschlecht zu einem solch
reizenden und liebenswerten Wesen entwickelt hatte,
mit ihren langen, schlanken Beinen, mit ihrem hoch
gewachsenen und kräftigen Oberkörper, ihrer runden
Brust, ihrem runden Halse und ihren runden, biegsamen Armen. Ihr Nacken und ihre Schultern waren
so weiß wie Milch, so weich und glatt wie Seide
und von unendlicher Zartheit. Und es war entsetzlich, aber nur zu wahr, er empfand Verlangen

nach diesem allen, verzehrendes Verlangen nach dieser Jugend, nach diesem so reinen, blühenden Fleische, das so süß duftete.

Dann brach Pascal, der sich auf einen wackligen Stuhl geworfen und das Gesicht in seine beiden verschlungenen Hände verborgen hatte, als ob er das Tageslicht nicht mehr sehen wollte, in schwere Seufzer aus. Mein Gott! Was sollte daraus werden? Ein kleines Mädchen, das ihm sein Bruder anvertraut und das er bis jetzt als guter Vater auferzogen hatte, das war heute jene Versucherin von fünfundzwanzig Jahren, das Weib in seiner ganzen gebietenden Allmacht! Er fühlte sich widerstandsloser, schwächer wie ein Kind.

Und abgesehen von diesem physischen Verlangen, liebte er sie noch mit einer unendlichen Zärtlichkeit, entzückt von ihrer moralischen und intellektuellen Persönlichkeit, von der Geradheit ihres Empfindens und von ihrem munteren, tapferen und entschlossenen Geiste. Bis zu ihrer Veruneinigung war von jener Ungewißheit des Mysteriums, das sie plagte und das sie ihm schließlich lieb und wert machte als ein Wesen, so ganz verschieden von ihm selbst, in welchem er etwas von der Unendlichkeit der Dinge wiederfand, nichts zu merken gewesen. Sie gefiel ihm in ihrer auflehnenden Haltung, wenn sie ihm die Stirne bot. Sie war seine Kameradin und Schülerin, er sah sie als die, die er aus ihr gemacht hatte, mit ihrem großen Herzen, ihrer leidenschaftlichen Freimütigkeit, ihrem siegreichen Verstande. Und ihre

Anwesenheit war ihm immer notwendig; er konnte
es sich gar nicht vorstellen, wie es möglich sein
könnte, daß er eine Luft atmete, in der sie nicht
mehr lebte. Er empfand ein stetes Bedürfnis nach
ihrem Atem, nach dem Rauschen ihrer Kleider um
ihn herum, nach ihren Gedanken und nach ihrer Zuneigung, von der er sich umschwebt fühlte, nach ihren
Blicken, nach ihrem Lächeln, kurz nach ihrer ganzen
täglichen Thätigkeit als Frau, die sie ihm bisher gewidmet hatte und die sie jetzt nicht die Grausamkeit
haben würde, ihm zu entziehen. Bei dem Gedanken,
daß sie fortgehen könnte, war es ihm, als ob der
Himmel über seinem Haupte einstürzen sollte, als ob das
Ende von allem, das letzte ewige Dunkel nahte. Sie allein
existirte für ihn auf der Welt, sie allein war die Erhabene und Gute, sie die einzige Einsichtige und
Kluge, die einzige Schöne, von einer wunderbaren
Lieblichkeit. Warum wagte er es denn nicht, da er
sie doch anbetete und da er doch ihr Meister war,
sie in seine Arme zu nehmen und sie wie ein Götter-
bild zu küssen? Sie waren ja beide ganz frei; sie
wußte ja alles ganz genau und hatte das Alter,
Frau zu sein. Das würde das Glück sein.

Pascal, der jetzt nicht mehr weinte, erhob sich
und wollte nach der Thür hingehen. Aber mit
einemmale sank er auf den Stuhl zurück, von neuen
Seufzern und Bedenken gequält. Nein, nein! Das
war abscheulich, das war unmöglich! Es war ihm
jetzt, als fühle er seine weißen Haare wie Eis auf
seinem Kopfe; er bekam einen heftigen Schrecken

wegen seines Alters, wegen seiner neunundfünfzig
Jahre, wenn er an sie, an ihre fünfundzwanzig
Jahre dachte. Ein Zittern hatte ihn ergriffen, vor
Schreck über die Gewißheit, daß sie ihn ganz besaß,
daß er ganz machtlos gegen diese tägliche Versuchung
sein sollte. Und er sah sie vor sich, wie sie ihm die
Bänder an ihrem Hute zu lösen gab, wie sie ihn
rief und ihn zwang, sich über sie herabzubeugen, um in
ihrer Arbeit irgend eine Verbesserung anzubringen,
und er sah sich, wie er, verblendet und ganz außer
Fassung gebracht, mit gierigen Blicken ihren Hals,
ihren Nacken verschlang. Oder am Abend, was
noch schlimmer war, wenn sie beide zögerten, die
Lampe bringen zu lassen, das Schwachwerden bei
dem langsamen Niedersinken der mitschuldigen Nacht,
das unwillkürliche, unwiderstehliche Verlangen, sich
gegenseitig in die Arme zu sinken. Ein heftiger Zorn
regte sich in ihm gegen diese mögliche Lösung, die sogar
gewiß eintreten würde, wenn er nicht den Mut zur Tren=
nung fände. Das würde von seiner Seite das
schlimmste der Verbrechen, ein Vertrauensmißbrauch,
eine gemeine Verführung sein. Seine Empörung
dagegen war eine derartige, daß er sich diesmal
mutig erhob und wieder die Kraft besaß, hinauf in
den Saal zu gehen, fest entschlossen, den Kampf zu
wagen.

Oben hatte sich Clotilde still an eine Zeichnung
gemacht, sie wendete nicht einmal den Kopf um,
sondern begnügte sich zu sagen:

„Wie lange bist Du weg gewesen! Ich glaubte

schließlich, daß Martine in ihrer Rechnung einen
Fehler von zehn Sous gemacht hätte."

Diese gewohnte Spötterei über den Geiz der
alten Haushälterin brachte ihn zum Lachen. Dann
setzte auch er sich ruhig an seinen Tisch. Sie sprachen
nichts mehr bis zum Dejeuner. Ein süßer Frieden
überkam ihn, beruhigte ihn, seitdem er wieder bei ihr
war. Er wagte sie anzusehen, er wurde durch ihr
feines Profil gerührt, durch ihr ernstes, stolzes
Mädchenantlitz. Hatte er da unten denn einen
bösen Traum gehabt? Sollte er sich so leicht be-
siegen können?

„Ah!" sagte er, als die alte Martine sie zum
Essen rief. „Ich habe gewaltigen Hunger! Du sollst
sehen, wie ich mir wieder Kräfte verschaffe!"

In fröhlicher Stimmung war sie an ihn herangetreten und hatte seinen Arm genommen.

„Das ist recht, Meister! Man muß vergnügt
und mutig sein!"

Aber während der Nacht in seinem Zimmer begann die Todesangst von neuem. Bei dem Gedanken, sie zu verlieren, mußte er das Gesicht in
das Kopfkissen vergraben, um seine Schreie zu ersticken. Verschiedene Bilder waren ihm deutlich vor
die Seele getreten; er hatte sie in den Armen eines
andern gesehen, wie sie diesem andern das Geschenk
ihres jungfräulichen Körpers machte, und eine wilde
Eifersucht quälte ihn. Niemals würde er den Herois-
mus finden, zu einem solchen Opfer seine Zustimmung
zu geben. Alle Arten Pläne jagten sich in seinem

armen Kopfe: er wollte sie von der Heirat abbringen,
er wollte sie bei sich behalten, ohne daß sie jemals
etwas von seiner Leidenschaft erfahren sollte; er wollte
mit ihr fortgehen, er wollte mit ihr von Stadt zu
Stadt reisen; er wollte ihrer beider Gedanken mit
endlosen Studien beschäftigen, um ihr kameradschaft-
liches Verhältnis als Lehrer und Schülerin zu erhalten; ja, er wollte sie sogar, wenn es sein müßte,
zu ihrem Bruder schicken, dessen Krankenpflegerin sie
werden sollte; er wollte sie lieber verlieren, als sie
einem Gatten geben. Und bei jedem dieser Pläne
fühlte er, wie sein Herz blutete, wie es vor Angst
aufschrie in seinem gebieterischen Verlangen, sie ganz
und gar zu besitzen. Er gab sich nicht mehr zufrieden mit ihrer bloßen Anwesenheit; er wollte sie
ganz allein für sich haben, so daß sie mit ihrer reinen Nacktheit, nur umwogt von der entfesselten Flut ihrer pracht-
vollen Haare, Licht in dem Dunkel seines Zimmers verbreitete. Seine Arme umschlangen die Leere, er sprang
aus dem Bette wie ein Betrunkener hin und her tau-
melnd, und erst wenn er eine Zeit lang mit seinen nackten
Füßen in der Dunkelheit auf dem Parket des
Saales umhergeirrt war, erwachte er aus dieser
plötzlichen tollen Wahnvorstellung. Großer Gott!
Wohin sollte das führen? Sollte er an die Thüre
des schlummernden Kindes klopfen? Sollte er sie
vielleicht mit einem Schulterstoß eindrücken? Ein
leichter Hauch, den er mitten in der tiefen Stille zu
vernehmen glaubte, traf ihn in das Gesicht und trieb
ihn wie ein heiliger Wind zurück. Er warf sich

wieder auf sein Bett nieder in dem entsetzlichen Ge=
fühl seiner Schande und Verzweiflung.

Am nächsten Morgen, als Pascal aufstand, ganz
zerschlagen von seiner Schlaflosigkeit, hatte er einen
festen Entschluß gefaßt. Er nahm wie an jedem
Tage sein Bad und fühlte sich dadurch wieder ge=
stählt und gesünder. Der Plan, an dem er schließ=
lich festgehalten hatte, bestand darin, Clotilden zu
zwingen, Doktor Ramond ihr Wort zu geben. Wenn
sie ausdrücklich erklärte, Ramond heiraten zu wollen, so
glaubte er, daß diese unwiderrufliche Lösung ihm Er=
leichterung verschaffen, ihm sein thörichtes Hoffen ver=
bieten würde. Das wäre noch eine unüberschreitbare
Schranke mehr, die zwischen ihm und ihr sich auf=
richtete. Er würde dann in Zukunft gewappnet gegen
jenes thörichte Verlangen sein, und wenn er auch
immer darunter leiden müßte, so würde es doch nur der
Schmerz allein sein, den er empfand, ohne jene schreckliche
Angst, ein ehrloser Mensch zu werden, eines Nachts sich
wieder zu erheben, um sie vor dem andern zu besitzen.

An diesem Morgen, als er dem jungen Mädchen
erklärte, sie dürfe jetzt nicht mehr länger die Sache
hinausschieben, sie müsse dem braven Burschen, der
nun schon so lange darauf wartete, endlich eine be=
stimmte Antwort geben, zeigte sie sich zuerst erstaunt.
Sie sah ihm scharf ins Gesicht, in seine Augen.
Und er besaß die Kraft, sich nicht aus der Fassung
bringen zu lassen; er behielt seine etwas bekümmerte
Miene bei, als wenn er betrübt darüber wäre, daß
er ihr diese Dinge zu sagen hätte.

Endlich zeigte sich auf ihrem Gesicht ein schwaches Lächeln und sie wendete ihren Kopf weg.

„Dann willst Du also, Meister, daß ich Dich verlasse?"

Er antwortete nicht direkt.

„Mein liebes Kind, ich versichere Dich, daß ein längeres Hinausschieben lächerlich wäre. Ramond würde das Recht haben, deswegen böse zu werden."

Sie war an ihr Pult getreten, um die darauf liegenden Papiere zu ordnen. Nach einer Weile sagte sie:

„Es ist wirklich komisch, Dich jetzt in dieser Angelegenheit im Bunde mit der Großmama und der alten Martine zu sehen. Sie verfolgen mich ordentlich, daß ich der Sache ein Ende machen soll ... Ich glaubte, noch einige Tage Zeit zu haben. Aber wahrhaftig, wenn ihr alle drei zusammen mich treibt ..."

Sie vollendete ihren Satz nicht, und er zwang sie nicht, sich bestimmt zu erklären.

„Wann willst Du denn, daß ich Ramond zum Kommen auffordern soll?"

„Aber, mein Gott, er kann doch kommen, wann er will; mir sind ja seine Besuche niemals unangenehm gewesen ... Beunruhige Dich deswegen nicht; ich werde ihm sagen lassen, daß wir ihn an einem der nächsten Nachmittage erwarten."

Am zweitfolgenden Tage wiederholte sich die Scene. Clotilde hatte in der Angelegenheit gar nichts gethan, und Pascal zeigte sich diesmal heftig.

Er litt schwer; er hatte Anfälle von Angst und
Verzweiflung, wenn sie nicht mehr da war, um ihn
durch ihr frisches Lachen zu beruhigen. Er forderte
von ihr mit rauhen Worten, daß sie sich als vernünf=
tiges Mädchen betrage, daß sie nicht länger mit einem
ehrbaren Manne, der sie liebte, ihr Spiel treiben sollte.

„Zum Teufel, wenn die Sache einmal vor sich
gehen soll, so wollen wir auch ein Ende damit machen!
Ich kündige Dir daher jetzt an, daß ich heute noch
Ramond auffordern werde, morgen nachmittag um
drei Uhr hierher zu kommen.“

Sie hatte ihn stumm angehört, die Augen zu
Boden gesenkt. Weder der eine noch die andere
schien der Frage näher treten zu wollen, als ob die
Heirat fest beschlossen wäre; sie gingen von dem Ge=
danken aus, daß eine frühere, unwiderruflich gefaßte
Bestimmung bestünde. Als er sah, daß sie ihren
Kopf wieder emporhob, zitterte er, denn er hatte
einen Hauch verspürt, der an ihm vorüberwehte, und
er glaubte, daß sie im Begriffe stünde, ihm zu sagen,
sie habe sich selbst gefragt und widersetze sich dieser
Heirat. Mein Gott! Was sollte dann werden, was
sollte er dann thun? Er war zugleich von einer
unendlichen Freude und von einem wahnsinnigen
Schrecken ergriffen. Aber sie sah ihn mit einem
sanften, liebenswürdigen Lächeln an, das nicht
wieder von ihren Lippen schwand, und antwortete
mit einer unterwürfigen Miene:

„Wie es Dir recht ist, Meister! Laß ihm sagen,
er solle morgen nachmittag um drei Uhr hier sein.“

Die Nacht war so fürchterlich für Pascal, daß er erst sehr spät aufstand, indem er vorgab, er habe wieder einen Migräneanfall gehabt. Nur unter dem eiskalten Wasser der Douche verspürte er einige Erleichterung. Dann ging er gegen zehn Uhr aus, um, wie er sagte, Ramond selbst aufzusuchen. Aber dieser Ausgang hatte einen ganz andern Zweck; er mußte bei einer Wiederverkäuferin in Plassans ein Mieder von alten Alençonspitzen, das dort schlummerte, in der Erwartung der freigebigen Thorheit eines Verliebten; der Gedanke, Clotilden damit ein Geschenk zu machen, war ihm während der qualvollen Nacht gekommen; sie sollte sich mit den kostbaren Spitzen ihr Hochzeitskleid ausputzen. Dieser bittere Gedanke, sie auszuschmücken, sie schön zu machen für das Geschenk ihres Körpers, erweichte sein der Aufopferung müdes Herz. Sie kannte das Mieder, sie hatte es eines Tages mit ihm bewundert. Ganz entzückt davon, hegte sie nur den einen Wunsch, es in Saint-Saturnin um die Schulter der heiligen Jungfrau legen zu können, einer alten Muttergottesfigur aus Holz, die von den Gläubigen hoch verehrt wurde. Die Wiederverkäuferin übergab es ihm in einem kleinem Karton, der nichts verriet, und den er, nach Hause gekommen, in seinem Sekretär versteckte.

Um drei Uhr stellte sich Ramond ein und traf Pascal und Clotilde im Saale an, die ihn in aufgeregter Stimmung erwarteten; sie hatten übrigens ängstlich vermieden, noch einmal mit einander von seinem Besuche zu sprechen. Man lachte ver-

gnügt, und der ganze Empfang war von einer über=
triebenen Herzlichkeit.

„Sie sind ja vollständig wiederhergestellt, Meister!"
sagte der junge Mann. „Noch niemals haben Sie
ein so gesundes Aussehen gehabt."

Pascal hob den Kopf in die Höhe.

„O ja! Gesund, vielleicht! Aber das Herz ist es
nicht mehr!"

Dieses unwillkürliche Geständnis rief eine Be=
wegung bei Clotilde hervor, die die beiden Männer
betrachtete, als ob sie, durch die Macht der Umstände
selbst gezwungen, beide mit einander vergleichen wollte.
Ramond zeigte wie immer das lachende und stolze
Gesicht des schönen, von den Frauen angebeteten
Arztes mit seinem schwarzen Barte und seinen dichten
schwarzen Haaren, alles an ihm atmete männliche
Jugendkraft. Und Pascal verriet in seinem ganzen
Aussehen, mit seinen weißen Haaren und seinem
weißen Barte, diesem noch so üppigen schneeigen
Schmucke, die tragische Schönheit der sechsmonatlichen
Qualen, die er soeben durchgemacht hatte. Sein
schmerzverzogenes Gesicht war etwas gealtert, nur
seine großen Augen waren jugendlich geblieben,
braune, lebhafte und klare Augen. In diesem Augen=
blicke drückte jeder seiner Züge eine solche Freund=
lichkeit, eine so übergroße Güte aus, daß Clotilde
schließlich ihre Blicke mit einer tiefen Zärtlichkeit auf
ihm ruhen ließ. Es herrschte eine Zeit lang Schweigen,
ein leichter Schauder ergriff ihre Herzen.

„Nun, meine Kinder," nahm endlich Pascal mut=

voll wieder das Wort, „ich glaube, ihr habt genug
mit einander zu plaudern ... Ich habe inzwischen
unten etwas zu thun, werde aber bald wieder herauf
kommen."

Und er ging fort, ihnen freundlich zulächelnd.

Sobald sie allein waren, trat Clotilde ohne Zie-
rerei mit ausgestreckten Händen nahe an Ramond
heran. Sie ergriff die seinigen und hielt sie, während
sie sprach, fest.

„Hören Sie mich an, mein Freund! Ich muß
Ihnen einen schweren Kummer bereiten! Sie brauchen
mir aber deswegen nicht zu arg zu zürnen, denn ich
schwöre Ihnen, daß ich für Sie eine innige Freund-
schaft empfinde."

Er hatte sie sogleich verstanden und war blaß
geworden.

„Clotilde, ich bitte Sie, geben Sie mir keine
Antwort, nehmen Sie sich Zeit, wenn Sie sich noch
überlegen wollen!"

„Das ist unnütz, mein Freund, ich habe meine
Entscheidung getroffen."

Sie sah ihn an mit ihrem schönen, aufrichtigen
Blick, sie hatte seine Hände nicht losgelassen, damit
er fühlen konnte, daß sie ohne Fieber und ihm
freundlich gesinnt war. Und er war es, der mit
tiefer Stimme wieder begann:

„Sie sagen also nein?"

„Ich sage nein und versichere Sie, daß ich darüber sehr bekümmert bin. Fragen Sie mich nichts,
Sie werden später alles erfahren."

Er hatte sich auf einen Stuhl niedergeworfen, von der Aufregung, die ihn ergriffen hatte, überwältigt, er, der kräftige und gesetzte Mann, dessen Gleichgewicht selbst die schlimmsten Leiden nicht erschüttern durften. Niemals hatte ihn ein Kummer so aus der Fassung gebracht. Er konnte kein einziges Wort herausbringen, während sie, vor ihm stehend, fortfuhr:

„Und vor allem, mein Freund, glauben Sie ja nicht, daß ich mit Ihnen kokettirt habe . . . Wenn ich Ihnen Hoffnung gab, wenn ich Sie habe auf Antwort warten lassen, so geschah es deswegen, weil ich selbst nicht mehr klar in mir sah . . . Sie können sich nicht denken, welch schreckliche Zeit ich durchgemacht habe; es war wie ein furchtbares Unwetter, das alles um mich her in Dunkel hüllte, so daß ich mich schließlich kaum noch wiederfinden konnte."

Endlich sagte er:

„Da Sie es wünschen, will ich Sie nichts fragen . . . Es genügt übrigens, wenn Sie mir eine einzige Frage beantworten. Sie lieben mich nicht, Clotilde?"

Sie zögerte nicht, sie sagte ernst mit einer innigeren Teilnahme, die die Freimütigkeit ihrer Antwort milderte:

„Es ist wahr, ich liebe Sie nicht, ich empfinde für Sie nur eine aufrichtige, freundschaftliche Zuneigung."

Er hatte sich wieder erhoben; mit einer Handbewegung wehrte er die guten Worte ab, nach denen sie noch suchte.

„Es ist vorbei, wir wollen niemals wieder davon
sprechen. Ich will Sie nur glücklich sehen. Beun=
ruhigen Sie sich meinetwegen nicht! In diesem
Augenblicke ist mir zu Mute wie einem Manne, dem
das Haus über dem Kopfe eingestürzt ist. Aber ich
muß mich aus dieser Stimmung herausreißen."

Eine Blutwelle schoß ihm in das bleiche Gesicht,
und der Atem ging ihm aus; er trat an das Fenster
und kam dann zurück mit schleppendem Gange,
bestrebt, seine Haltung wieder zu gewinnen. Tief
atmete er auf.

Da hörte man in dem peinlichen Stillschweigen,
das eingetreten war, Pascal geräuschvoll die Treppe
heraufsteigen, um seine Rückkehr von weitem anzu=
zeigen.

„Ich bitte Sie," flüsterte Clotilde hastig, „sagen
Sie dem Meister nichts! Er kennt meine Entschließung
nicht; ich möchte sie ihm selbst mitteilen, möglichst
schonend, denn er wünschte diese Heirat sehr."

Pascal blieb auf der Schwelle stehen. Er wankte
und war ganz außer Atem, als ob er die Treppe zu
rasch heraufgestiegen wäre. Er hatte jedoch noch die
Kraft, ihnen freundlich zuzulächeln.

„Nun, meine Kinder, habt ihr euch ins Einver=
nehmen gesetzt?"

„Gewiß!" antwortete Ramond, der ebenso zitterte
wie Pascal.

„Jetzt ist also alles im reinen?"

„Vollständig," antwortete Clotilde ihrerseits, die
eine Schwäche angewandelt hatte.

Pascal trat jetzt vollends in das Zimmer ein, sich beim Gehen an die Möbel anhaltend, und ließ sich vor seinem Arbeitstische in den Lehnstuhl fallen.

„Ja, ja, ihr seht, mit den Beinen geht es nicht mehr recht! Mein Körper ist eben eine alte Ruine geworden! Aber das Herz ist gesund! Und ich bin sehr glücklich, sehr glücklich, meine Kinder! Euer Glück soll mich wieder herstellen!"

Dann, nachdem sie sich einige Minuten zusammen unterhalten hatten, wurde er, als Ramond fort= gegangen war, von neuem von Unruhe ergriffen, da er sich wieder mit dem jungen Mädchen allein fand.

„Es ist alles geordnet, alles in Richtigkeit, Du schwörst es mir?"

„Vollständig in Ordnung!"

Von da an sagte er nichts mehr, er hob den Kopf in die Höhe, er sah aus, als ob er wiederholen wollte, daß er entzückt sei, weil alles nun geordnet und alle jetzt endlich wieder ruhig leben könnten. Seine Augen hatten sich geschlossen, und er stellte sich, wie wenn er eingeschlafen wäre. Aber sein Herz klopfte zum Zerspringen, und die fest geschlossenen Augenlider hielten die Thränen zurück.

Als an diesem Abend Clotilde gegen zehn Uhr hinuntergegangen war, um der alten Martine noch einen Auftrag zu geben, benützte Pascal die Gelegen= heit, um den kleinen Karton, der das Spitzenmieder enthielt, auf das Bett des jungen Mädchens zu legen. Sie kam wieder herauf und wünschte ihm wie ge= wöhnlich gute Nacht; und es waren kaum zwanzig

Minuten vergangen, seitdem er sich in sein Zimmer
zurückgezogen, und er war schon in Hembsärmeln,
als vor seiner Thür eine laute Fröhlichkeit ausbrach.
Eine kleine Hand klopfte, und eine frische Stimme
rief unter Lachen:

„Komm doch, komm doch und sieh es Dir an!"

Diesem Rufe der Jugend konnte er nicht wider=
stehen und gewonnen durch diese Freude öffnete er
die Thüre.

„O, komm doch, komm doch und sieh Dir an,
was ein guter Geist mir auf mein Bett gelegt hat!"

Und sie führte ihn in ihr Zimmer, ohne daß er
etwas dagegen einwenden konnte. Sie hatte dort
die beiden Kerzen angezündet, so daß das ganze alte
Zimmer ein freundliches Aussehen hatte mit seinen
Tapeten von einem unendlich zarten verblaßten Rosa
und in eine Kapelle umgewandelt zu sein schien;
und auf das Bett hatte sie das Mieder aus alten
Alençonspitzen ausgebreitet wie einen heiligen Rock,
der zur Anbetung für die Gläubigen ausgestellt ist.

„Nein, diese Ueberraschung! Denke Dir nur,
ich habe den Karton zuerst gar nicht gesehen ...
Wie alle Abende machte ich meine Toilette für
die Nacht; ich zog mich aus, und als ich dann
an mein Bett ging, um mich hineinzulegen, da be=
merkte ich erst Dein Geschenk ... Ah, welche Ueber=
raschung! Mein Herz kehrte sich dabei ganz um!
Ich fühlte gleich, daß ich nicht bis morgen würde
warten können. Ich zog daher rasch meine Jacke wieder
an und eilte an Dein Zimmer, um Dich zu suchen."

Da erst bemerkte er, daß sie nur halb angekleidet
war, wie an jenem Gewitterabend, wo er sie überrascht hatte, als sie im Begriffe stand, die Akten zu
rauben. Und sie erschien ihm göttlich in dem vornehmen Ebenmaß ihres jungfräulichen Körpers, mit
ihren schlanken Beinen, ihren biegsamen Armen,
ihrem geschmeidigen Oberkörper und ihrem zarten,
nackten Busen.

Sie hatte seine Hände ergriffen, sie drückte sie
mit ihren kleinen Händen, die die seinen zärtlich um-
schlossen, an sich.

„Wie gut Du bist, und wie ich Dir danke! Ein
solches Wunderwerk, ein so schönes Geschenk mir, di
ich doch ein Nichts bin! Und Du hast Dich daran
erinnert, daß ich es einmal bewundert habe, dieses
Wunderwerk der alten Kunst, daß ich gesagt habe,
die heilige Jungfrau allein wäre würdig, es um ihre
Schultern zu tragen . . . Ich bin zufrieden, o, wi.
zufrieden! Denn, siehst Du, es ist wahr, ich bin kokett,
von einer Koketterie, die zuweilen Thörichtes wünscht,
buntgestickte Kleider, Spinnengewebe, hergestellt aus
dem Blau des Himmels . . . Wie schön werde ich
sein! Wie schön werde ich sein!“

Strahlend in ihrer überfließenden Dankbarkeit
drückte sie sich an ihn, während sie immer das Mieder
ansah und ihn so zwang, es mit ihr zu bewundern.
Dann erfaßte sie eine plötzliche Neugierde.

„Aber sage mir doch, zu welchem Zwecke hast Du
mir denn eigentlich dieses königliche Geschenk gemacht?“

Seitdem sie herbeigeeilt war, um ihn in einem

lauten Freudenausbruch zu suchen, wandelte Pascal
wie in einem Traume befangen umher. Er fühlte
sich durch diese so zarte Dankbarkeit zu Thränen gerührt, und dieses Gefühl hielt an ohne die Angst,
die er davor hatte; er fühlte sich im Gegenteile beruhigt, ganz von Freude erfüllt wie beim Nahen
eines großen, wunderbaren Glückes. Dieses Zimmer,
das er niemals betreten hatte, atmete den stillen
Frieden der heiligen Orte, die den unbefriedigten
Durst nach dem Unmöglichen stillen.

Sein Gesicht drückte trotzdem lebhafte Verwunderung aus und er antwortete:

„Dieses Geschenk, mein liebes Kind, ist natürlich
für Dein Hochzeitskleid bestimmt.“

Sie blieb einen Augenblick vor Verwunderung
stumm und sah aus, als ob sie ihn nicht verstünde.
Dann aber erheiterten sich ihre Züge von neuem,
und ihre Lippen umspielte wieder das eigentümliche
süße Lächeln, was er schon seit einigen Tagen an ihr
bemerkt hatte.

„Ach, es ist wahr! Meine Heirat!“

Darauf wurde sie wieder ernst und fragte ihn:

„Du willst mich also los werden, Du willst mich
nicht mehr hier bei Dir behalten, da Du es Dir so
angelegen sein läßt, mich zu verheiraten? Hältst Du
mich denn immer noch für Deine Feindin?“

Er fühlte die Qual von neuem nahen, er sah sie
gar nicht mehr an, da er standhaft sein wollte.

„Ohne Zweifel! Bist Du denn nicht meine
Feindin? Wir haben während der letzten Monate

so viel gelitten, der eine durch den andern! Es ist besser, wenn wir uns trennen! Und dann weiß ich ja auch gar nicht, was Du denkst! Du hast mir niemals die Antwort gegeben, die ich erwartete!"

Vergebens suchte sie seine Augen. Sie schickte sich an, von jener schrecklichen Nacht zu sprechen, in der sie die Akten zusammen durchgelesen hatten. Es war richtig, in der Erschütterung ihres ganzen Wesens hatte sie ihm noch nicht gesagt, ob sie für ihn oder gegen ihn wäre. Er hatte das Recht, eine Antwort zu fordern.

Sie ergriff seine Hände wieder; sie zwang ihn, sie anzusehen.

„Und deswegen, weil ich Deine Feindin bin, schickst Du mich fort? Ich bin nicht Deine Feindin, ich bin Deine Sklavin, Dein Eigentum, Dein Werk ... Hörst Du? Ich bin mit Dir, ich bin für Dich, für Dich allein!"

Er strahlte, ein Abglanz unendlicher Freude zeigte sich in seinen Augen.

„Ja, ich werde diese Spitzen anlegen! Sie sollen mir in meiner Hochzeitsnacht dienen, denn ich will schön sein, sehr schön sein für Dich ... Aber Du hast mich noch immer nicht verstanden! Du bist mein Meister, Du bist es, den ich liebe ..."

Bestürzt versuchte er ihr mit der Hand den Mund zu verschließen, aber vergebens! Sie vollendete ihren Satz:

„Und Du bist es, den ich will!"

„Nein, nein! Schweige, Du machst mich sonst

noch wahnsinnig! Du bist mit einem andern verlobt, Du hast Dein Wort verpfändet; diese ganze Tollheit ist glücklicherweise unmöglich."

„Der andere! Ich habe ihn mit Dir verglichen und ich habe Dich gewählt ... Ich habe ihm den Abschied gegeben, er ist fortgegangen, er wird niemals wiederkommen ... Jetzt sind wir beide nur noch da, und Du bist es, den ich liebe, und Du liebst mich, ich weiß es bestimmt, und ich ergebe mich..."

Ein Zittern überflog seinen Körper, er wehrte sich schon nicht mehr, von dem glühenden Wunsche beseelt, sie zu umarmen, in ihr die ganze Zartheit und den ganzen Duft einer Frau in der Blüte einzuatmen.

„O, nimm mich doch, denn ich ergebe mich!"

Es war kein Fallen; das glorreiche Leben hob sie empor, in überfließender Freude gehörten sie sich an. Das große Zimmer mit seiner alten Ausstattung, das alles mit ansah, wurde dadurch mit hellem Glanze erfüllt. Weder Furcht, noch Schmerzen, noch Bedenken waren mehr vorhanden: sie waren frei, sie schenkte sich ihm, da sie ihn kannte, da sie ihn wollte, und er nahm das herrliche Geschenk ihres Körpers an wie ein unschätzbares Gut, das er durch die Gewalt seiner Liebe errungen hatte. Der Raum, die Zeit, der Altersunterschied waren verschwunden. Es blieb nur die unsterbliche Natur, die Leidenschaft, die besitzt und erschafft, das Glück, das leben will. Sie, geblendet und entzückt, hatte nichts als den leisen Schrei ihrer verlorenen Jungfräulichkeit, wäh-

renb er mit einem Seufzer des Entzückens sie fest
umschlang und ihr dankte, daß sie aus ihm wieder
einen Mann gemacht hatte, ohne daß sie es recht
verstehen konnte.

Pascal und Clotilde hielten sich in den Armen,
jubelnd, in göttliche Freude und Verzückung ver=
sunken. Die Nachtluft war mild, und eine wollüstige
Ruhe atmete die tiefe Stille rings umher. Stunde
auf Stunde verfloß ihnen in dem beseligten Gefühle,
die Freude zu genießen. Sie hatte ihm gleich ins
Ohr geflüstert mit zärtlicher Stimme und langsamen
Worten ohne Ende:

„Meister! O, Meister, Meister!"

Und dieses Wort, das sie sonst gewöhnlich ge=
brauchte, nahm in dieser Stunde eine tiefere und
weitere Bedeutung an, gleich als ob es das Geschenk
ihres ganzen Seins hätte ausdrücken wollen. Sie
wiederholte es mit der heißen Dankbarkeit einer
Frau, die wissend ist und sich ergibt. War das
nicht die Niederlage des Mysteriums, der Sieg der
Wirklichkeit, die Verherrlichung des Lebens im
Bunde mit der endlich erkannten und endlich be=
friedigten Liebe?

„Meister, Meister! Das reicht schon weit zurück,
ich muß es Dir bekennen und erzählen . . . Es ist
wahr, ich ging in die Kirche, um glücklich zu sein.
Das Unglück war, daß ich nicht glauben konnte: ich
wollte zu viel verstehen, eure Dogmen empörten meine
Vernunft, euer Paradies schien mir eine unwahr=
scheinliche Kinderei; indes glaubte ich, daß die Welt

nicht bloß aus dem beſtände, was wir mit unſeren
Sinnen wahrnehmen können, daß es noch eine ganze
unbekannte Welt gäbe, der man auch Rechnung tragen
müſſe, und das, Meiſter, das glaube ich auch jetzt
noch, das iſt die Idee des Jenſeits, die ſelbſt das
Glück, das ich endlich an Deinem Herzen gefunden
habe, nicht verwiſchen wird ... Aber dieſes Verlangen nach dem Glück, das Bedürfnis, ſofort glücklich zu ſein, eine Gewißheit zu haben, wie habe ich
darunter gelitten! Wenn ich in die Kirche ging, ſo
geſchah es nur, weil mir etwas fehlte und weil ich
es ſuchte. Meine Angſt rührte von jenem unwider-
ſtehlichen Verlangen her, meinen Wunſch erfüllt zu
ſehen ... Du wirſt Dich vielleicht erinnern, wie Du von
meinem unſtillbaren Durſt nach Einbildung und Lüge
ſprachſt. Gedenkſt Du noch jener Nacht auf dem
großen freien Platze unter dem weiten geſtirnten
Himmelszelt? Ich fühlte Entſetzen vor Deiner
Wiſſenſchaft, ich wurde erzürnt über die Trümmer,
mit denen ſie den Erdboden beſät, ich wandte mich
ſchaudernd ab von den furchtbaren Wunden, die ſie
aufdeckt, und ich wollte Dich, Meiſter, in die Ein-
ſamkeit entführen, damit wir beide, fern von der
Welt, in unwiſſender Verſchloſſenheit nur für Gott
lebten ... Ach, welche Qual, Durſt zu haben, ſich
herumzuquälen und doch niemals befriedigt zu werden!"

Sanft, ohne ein Wort zu ſagen, küßte er ſie auf
ihre beiden Augen.

„Dann, Meiſter, Du wirſt Dich doch erinnern,"
fuhr ſie mit einer Stimme fort, die leiſe wie ein

Hauch war, „dann kam jener schwere .moralische
Schlag in der Gewitternacht, als Du mir die schreck=
liche Vorlesung über das Leben hieltest, indem Du
mich. in Deine Akten einweihtest. Du hattest mir
schon immer gesagt: ‚Lerne das Leben kennen, liebe
es, sieh es so, wie es gelebt werden muß!‘ Aber
welch ein entsetzlicher und unermeßlicher Strom, der,
einem menschlichen Meere vergleichbar, dahinrollte
und in der unbekannten Zukunft immer größer wurde
… Und siehst Du, Meister, das geheime Drängen
und Treiben in mir, das stammt von daher. Von
dort aus ist in meinem Herzen, in meinem Fleische
die bittere Kraft der Wirklichkeit entstanden. Zuerst
war ich ganz vernichtet, so gewaltig war der Schlag.
Ich konnte mich gar nicht wiederfinden; ich beob=
achtete vollständiges Stillschweigen, da ich nichts Be=
stimmtes zu sagen hatte. Dann erfolgte nach und
nach die Umgestaltung meines Ichs; noch einigemale
empörte ich mich dagegen, meine Niederlage einzu=
gestehen. Indes befestigte sich in mir mit jedem
weiteren Tage die Wahrheit; ich fühlte deutlich, daß
Du mein Herr warst, daß es für mich kein Glück
ohne Dich gab, ohne Deine Wissenschaft und ohne
Deine Güte. Du bist das Leben selbst, das dul=
dende Leben ohne Beschränkung, indem Du alles
sagst, alles annimmst, in Deiner einzigen Liebe für
die Gesundheit und die Arbeit, indem Du an das
Werk der Welt glaubst, indem Du den Sinn der
Bestimmung in diese mühevolle Arbeit legst, die wir
alle mit Leidenschaft vollbringen, indem wir eifrig

darauf bedacht sind, zu leben, zu lieben und immer wieder und wieder das Leben erneuern trotz unserer Schandthaten und unseres Elends ... O, leben, leben, das ist die große Aufgabe, die fortgesetzte Arbeit, die eines Tages vollendet sein wird!"

Immer noch stillschweigend, lächelte er und küßte sie auf den Mund.

„Und, Meister, wenn ich Dich auch immer geliebt habe, schon seit den fernen Tagen meiner Kindheit, so ist es doch, wie ich glaube, jene schreckliche Nacht, in der Du mich gezeichnet hast, gewesen, die mich zu der Deinigen gemacht hat ... Du erinnerst Dich gewiß an jene heftige Umarmung, in der Du mich fast er= sticktest. Eine Quetschung und einige Blutstropfen an der Schulter waren ihre Folge. Ich war halb nackt, Dein Körper war wie in den meinigen eingedrungen. Wir hatten mit einander gerungen, Du warst der Stärkere, und seitdem fühlte ich das Verlangen nach einer Stütze. Zuerst hielt ich mich für erniedrigt, dann aber sah ich, daß es nur eine unendlich süße Unterwerfung, ein unendlich leichtes Joch war. Immer fühlte ich Dich in mir. Schon von weitem ließ mich eine einfache Handbewegung von Dir erzittern, denn es schien mir, als ob sie mich leise berührt hätte. Ich hätte so gerne gemocht, daß mich Deine Arme wieder umfingen, daß sie mich an Dich preßten, bis daß ich für immer in Dir aufginge. Und ich ahnte es, ich wußte es, daß Dein Wunsch der gleiche war, daß die Gewalt, die mich zu der Deinigen gemacht hatte, Dich mir zu eigen gegeben, daß Du mit Dir

rangeſt, um mich nicht, wenn ich an Dir vorüber
ging, an Dich zu reißen und für immer feſtzuhalten
... Schon damals, als ich Dich pflegte, während
Du krank warſt, beruhigte ich mich etwas; und das
geſchah von dem Augenblicke an, wo ich Dich verſtand. Ich ging nicht mehr in die Kirche, denn ich
fing an, bei Dir, in Deiner Nähe glücklich zu ſein
Du wurdeſt für mich die Gewißheit ... Denke daran
wie ich Dir damals auf dem großen freien Plaß
zurief, daß etwas an unſerer Zärtlichkeit fehle. Sie
war inhaltslos; ich fühlte das lebhafte Bedürfnis
ſie auszufüllen. Was konnte uns anders helfen, wenn
es nicht Gott war, als das Recht, menſchlich zu ſein
Und es war in der That die alles bezwingende Macht
der vollſtändige Beſiß, die Liebes- und Lebensluſt.'

Es war bei ihr jeßt nicht mehr ein verlegenes
Herausſtammeln der Worte; er lachte über ihr ſieg
haftes Hervorbrechen, und ſie nahmen ſich wieder in
die Arme. Die ganze Nacht hindurch herrſchte in
dem vom Hauche des Glückes, der Jugend und der
Leidenſchaft erfüllten Zimmer die Seligkeit.

Als der junge Tag erſchien, öffneten ſie weit die
großen Fenſter, damit der Frühling einziehen könne
Die befruchtende Aprilſonne ſtieg an dem weiter
Himmelszelte empor in einer Reinheit ſonder Makel
und die Erde, gehoben von dem geheimnisvollen Schwel
len der Keime, ſtimmte ein frohes Hochzeitslied an